Harmonie und Gleichgewicht

Harmonie und Gleichgewicht

© 2014 Birgit Vireau

Alle im Buch verwendeten © Bilder Birgit Vireau

Herstellung und Verlag: Books on Demand GmbH, Norderstedt

ISBN 9783735741998

Inhaltsverzeichnis

Das Gleichgewicht der Harmonie

Es war ein zauberhaftes Land. Die beiden Kinder standen staunend da. Stumm sahen sie sich um. Alles war in ein warmes goldenes Licht getaucht. Frieden erfüllte ihre Herzen, und ihre Seelen jauchzten vor Freude. Ausgelassen begannen sie zu laufen. Dabei sprangen sie, in dem Versuch die einzelnen Sonnenstrahlen zu fangen, in die Höhe. Doch diese entwischten immer wieder...

Dann kamen sie in einen Wald. Alles war goldgrün. Die Kinder blickten sich neugierig um. Hier sollte es eigentlich von Elfen und Feen nur so wimmeln.... Vielleicht gab es auch ein paar Zwerge... Doch es war nichts zu sehen. Alles war ganz still. Unendlicher Frieden lag über dem Wald. Die Kinder liefen hinein. Bald fanden sie Waldbeeren, an denen sie sich satt aßen.

Diese Welt war einfach wunderschön, doch wo waren die Bewohner? Die Kinder wunderten sich sehr, doch da sie inzwischen müde geworden waren, kümmerten sie sich nicht weiter darum. Sie suchten sich einen Platz zum Schlafen. Sie fanden ihn am Fuße einer hohen Eiche. Fürsorglich summte der Baum ihnen ein Wiegenlied. So schliefen sie ein.

Und fanden sich in einer fremden Welt wieder. Hier war alles schrecklich kalt. Statt Pflanzen gab es hier nur kalten schwarzen Stein.

Die Luft war trübe, und es stank ganz fürchterlich. Hier gab es auch Leben, wie die Kinder bald feststellen sollten. In der Ferne machten sie eine finstere, bedrohlich aussehende Gebäudeansammlung aus. Ängstlich und doch neugierig machten sie sich auf den Weg dorthin. In der Umgebung dieser Gebäudeansammlung, die einer Industrieanlage ihrer eigenen Welt glich, sahen sie dann viele, viele Wesen. Sie waren alle angekettet und mussten hart arbeiten. Sie schienen in der Erde, im Stein nach etwas zu graben. Gelegentlich fanden sie etwas. Doch stets wurde es von den Aufsehern, es waren große hässliche Kreaturen, wieder fortgeworfen. Es war anscheinend nie das Richtige.

„Was suchen diese Wesen bloß?" fragte der Junge seine Schwester, die zuckte nur mit den Schultern. Gold und Edelsteine jedenfalls nicht! Bei den Fundstücken schien es sich jeweils um alte Gebrauchsgegenstände zu handeln!

Die Schwester meinte spöttisch: „Vielleicht suchen sie einen Gegenstand mit Zauberkräften..."

„Dann sind sie aber dumm", meinte der Junge geringschätzig und begann die versklavten Wesen genauer zu beobachten. Schließlich sagte er leise: „Sieh sie dir einmal genau an! Sie sehen nicht aus als ob sie hierher gehören! Sie wirken so licht und liebevoll trotz all des ganzen Schmutzes. Sie leiden, und trotzdem strahlen sie keinen Hass aus! Sie tun was ihre Aufseher verlangen, doch sie weinen nicht! Sie sind ganz still. So als ob ein Teil von ihnen in einer anderen, besseren Welt leben würde..."

Seine Schwester sah ihn nachdenklich an. Dann fiel ihr die schöne goldene Welt ein, die sie gerade verlassen hatten...

Sie sagte plötzlich, laut und unbedacht: „Sie kommen alle aus der hellen, klaren Welt, sie kommen von dort. Sie gehören wirklich nicht hierher. Ein finsterer Zauber hat sie hierher geholt!"

Erschrocken schwieg sie. Wie hatte sie nur so schreien können... Wenn sie nun jemand gehört hätte... Doch es war gut gegangen.

Sie sahen sich noch gründlich um. Die Sklaven wurden gut bewacht. Sie hätten sich ja gerne einmal mit ihnen unterhalten, doch es war aussichtslos. Es ergab sich keine Gelegenheit. Die Arbeiter wurden pausenlos überwacht.

Sie gingen weiter. Schließlich fanden sich in einer dunklen Ecke innerhalb der Mauern der Gebäudeansammlung wieder. Hier gab es keine Sklaven. Hierher kamen nur die schrecklichen Geschöpfe, die die Sklaven beaufsichtigten Die Kinder beobachteten sie. Auch sie, fand der Junge, sahen in all ihrer Schrecklichkeit nicht allzu glücklich aus. Auch sie schienen sich zu fürchten... Alle schienen ängstlich und angespannt zu sein, es gab keine Freude, nur Angst.

Bruder und Schwester versuchten die Gebäude vorsichtig wieder zu verlassen. Doch das war gar nicht so einfach!

Irgendwie fanden sie den Ausgang nicht wieder. Auf ihrer Suche lernten sie das Innere der Anlage mit all ihren Häusern und Höfen kennen. Die Zeit schien stillzustehen. Sie wurden weder müde noch hungrig. Auch die Sklaven schufteten unermüdlich. Den Kinder war es ein Rätsel, wie so etwas angehen konnte. Stumm standen sie schließlich an einem Turmfenster und sahen über das Land.

Draußen war alles dunkel und steinig, doch einst musste es auch hier sehr schön gewesen sein. Wenn man die einzelnen Farben betrachtete, die hin und wieder durch den schwarzen Steinstaub schimmerten, bekam man einen kleinen Einblick in eine schimmernde, bunt strahlende Welt, einer wunderbaren Welt aus Stein!

Diese Welt war nicht kalt gewesen, nein, auf gar keinen Fall. Hier hatte der gleiche Frieden geherrscht wie in jener anderen Welt, die sie nur so kurz kennen gelernt hatten... Doch dann war etwas passiert, und alles hatte sich verändert.

Aber waren die großen Wesen, die Kinder erlaubten sich nicht mehr, sie hässlich oder schrecklich zu nennen, wirklich die wahren Bewohner dieser Welt? Sie schienen so gar nicht hierher zu passen!

Das Mädchen seufzte. So ganz langsam wünschte sie sich wieder ganz zu Hause zu sein. Daheim bei den Eltern...

Der Junge schwieg. Er wollte wissen, warum sie hier waren. Es gab für alles einen Grund! Sie konnten dies doch nicht träumen? Es war alles viel zu wirklich! Irgendwie hatten sie sich auf den Weg gemacht. Irgendwie waren sie dabei zunächst in die goldene Welt gelangt, und dann waren sie in diese hier geraten. Doch wie nur, und warum?

Er versuchte sich zu erinnern.

Zu Hause... Nein, stop! Jetzt war er schon zu weit. Er runzelte die Stirn. Dann lachte er lautlos. Jetzt hatte er es. Es fiel ihm wieder ein!

Vor kurzem, in ihrer Heimatwelt, war er mit seiner Schwester und den Eltern in ein großes Haus gezogen. Es gehörte zu einem alten, verfallenen Schloss. Doch das Haus war gut gepflegt, und sie hatten alle schöne große Zimmer bekommen! Sein Vater arbeitete bei einer großen Firma, die das alte Schloss wieder aufbauen wollte. Dann sollte ein Hotel daraus werden... Sein Vater beaufsichtigte die Renovierungsarbeiten. Während der Wiederaufbauzeit und des Umbaus, konnten sie in dem schönen Haus wohnen...

Der Junge schluckte.

Aufgeregt hatten seine Schwester und er sich auf Entdeckungsreise durch das alte Schloss gemacht. Es hatte viel zu sehen gegeben. Eines Tages waren sie dabei in einem Turm auf einen großen Spiegel gestoßen. Er glänzte so hell, dass es schien, er wäre erst vor ganz kurzer Zeit poliert worden...

Doch das konnte kaum angehen! Das Loch, durch das sie sich gezwängt hatten um in diese Kammer zu gelangen, war für einen Erwachsenen viel zu klein. Außerdem war der Weg hierher viel zu staubig gewesen! Es bestand kein Grund anzunehmen, dass vor kurzem jemand hier gewesen war...

Der Junge schüttelte gedankenverloren den Kopf. Es war schon alles sehr gespenstisch gewesen... Hell glänzte die Spiegelfläche... Hell lachte ihnen daraus die Sonne entgegen... Dann hörten sie eine Stimme, leise sanft, gleich einem silbernen Wasserfall, sagen: „Oh ihr beiden! Seid willkommen! Ich lade euch zu einer wundersamen Reise in andere Welten ein... Es gibt so viel zu tun... Lernt die Liebe, den Frieden und den Hass kennen und findet euch selber... Dann könnt ihr immer in alle Welten des Universums gelangen! Dann seid ihr die Botschafter des Hohen Rates...“

Seine Schwester hatte dazu erzürnt den Kopf geschüttelt. Wieso sollten sie jemandens Botschafter werden? Und wer war der Hohe Rat? Ein Märchen? Ein Relikt aus einer alten Sage?

Er aber erinnerte sich an die Träume der vergangenen Tage. Beide hatte sie immer wieder von großen Aufgaben und Heldentaten geträumt, hatten geträumt, dass sie sich auf eine weite Reise begeben würden... Doch die Art des Reisens war ihnen verborgen geblieben, nur eine leise Stimme hatte sie gedrängt hierher zu kommen... So hatten sie sich auf den Weg gemacht. Jetzt hatten sie gefunden wonach sie gesucht hatten! Doch jetzt zuckten sie zurück. Auf was hatten sie sich da eingelassen?

Die Stimme wollte sie einfach auf die Reise schicken... Auf eine Reise wohin ? Konnten sie dieses Angebot annehmen? Wollte sie da nicht jemand nur auf den Arm nehmen? Der Junge zögerte, seine Schwester wollte schon wieder gehen, da tauchte plötzlich ein alter Mann auf, der die beiden spöttisch anlächelte.
Die Kinder erstarrten. Ihn kannten sie schon lange. Er hatte ihnen Märchen, Geschichten über fremde Welten und Dimensionen jenseits der ihren, erzählt. In seinen Geschichten war auch die folgende vorgekommen:

Es gibt im Meer der Zeit viele Dimensionen, Welten, gleich der hiesigen. Einige werden von sehr guten, liebevollen Wesen, andere von bösen, harten Geschöpfen bewohnt. Die meisten jedoch werden von Lebewesen bevölkert, die weder absolut gut noch absolut böse sind. Gerade so wie die ihre hier...
Diese Welten sind die Schulstuben des Geistes. Damit die Seelen lernen konnten den Sinn in Gut und Böse zu finden. Wer nur das Gute kennt, kann das Böse nicht abschätzen; wer nur das Böse kennt, kann die Liebe nicht erkennen. In beiden Extremfällen ist Leben starr, da es keine Alternative gibt, und doch sind sie zwei Pole, die sich gegenseitig anziehen, da sie sich brauchen!
Über alle Welten wacht der Hohe Rat. Er wurde von den Wächtern der einzelnen Welten eingesetzt. Es ist der hohe Rat des Lebens. Er ist nur dem Schöpfer verantwortlich und so auch jedem seiner Untertanen...
Seine Aufgabe ist es, das Gleichgewicht zwischen Gut und Böse aufrecht zu halten. Erst wenn jede einzelne Seele erkannt hat, dass

nur eben gerade dieses Gleichgewicht das Maß aller Dinge sein soll und dementsprechend handelt, kann er sein Amt niederlegen. Doch bis dahin ist es noch weit. Die Welten des erreichten Gleichgewichts sind noch stark unterbevölkert!

Alle Welten entstehen und entstanden aus der Harmonie des Gleichgewichts, in der es weder Gut noch Böse gibt. Auch wenn die Wesen des Gleichgewichts die Sehnsucht nicht kannten, waren sie doch neugierig und suchten ständig neues zu erfahren. So kam es, dass sie eines Tages beschlossen, die theoretisch mögliche Teilung in Gut und Böse zu erfahren. Ihr Experiment gelang. Doch sie hatten vergessen zu überlegen wie sie den Zusammenhalt wiedererlangen wollten...

Der Schöpfer sah nachdenklich zu. Dieses Experiment würde ihnen viele Erfahrungen schenken, die sie sonst nicht machen konnten... Eines Tages würde jede einzelne Seele von allein den Weg nach Hause finden... So beschloss er einfach abzuwarten. Die Ewigkeit kannte keine Zeit. Doch sie würden Hilfe brauchen...

Einige der Wesen beschlossen sich nur dem Guten zuzuwenden, andere nur dem Bösen. Der Schöpfer schüttelte den Kopf. Sie würden den schwersten Weg zurückzulegen haben.

Die, die sich beidem öffneten brauchten nur den inneren Kampf zu kämpfen und die Teilung ihrer Selbst zu erkennen und zu überwinden...

In der Ganzheit gab es keinen Hass, keinen Zorn, nur Einheit und Harmonie mit allem.

Die, die sich einem der beiden Pole direkt zugewandt hatten, würden lernen müssen, mit den äußeren Gegebenheiten klarzukommen. Sie würden das Böse bzw. das Gute als etwas erleben, das ihnen absolut fremd war. Sie würden einen harten Weg zurücklegen müssen, um die jeweilige Wahrheit zu erkennen...

Hier galt es ein Gleichgewicht zwischen zwei praktisch unverträglichen Arten zu schaffen, damit diese von einander lernen konnten! Erst so konnten sie in die Harmonie des Gleichgewichtes zurückkehren!

12

Der Schöpfer runzelte die Stirn. Dieser Erkenntnisprozess würde nicht ohne harte Kämpfe vorsichgehen. Wenn er sie völlig sich selbst überließ, würden sie sich gegenseitig in immer tiefere Abgründe stoßen. Dies galt es zu verhindern.

Je tiefer die Teilung wurde, desto schwerer wurde die Heimkehr!

So teilte er jeder Welt einen Wächter zu. Diese Wächter wählten dann den Hohen Rat, der das Zusammenspiel der Welten überwachen und eingreifen sollte, wenn das Gleichgewicht zwischen den Welten aus dem Gefüge geriete.

In diesem Sinne sucht der Hohe Rat nun auf den einzelnen Welten Wesen, die seine Botschafter sein können. Sie stellen sein Werkzeug dar, um das Gleichgewicht aufrechtzuerhalten bzw. neu aufzubauen.

Die Botschafter werden gerufen. Eine Melodie der Harmonie klingt durch alle Welten. Die Wesen, die Seelen, die sich an die Heimat im Gleichgewicht noch erinnern, können sie hören. In ihnen wächst dann der Wunsch heimkehren...

In jeder Welt gibt es einen Ort, von dem aus sie durch alle Welten reisen können. Der Hohe Rat ermöglicht den Interessenten sich zunächst einmal in den Welten umzusehen. Erst danach bittet er sie, in seinen Dienst einzutreten, in den Dienst für alle Wesen! Selbst dann können sie noch ablehnen.

Heute wird es immer schwerer Botschafter zu finden. Die Wesen, die der Heimat schon nah genug sind, kehren lieber heim...

Die meisten seiner Abgesandten sind schon seit Jahrhunderten in seinem Dienst, und es ist kein Ende abzusehen. Die meisten jungen Leute haben heute das Staunen und das Träumen verlernt, so können sie das Lied nicht mehr hören...

Die beiden Kinder hatten der Geschichte staunend gelauscht. Es musste doch toll sein all die fremden Welten zu sehen! Außerdem war es doch eine tolle Aufgabe verirrten Wesen den Heimweg zu zeigen...

Sie verstanden nicht, warum es dafür geeignete Wesen gab, die sich nicht darauf einließen. Der alte Mann hatte nur leicht gelächelt und gemeint: „Die Welten werden hart, die Kämpfe lassen kaum noch den Blick nach innen zu. So verklingt der Ruf oft ungehört. Die Rückkehr wird immer schwerer, und nur wer konsequent daraufhin arbeitet erreicht das Ziel. Die Wesen, die dieses dann erreicht haben, blicken meist nicht zurück. Von ihnen haben die Zurückgebliebenen keine Hilfe zu erwarten... Niemand kann es ihnen verübeln... Und die Arbeit für den Hohen Rat ist hart, sehr hart! Wer für ihn arbeitet, wird die schönsten aber auch die schrecklichsten Situationen sehen und lernen müssen in allem den Sinn zu sehen... Dieser ist oft sehr tief verborgen... Er ist nicht immer leicht zu entdecken. Auch sind die Wesen, denen geholfen werden soll, oft alles andere als dankbar... Nein, es ist manches Mal ein abscheulicher Job!

Der alte Mann hatte sie freundlich gemustert und leise gelacht. Danach hatten sie nie wieder über diese Geschichte gesprochen. Doch sie hatten in der darauf folgenden Zeit oft von anderen Welten und Dimensionen geträumt. Ihre Sehnsucht wurde immer stärker, so begannen sie zu suchen... Sie wussten aber nicht so recht wonach!

Nun standen sie vor dem Spiegel, begannen zu zweifeln und trafen ihren alten Freund wieder. Es war schon ziemlich komisch! Das Mädchen musterte den alten Mann missmutig. Wollte er sie auch einfach auf die Reise schicken? Dann sollte er lieber gleich wieder verschwinden! Wütend wartete sie.
Der alte Mann lachte leise. Belustigt meinte er: „Niemand kann euch auf die Reise schicken, wenn ihr nicht wollt. Wir können euch nur die Gelegenheit anbieten. Dann müsst ihr die Entscheidung, ob ihr gehen wollt oder nicht, schon selber treffen. Auch die Entscheidung, ob dies eure Lebensaufgabe wird oder nicht, kann von keinem anderen als euch selbst getroffen werden.
Die Reisen sollen euch nur helfen eine endgültige Entscheidung treffen zu können, denn wer das für und wieder nicht kennen gelernt hat, kann keine Klarheit gewinnen. Dann wird er früher oder später zetern und meinen, es hätte alles anders sein können. Die endgültige

Entscheidung muss gut überlegt sein, denn sie ist für immer! Entscheidet ihr euch für die Aufgabe des Hohen Rates, dann dürft ihr nicht nur die rosigen Seiten sehen, dann müsst ihr auch die Mängel sehen. Nur wenn ihr alles so akzeptiert, wie es ist, ist eure Entscheidung endgültig. Dann könnt ihr wirklich im Sinne des Schöpfers arbeiten. Es wird viele unbekannte Faktoren geben. Wenn ihr diese nicht bewusst akzeptiert, werden sie euch eines Tages überrollen...

Falls ihr jetzt durch den Spiegel gehen solltet, werden ihr einen Ausschnitt aus allen Welten sehen. Es wird euch eine Fülle schöner Welten begegnen, aber auch die hässlichen und unerwarteten Situationen werden nicht fehlen... Wenn ihr wieder hier angekommen seid, werdet ihr euch entscheiden können... Während der Reise wird hier keine Zeit vergehen. Ich wünsche euch jedenfalls viel Spaß!"

Mit diesen Worten war er verschwunden. Es war gespenstisch still geworden. Nur der Spiegel blinkte hell und einladend.

Schließlich war seine Schwester neugierig zum Spiegel gelaufen, hatte hineingesehen und verblüfft nach ihm gerufen.

Im Spiegel hatten sie dann die herrlichsten Gegenden, verspielte Elfen, Feen und geheimnisvolle Burgen gesehen. Alles wirkte so einladend... Irgendwie waren sie dann durch den Spiegel getreten und hatten sich in der ersten Welt wiedergefunden, die so schön, aber doch auch so leer gewesen war. Dann waren sie auf seltsame Weise hierher geraten. In diese harte Welt, die doch einst so schön gewesen sein musste.

Jetzt standen sie in diesem Eckturm. Der Junge schüttelte den Kopf. Irgendwie war ihre Rundreise wohl etwas aus dem Konzept geraten! Dies hier war bestimmt keine Welt für Anfänger! Aber er war doch recht neugierig.

Der Blick aus dem Fenster zeigte ihnen eine Steinwüste, die im Mondlicht zeitweise wunderbar aufleuchtete und so einen Einblick in schönere Zeiten bot. Doch was sollten sie hier nur machen?

Er wusste, dass seine Schwester am liebsten direkt heimkehren würde, doch er wollte erkunden was hier eigentlich passiert war, wollte helfen...

Sinnend stand er vor dem Fenster. Stumm sah er hinaus, da spürte er die Hand seiner Schwester am Arm. Sie zeigte wortlos aus dem Nordfenster. Dort bot sich ein erschreckendes Schauspiel. Geräuschlos flogen riesige Fledermäuse auf die Gebäude zu. Auf ihnen ritten seltsame Wesen, die nur aus Knochen zu bestehen schienen. Es war erschreckend.

Die Einwohner des Ortes versammelten sich im Innenhof. Die Kinder sahen gebannt zu.

Dann landete die erste Fledermaus. Ein großes, dunkel gekleidetes Knochenwesen mit grünleuchtenden Augen stieg ab. Herrisch schritt es vor den Anwesenden auf und ab. Es begann zu sprechen. Zunächst verstanden die beiden Kinder nichts. Sie waren zum einen recht weit entfernt und zum anderen sprach es äußerst seltsam. Nach einer Weile schafften sie es so zuzuhören, dass sie die Rede verstehen konnten.

Nach der allgemeinen Begrüßung, fragte das Knochenwesen lauernd: „Und meine lieben Untertanen, habt ihr meinen Willen erfüllt? Habt ihr die kristallene Schale des reinen Lichtes gefunden?"

Das gespenstische Wesen schien zu leuchten. Seine Augen glühten in hellem Feuer als es die Bewohner der Welt musterte.

Sie gaben keine Antwort.

Das knöcherne Wesen schien dies allerdings auch nicht zu erwarten. Doch je länger er sie betrachtete, desto zorniger wurde es. Dann verkündete er laut und ärgerlich: „So ihr habt es also immer noch nicht geschafft! Ich werde euch bestrafen! Ihr werdet euch noch mehr Mühe geben, wenn ihr seht, was geschehen wird, wenn ihr meinen Wunsch nicht schnellstens erfüllt. Wer weiß, vielleicht habt ihr gelogen, als ihr sagtet, die Schale sei verloren gegangen... Vielleicht wollt ihr mich betrügen?!?"

Der Himmel färbte sich rot, und eine unheimliche Hitze breitete sich über die Welt aus. Die Kinder nahmen sich in die Arme und beteten. Sie spürten, wie sich ein heller Lichtmantel um sie legte, und sie konnten wieder frei atmen. Entschlossen sahen sie wieder aus dem Fenster.

Draußen krümmten sich die Wesen dieser Welt vor Entsetzen und Schmerzen. Es war schrecklich anzusehen.

Endlich war es vorbei.

Mit der Ermahnung, endlich seine Wünsche zu erfüllen, verschwand die knöcherne Kreatur.

Die Kinder zuckten beim Betrachten der Weltbewohner zusammen. Die vorher schon hässlichen Gestalten waren nun noch scheußlicher geworden.

Das war ja eine furchtbare Bestrafung!

Sie sahen zum Sklavenlager hinüber. Das seltsame Licht hatte sich auch nach dorthin ausgebreitet. Es hatte dort jedoch wenig „Schaden" angerichtet. Vielleicht besaßen sie einen natürlichen Schutz dagegen...

Die Kinder sahen sich an. Erleichtert atmeten sie auf. Sie sahen nicht anders als sonst aus. Das Licht hatte ihnen also nichts anhaben können!

Jetzt rätselten sie, was das Knochenwesen wohl mit einer Schale des Lichts wollte! Konnte es überhaupt etwas damit anfangen? Es sah so aus, als würde es sich nur in der Dunkelheit und somit im dunklen, unheimlichen Licht richtig wohl fühlen. Was in Gottes Namen, wollte dieses Wesen mit reinem Licht?!

Der Junge schüttelte den Kopf.

So etwas Unsinniges! Merkte dieses Geschöpf denn gar nicht, dass es nach etwas jagte, dass es nicht verwenden konnte?

Dem Mädchen waren inzwischen die alten Geschichten, die ihnen ihr weißbärtiger Freund erzählt hatte, wieder eingefallen. Es überlegte verblüfft, ob diese Knochengestelle vielleicht die dunkle Seite, die

Sklaven die helle Seite und die Kreaturen dieser Steinwelt beide Seite in einem verkörperten...

Nur gab das Ganze auch damit keinen Sinn! Warum sollte die dunkle Seite, die helle versklaven? Und dann noch auf einem solchen Umweg!

Der Junge sah seine Schwester fragend an. Leise teilte sie ihm ihre Überlegungen mit. Er nickte finster. Die Sache wurde immer verworrener.

Selbst wenn die dunkle Seite sich so den Weg zur Heimkehr ins Licht der Harmonie zu erkaufen versprach, ergab es keinen Sinn! Wenn er sich recht erinnerte, sollten alle Wesen lernen im Gleichgewicht zu leben, und aus diesem heraus einsehen, dass nur Toleranz und Liebe das Ziel sein kann... Das finstere Geschöpf hier wollte das Licht jedoch zwingen zu ihm zu kommen. Es wollte selber keinen Beitrag leisten, nur Vorteile nutzen, Gewinn machen... So konnte es nicht gehen! Es würde sich immer tiefer in die Dunkelheit stoßen!

Die Geschwister sahen sich an. So konnte es nicht weitergehen! Hier war etwas ganz schrecklich daneben gegangen. Der ganze schöne Plan des Schöpfers war auf den Kopf gestellt worden... Aber vielleicht gehörte auch dies zu den Lernaufgaben, die die Seelen bewältigen sollten bevor sie heimkehren durften...

Die beiden sahen sich unsicher an. Hatten sie überhaupt ein Recht hier einzugreifen? Sie hatten doch nur einmal die Welten ansehen wollen... Jetzt schien es so, als ob ihnen direkt eine Aufgabe zugeteilt worden wäre...

Sie konnten es sich aber nicht vorstellen! Sie hatten doch von nichts eine Ahnung! Das konnte nicht gehen! Aber einfach nach Hause zurückzukehren, ohne wenigsten versucht zu haben etwas zu ändern, konnten sie auch nicht! Das lag nicht in ihrer Natur.

„Wir versuchen erst einmal genau heraus zu bekommen war hier abläuft." meinte das Mädchen, „Danach können wir immer noch entscheiden, ob und wie wir etwas unternehmen!"

Der Junge nickte. Morgen würden sie damit beginnen.

Inzwischen waren sie doch müde geworden. In einer Ecke des Turmzimmers schliefen sie ein. Diesmal störte nichts ihren Schlaf. Sie blieben in dieser Welt. Hier gab es etwas zu tun.

In einem Land weit hinter der Welt sahen sich zwei Wesen an. Sie senkten den Kopf und dankten dem Schöpfer. Jetzt konnte es vielleicht einen vernünftigen Ausweg aus dieser verfahrenen Situation geben... Auch wenn die Entscheidung an zwei Kindern hing...

Sie setzten sich. Sie würden die Entwicklung beobachten. Sie konnten selbst nichts mehr tun, sie hatten zu lange gewartet! Nicht geglaubt, dass es so schlimm werden könnte! Jetzt konnten sie nur noch über die Kinder wachen und hoffen, dass diese einen Weg fanden, alles wieder ins Lot zu bringen.

Sie beteten und wachten. Als die beiden Kinder am anderen Morgen aufwachten, hatten sie Hunger. Stöhnend erhoben sie sich. Hoffentlich fanden sie hier etwas zu essen...

Vorsichtig schlichen sie durch die Anlage. Sie begegneten kaum jemanden. Schließlich gelangten sie in eine Art Küche. Hier herrschte schon reger Betrieb.

Die beiden versteckten sich in einer Nische in der Nähe der Eingangstür. Die Küche war erstaunlicherweise ein heller, freundlicher Ort! Die hier arbeitenden Wesen waren auch nicht so missgestaltet wie die, die sie bisher draußen zu sehen bekommen hatten. Sie fanden keine Erklärung dafür.

Im Laufe der Zeit wurden sie immer hungriger und durstiger. Nach einer Weile ergab sich die Möglichkeit diese Bedürfnisse zu stillen.

Im Küchenraum standen mehrere lange Tische. Auf einen davon wurden nun brotähnliche Gebilde und große Krüge gestellt.

„Wahrscheinlich die Verpflegung für die Wachen!" dachte der Junge und machte sich bei der erstbesten Gelegenheit auf den Weg zum

Tisch. Das Mädchen machte es ihm nach. So waren sie schließlich im Besitz eines Kruges und eines Brotes.

Wieder in der Nische angekommen, sahen sie sich um. Hoffentlich hatte sie niemand gesehen...

Da erstarrten sie. Ein kleines, feingeschupptes Wesen stand mit großen Augen mitten in der Küche. Es sagte nichts, aber es hatte sie zweifellos gesehen. Sie zitterten. Was würde nun passieren?

Das kleine Wesen sah sich neugierig um. Seine Schuppen glänzten hell. Es hatte nichts von der Schrecklichkeit der anderen Schuppenwesen an sich. Es hatte nur eine entfernte Ähnlichkeit mit den größeren Exemplaren... Vielleicht gab es hier noch eine vierte Art? Da kam eine der Köchinnen heran. Sie zählte Brot und Krüge durch, schüttelte ärgerlich den Kopf und lief davon um die fehlenden Laibe bzw. Krüge zu ergänzen. Danach schien sie zufrieden zu sein. Das kleine Wesen beachtete sie kaum.

Irgendwie schien sie es gar nicht richtig wahrzunehmen. Wollte sie es nicht sehen?

Das kleine Wesen hatte sich in eine Ecke zurückgezogen. Es wirkte unsicher. Die beiden Kinder warteten gespannt, was es wohl als Nächstes tun würde.

Erst einmal passierte gar nichts. Es wartete nur einfach. Dann kam es langsam auf ihre Nische zu. Ganz vorsichtig. Gerade so als es ebenso viel Angst hätte wie sie auch...

Aufgeregt erwarteten die Kinder das Zusammentreffen. Das kleine Wesen war so anders! Vielleicht konnte es ihnen mitteilen, was hier passiert war?

Dann war es fast heran. Die Eingangstür öffnete sich, und das kleine Wesen fuhr erschrocken zusammen. Voller Entsetzen vergaß es alle Vorsicht und drängte sich so schnell es nur ging zu den Kindern in die Nische. Mit großen Augen lugte es in den Raum, den große, finstere, missmutige Gesellen betreten hatten. Diese luden Brot und Krüge auf Tragen.

Die Kinder wären ihnen nur ungern über den Weg gelaufen! Dem kleinen schuppigen Wesen schien es ähnlich zu gehen... Zitternd stand es da.

Endlich waren die Träger wieder fort. Dem Himmel sei Dank! Niemand hatte sie entdeckt. Jetzt erst wurde dem kleinen Schuppigen bewusst, dass es bei den beiden seltsamen Wesen war, die es zuvor beobachtet hatte. Es blickte sie misstrauisch an. Sie schienen nicht besonders furchterregend zu sein... Außerdem hatten sie eben auch Angst gehabt! Vielleicht hatten sie sich ja nur verirrt, vielleicht kamen sie ja aus einer freundlichen Welt... Das kleine Schuppenwesen lächelte die beiden fremden Wesen zaghaft an.

Den beiden Kindern fiel ein Stein vom Herzen. Himmel! Das tat gut. Vorsichtig erkundigten sie sich nach den Bewohnern dieser Welt. Sie erfuhren, dass dies die Marrh waren, und dass der kleine Schuppige ebenso hieß.

Mühsam wiederholten sie den Namen. Marrh hatte dann aber mit ihren Namen noch größere Probleme, so blieb es dann bei Mädchen und Junge...

Jetzt sahen sie sich abwartend an. Niemand mochte so Recht beginnen. Schließlich hielt Marrh es nicht mehr aus. Er begann die beiden, ungeduldig die Stirn runzelnd, auszufragen. Die beiden Kinder antworteten freimütig.

Dabei aßen sie das Brot und leerten den Krug. Dann meinten die Geschwister, sie sollten jetzt besser einen anderen Ort aufsuchen bevor doch noch jemand auf die Idee kam, die Küche einmal genauer zu durchsuchen... Marrh nickte.

Schnell führte er sie durch die Anlage. Schließlich kamen sie in einen Hof in dem sie bisher noch nicht gewesen waren. Die Kinder staunten. Hier war es ja richtig schön! Es gab sogar eine kleine Quelle in der Mitte. Ringsherum standen grüne Büsche, und es gab auch eine Reihe blühender Blumen. Dazu summten kleine Insekten zwischen den Zweigen der Büsche... Die ganze Welt schien hier wie verwandelt zu sein...

Marrh meinte traurig: „So war es einst überall auf unserer Welt! Doch dann..." und schon waren sie mitten drin in der Geschichte, nach der die Geschwister so sehnsüchtig gesucht hatten.

Es war eine schöne Welt gewesen. Eine Welt voller Farben und Wunder. Die Steine bildeten herrliche Kristalle, die in der Sonne in allen Farben glühten. Es gab keine Unterschiede. Marrh's Vater war ein weiser Zauberer, der lehrte, dass das Gleichgewicht zwischen Gut und Böse allein die Welt am Leben hielt. Es galt daher für jedes Wesen, so zu leben, dass es mit sich und allen Dingen in Frieden leben konnte, so auch die eigenen Schwächen und Wünsche zu akzeptieren und sie in Gleichmut zu verwandeln...

Marrh seufzte oft. Es war ganz und gar nicht leicht, dem gerecht zu werden. Es war so viel einfacher zu schimpfen und zu schreien... Doch langsam hatte er gelernt, dass es besser war sich seinen Wutanfällen und Vorurteilen zu stellen statt sie zu unterdrücken. Meistens wurde die ganze Angelegenheit bei näherer Betrachtung schon relativ harmlos, und er fragte sich, was ihn zuvor eigentlich so aufgeregt hatte...

Allerdings, wenn er allen Zorn von vorn herein als unwichtig und überflüssig betrachtete, wurde er immer wütender. Das ging also nicht. Es blieb einem nichts anderes übrig als sich mit der jeweiligen Situation genau auseinander zu setzen.

Er begriff auch, dass der Wunsch viel zu besitzen und Anerkennung zu scheffeln, nur ein Ausdruck der Unzufriedenheit mit sich selber war. Wer mit sich in Einklang stand, war nicht mehr auf weltliche Macht und Lob angewiesen.

Dann verspürte Marrh den Wunsch dieses Wissen mit möglichst vielen zu teilen. Sein Vater freute sich sehr. So würde wenigstens eins seiner Kinder in seine Fußstapfen treten.

Marrh lächelte wehmütig. Es war so viel einfacher nach Macht und Reichtum zu streben, als nach innerer Zufriedenheit.

Bald darauf kamen die fremden Knochenwesen, die sie mit großen Versprechen umwarben, und ihnen alle Herrlichkeiten, die nur denkbar waren, versprachen. Marrh hatte dieses Gehabe nicht verstanden. Sie hatten doch alles! Keiner litt Not. Jeder erhielt das

Seine zum Leben... Was wollten die Fremden denn nur?! Er schüttelte den Kopf. Er glaubte nicht, dass irgendjemand diesen Wesen Gehör schenken würde. So kümmerte er sich kaum um die Fremden.

Dann stellte er eines Tages erschrocken fest, dass seine Freunde einer nach dem anderen nicht mehr kamen. Eine Zeit lang wartete er auf sie. Dann suchte er sie und fand sie bei den Fremden sitzend. Entsetzt lauschte nun auch er den Worten der Knochenwesen. Sie sprachen von der Bewertung der Arbeit nach dem Leistungsprinzip, dass niemand etwas geschenkt bekommen dürfe, dass nur der, der etwas wert ist, auch etwas erreichen kann und das Recht auf ein erfülltes Leben hat... Unproduktivität müsse ausgemerzt werden, nur dann könne ein Unternehmen Gewinn abwerfen...

Ganz langsam vergifteten diese Lehren die Herzen der Marrh. Marrh's Vater lächelte traurig als sein Sohn ihm davon berichtete. Dann sagte er leise: „Weißt du, mein Lieber, vor vielen, vielen Jahren war unsere Gesellschaft schon einmal auf diesem Trip. Sieh dir dazu im Archiv die Unterlagen an. Sie sind allen zugänglich! Sie werden dir nur zu genau zeigen wohin dieser nun eingeschlagene Weg führen wird... Was die Fremden jedoch damit bezwecken wollen ist mir ein Rätsel. Wir können im Moment nur abwarten und in den Herzen der Marrh versuchen die Erinnerung an bessere Zeiten wachzuhalten. Denn irgendwann werden sie sich wieder nach Einheit und Harmonie sehnen... Dann müssen wir bereit sein!"

Marrh war daraufhin ins Archiv gelaufen. Schaudernd hatte er sich die Dokumente angesehen. Sie zeigten einen furchtbaren Weg der Zerstörung, des Krieges und der Habgier. Dabei fiel ihm aber auf, dass selbst in diesen grausamen Zeiten nie alle Wesen schlecht gewesen waren, dass sie am Ende aus eigener Kraft die Umkehr geschafft hatten.

Es hatte immer einige Wesen gegeben, die an die Kraft des Geistes und der Einheit geglaubt hatten, und die dann schließlich auch den Funken zum Wiederaufbau lieferten.

Aus diesem Funken war dann die neue Welt des Friedens und der Harmonie entstanden, die er kennen gelernt hatte...

Die Gefahren des Krieges und der Habgier waren jetzt lange vergessen. Keiner erinnerte sich mehr an diese Zeiten. Es war zu lange her. Die Welt war langweilig geworden... Jetzt lockte das Neue, der Reichtum. Die Gemeinschaft war vergessen. Jetzt galt nur der Einzelne noch etwas. Jedem verlangte es danach so viel wie nur irgend möglich zu bekommen... Sie hatten fast die gleichen Verhältnisse wieder, die vor so vielen Jahren zu den hässlichen Kriegen geführt hatten!

Die Waage des Gleichgewichts war einmal mehr auf die dunkle Seite übergegangen.

Marrh fragte seinen Vater interessiert, ob sich das Gleichgewicht auch auf die helle Seite verlagern könnte. Dieser lachte und erklärte ihm, dass es dann ebenfalls keine Freude geben würde, wie im anderen Fall. Die Bewohner ihrer Welt wären schließlich weder absolut gut noch absolut böse! Sie konnten nur versuchen mit sich und allen Schwächen und Versuchungen und Fähigkeiten in Frieden und im Gleichgewicht zu leben... Um ganz böse oder gut zu werden, fehlte ihnen die Fähigkeit!

Marrh schüttelte den Kopf. Irgendwie sah er das nicht ein. Sie schienen ihm doch jetzt ziemlich böse zu sein... Ihre Mitwesen galten ihnen nichts mehr. Es gab kaum noch Familien. Die Fremden hatten wirklich ganze Arbeit geleistet. Sie mussten doch jetzt zufrieden sein! Doch dem war nicht so. Es zeigte sich, dass es diesmal doch etwas anders war damals. Denn die Fremden ließen nicht locker.

Die ganze Welt verwandelte sich langsam aber sicher in eine einzige Einöde. Nur hier im Garten seines Vaters änderte sich nichts. Hier konnte er sich immer wieder erholen. Irgendwann hatte sich sein Vater ins Innere der heiligen Pyramide zurückgezogen. Er selber hatte lieber die weitere Entwicklung direkt abwarten wollen... Es würde die Zeit kommen, in der sie wieder gebraucht würden, hatte sein Vater gemeint. Bis dahin sollten sie nur geduldig sein...

Er hatte sich dieser Meinung nicht so recht anschließen können. Vielleicht konnte er ja doch irgendetwas machen... So hatte er gewartet und alles genau beobachtet.

Die Knochenwesen waren ebenfalls äußerst geduldig. Dabei schien es Marrh so, als ob sie auf einen bestimmten Punkt warteten, an dem sie ihr wahres Anliegen vortragen wollten. Doch dieses blieb zunächst im Dunkeln. Die Fremden verließen für eine gewisse Zeit die Welt. Sie würden wiederkommen...

Die Zeit verging. Die Welt wurde immer dunkler. Die Macht und die Gier nach Reichtum verdunkelten den Himmel immer mehr. Dann kamen die Knöchernen wieder. Zufrieden betrachteten sie ihr Werk. Die Natur war inzwischen so gut wie zerstört. Die Marrh waren nicht glücklich darüber. Sie begannen sie zu vermissen. Die Fremden lachten zynisch. Jetzt hatten sie die Weltbewohner da, wo sie sie hatten haben wollen! Sie versprachen ihnen, die Umweltschäden zu beheben, wenn sie ihnen die kristallene Schale des reinen Lichtes aushändigen wollten... Marrh schüttelte noch immer erzürnt den Kopf. Diese Schale war ein Relikt aus grauer Vorzeit! Sie war den Marrh von hellen, lichten, freundlichen Wesen übergeben worden. In der Überlieferung hieß es, dass diese Schale eines Tages große Bedeutung für das Fortbestehen der Welt haben würde... Zu der Zeit hatte noch Niemand an Krieg und Hass gedacht. In den darauf folgenden Jahrhunderten geriet die Schale dann immer mehr in Vergessenheit. Als dann die Zeit des ersten Chaos entstand, begannen die Weisen die Schale zu suchen. Immerhin hatten die Überbringer versprochen, dass die Schale das Licht in eine sehr dunkle Zeit zurückbringen würde... Doch sie wurde nicht gefunden. Die Marrh hatten dann aus eigener Kraft einen Weg aus dem Chaos gefunden. Es war eine schwere Zeit gewesen. Doch sie hatten es geschafft.

Und nun kamen diese dunklen Knochenwesen und wollten so mir

nichts dir nicht diese Schale haben! Sie glaubten ihnen nicht, dass sie nicht mehr existierte.

Anscheinend besaßen sie Maschinen, die ihnen das ungefähre Versteck verrieten. Es war anscheinend ganz in der Nähe des jetzigen Sklavenlagers...

Die Marrh weigerten sich, die Schale zu übergeben. Die Schale gehörte zu ihrer Welt! Sie konnten sie niemanden geben, selbst wenn sie sie finden würden! Es ging ganz einfach nicht! Da begannen die Knochenwesen Druck auszuüben. Sie machten den Marrh Angst. Als diese selbst da noch nicht nachgaben, kamen sie mit einem bösen, unheimlichen Licht, dass alle Wesen, die mit ihm in Berührung kamen langsam aber sicher in Monster verwandelte...

Jetzt hatten die Fremden die Marrh an ihrer empfindlichsten Stelle getroffen. Sie begannen nach der Kristallschale zu suchen.

Die dunklen Wesen trieben sie mit der Drohung des furchteinflößenden Lichtes zur Arbeit an.

Es gab einige, unter den Marrh, die von der Verwandlung verschont blieben. Vielleicht weil sie nie aufgehört hatten an den Allmächtigen und sein Licht zu glauben. Sie hatten alle immer auf den Ausgleich und die Harmonie vertraut...

Inzwischen gab es nur noch wenige von ihnen. Die Fremden hatten sie gnadenlos verfolgt. Vielleicht hatten sie Angst, dass ihre Pläne doch noch von diesen unbeugsamen Wesen durchkreuzt werden konnten...

Marrh seufzte. Die Suche verlief nach wie vor erfolglos. Es schien, als würde sich die Schale vor der Bosheit der Knochenwesen verstecken und so auch vor der ihrer Handlanger.

Die Dunklen hielten Rat. Es musste doch eine Lösung geben! Infolge dieser Besprechung kamen sie zu dem Schluss, dass sie gute, helle Wesen als Arbeiter bräuchten! Vor diesen würde sich die Schale nicht länger verbergen können.

So schufen sie ein Tor. Durch dieses gelangten die Marrh in eine herrliche, helle, reine, grünleuchtende Welt. Hier herrschte absoluter

Friede. Doch die Knöchernen ließen ihnen keine Verschnaufpause. Sie zwangen sie, die Bewohner dieser Welt zu fangen und in die Welt der Marrh zu bringen! Dort sollten sie dann arbeiten! Bei dieser Aktion wurde die freundliche Welt vollkommen entvölkert. Die hellen Wesen hatten erfolglos versucht sich zur Wehr zu setzen. Schließlich begannen sie zu graben...

Nun suchten sie schon lange nach der Schale, doch bisher hatten auch sie nichts gefunden! Marrh konnte sich nicht helfen. Er war froh über die Tatsache. Was wollten so finstere Gesellen wie die Knochenwesen denn nur mit hellem, freundlichem Licht!? Sie hatten ja nicht einmal die andere, gute Welt betreten können...

Zur Ausführung ihrer Schandtaten hatten sie die Marrh benötigt! Nein, die Fremden waren erbärmliche Wichte! Eigentlich konnten sie einem fast Leid tun...

Marrh knurrte. Er konnte sie nicht hassen. Ohne das Böse konnte es das Gute nicht geben, ohne Schatten gab es kein Licht... Und doch gehörte beides zusammen! In ihrem Fall war aber das Gleichgewicht extrem gestört worden! So konnte es, durfte es einfach nicht weitergehen! Von selber würde es sich bestimmt nicht wieder einrenken!

Herausfordern sah Marrh seine beiden neuen Freunde an. Wussten sie eine Lösung?

Der Junge schüttelte unwillkürlich den Kopf. Das Mädchen legte den Zeigefinger an die Nase und überlegte laut:

„Die Kristallschale kam zu euch zu einer Zeit in der ihr selber die Bosheit noch gar nicht ausprobiert hattet... Daher vergaßt ihr sie auch bald. Doch ist sie immer hier gewesen... Wenn sie das Licht der Liebe geben soll, hat sie dies stets getan! Ich glaube, dass das Licht der Schale inzwischen in jedem Stein, in jedem Kristall eurer Welt zu finden ist! Wenn ihr es nur glauben könntet!"

Der Junge sprang plötzlich auf. „Ja!" rief er. „Die Schale war nur der Keim, der die Liebe enthielt. So wie in unserer Welt die Büchse der Pandora unter anderem alle Schlechtigkeiten der Welt... Wer als

Wesen gut und böse sein kann, hat zu lernen in der Mitte zu stehen und so aus dem Gleichgewicht heraus zu leben... Wie hier die Kristallschale, ist bei uns die Pandora-Büchse die Erinnerung an die jeweils andere Seite... Nur in dem Bewusstsein von Gut und Böse in einem ist es möglich, endgültig den Weg zurück zum Schöpfer zu finden..."

Das Mädchen lachte plötzlich: „Wenn die Knochenwesen die Kristallschale bekommen, verbrennen sie sich ganz schön die Finger. Sie gehen doch allem reinen Licht aus dem Weg. Sie wissen überhaupt nicht was es wirklich ist!"

Dann schwieg sie verblüfft.

Die anderen beiden sahen sie abwartend an. Es dauerte eine ganze Weile bis sie wieder zu sprechen begann. Ihre Stimme klang dabei ganz weit entfernt:

„Die Kristallschale kann nicht in die Hände der Dunkelheit gelangen. Sie ist ein Gefäß des Lichtes, und als solches würde sie in der Dunkelheit alles durcheinander bringen!

Das sorgsam gehütete Gleichgewicht geräte aus den Fugen, wenn die Knöchernen die Schale mit in die dunklen Welten nehmen! Ebenso wenig dürften Lichtwesen einen Gegenstand der Dunkelheit mit in ihre Welten nehmen!

Diese Aktion hätte sowohl in dem einen wie in dem anderen Fall ein ungeheures, kaum noch zu bändigendes Chaos zur Folge...

So haben wir hier nun die Aufgabe dies den hier beteiligten Wesen klar zu machen, dass nämlich die Dunkelheit das Licht nicht überschlucken kann, dass beides miteinander und nicht gegeneinander arbeiten muss, um auf das Ziel der Heimkehr hinzuarbeiten...

Die Schale kann uns dabei helfen... Auf denn zum großen Ziel!"

Das Mädchen schwieg verwirrt. Sie sah ihren Bruder und Marrh unsicher an. Was hatte sie da nur gesagt? Ihr war es nicht so ganz geheuer!

Marrh schüttelte den Kopf. Sie konnten den Beteiligten dieses Krieges viel erzählen! Sie würden es ihnen nie glauben! Er zögerte nicht lange und teilte diese Bedenken den beiden Kindern missmutig mit.

Der Junge schaute ihn nachdenklich an. „Nein", meinte er dann zurückhaltend, „wir können nicht einfach hingehen und ihnen sagen: Jetzt geht alle nach Hause! Der Krieg ist vorbei... Selbst wenn wir sie dazu zwingen könnten, würde es nichts ändern. Die Knöchernen würden es später nur noch einmal versuchen! Wenn wir etwas erreichen wollen, müssen wir ihnen die Zusammenarbeit, die Mitwirkung am Gleichgewicht schmackhaft machen!

Andernfalls entsteht höchstens eine äußerst unangenehme Waffenstillstandssituation! Dabei besteht dann auch noch die Gefahr, dass sich auch die helle Seite dem Dunklen verschreibt! Irgendwann kann dann überhaupt kein Gleichgewicht mehr entstehen, und alles bricht zusammen! Um den Knochenwesen zu zeigen, dass sie auf dem falschen Weg sind, brauchen wir aber die Schale!

Marrh, weißt du wo die Schale ist? Draußen kann sie nicht sein! Dann hätten die Sklaven sie längst gefunden! Ich glaube, die Weisen wussten Recht wohl was sie taten als sie vor Urzeiten die Schale versteckten..."

Abwartend sah er seinen schuppigen Freund an. Marrh sah verlegen auf den Boden. So genau wusste er tatsächlich nicht wo die Schale war! Aber doch immerhin... Wenn sie wirklich die einzige Chance war, dass seine Heimatwelt nicht zerstört wurde, dann... Sie war irgendwo im Heiligtum versteckt. Es war nur gut, dass die Fremden davor zurückgeschreckt waren, und dass deren Maschinen nicht so genau gewesen waren...

Er zögerte immer noch. Er konnte sich nicht vorstellen, dass die Knochenwesen verschwinden würden, wenn die Kristallschale auftauchte... Sie wollten sie doch mitnehmen... Er schüttelte den Kopf.

Jetzt sprach das Mädchen wieder: „Nur das Licht der Schale kann ihnen allen die Wahrheit zeigen. Denn diese Schale ist ein Gefäß des alten Lichtes. Im alten Licht war noch alles eins. Daher bitte ich dich, hilf uns die Schale zu finden! Dann wird auch hier wieder Frieden herrschen, und deine Art kann beginnen aus diesem Trümmerhaufen wieder eine Welt zu machen..."

Sie wartete, doch Marrh schwieg unentschlossen. Jetzt mischte sich der Junge ein: „Wenn das Licht der alten Harmonie erstrahlt, kann alles wieder ins Gleichgewicht zurückgesetzt werden. Dies heißt, dass die hellen Wesen heimgeschickt werden, die dunklen sich zurückziehen, und ihr eure wahre Gestalt zurückerhalten werdet! Was ihr allerdings in der Zwischenzeit mit euerer Welt angestellt habt, ist eure Sache. Daran kann das Licht nichts ändern! Denn dies war eure eigene Entscheidung... Doch es wird euch beim Wiederaufbau zur Seite stehen! Ihr werdet nie alleine sein!"

Damit schwieg er auch.

Marrh kämpfte mit sich. Schließlich sagte er leise: „Ich glaube euch. Der Schöpfer selber hat euch geschickt! Ich kann nicht zulassen, dass dies umsonst war... Kommt mit, wir gehen die Schale suchen..."

Damit führte er die beiden ins Heiligtum.

Es wurde eine mühsame Suche. Im Laufe der Jahrhunderte hatten sich hier eine Menge nützlicher und überflüssiger Sachen angesammelt. Sie mussten alles durchsuchen! Es dauerte Tage. Zunächst fanden sie nichts. Irgendwo musste dieses Ding doch sein! Der Junge schüttelte den Kopf. Dass konnte doch so langsam nicht mehr mit rechten Dingen zugehen! Seine Schwester lächelte ihn spöttisch an. Sie würden das Ding schon finden, er solle nur nicht aufgeben!

So machten sie weiter. Endlich, sie hatten schon fast aufgeben wollen, rief der Junge überrascht aus: „Seht mal, hier habe ich etwas gefunden!"

Schnell kamen die anderen beiden heran und sahen neugierig auf seinen Fund. Doch dann blieben sie enttäuscht stehen.

Das Ding, das der Junge da in den Händen hielt, war absolut

schwarz, kein bisschen wie ein Kristall. Doch der Junge lachte: „Wenn die Schale Licht und Schatten ist, kann sie im Halbdunkel kein Licht aussenden! Sie ist dann ganz einfach ruhig! Hier ist es sowohl hell wie dunkel! Warum sollte sie hier reagieren? Es gibt hier auch keine Bosheit auf die sie reagieren könnte...“

Misstrauisch berührte Marrh das Ding. Überrascht zog er seine Hände zurück. Das Ding war ja lebendig?

Das Mädchen folgte ihm. Anschließend überließen sie beide dem Jungen ganz freiwillig die Schale. Ihnen war sie nicht so ganz geheuer.

Dann fragte das Mädchen den Bruder, was er denn nun damit anfangen wolle?

An seiner Stelle antwortete Marrh: „Bald kommen die Fremden wieder. Wenn wir zu allen sprechen müssen, ist dies dann doch der richtige Zeitpunkt, oder?“

Die drei sahen sich an, und machten sich auf den Weg ins Tageslicht. Unterwegs umhüllte der Junge die Schale mit einer festen Decke. Niemand sollte sie vor der Zeit sehen...

Draußen angekommen, suchten sie sich einen Raum mit Balkon aus, von dem aus sie alles gut überblicken konnten.

Dann warteten sie. Mehr konnten sie im Moment nicht tun.

Die Zeit schlich dahin. Sie beobachteten die Sklaven. Diese wurden immer ruhiger. Je dunkler die Welt wurde, desto unscheinbarer wurden sie! Es wurde Zeit, dass etwas passierte. Andernfalls würden die Lichtwesen einfach vergehen...

Marrh und die Geschwister warteten ungeduldig auf das Erscheinen des obersten Knochenwesens. Doch dieses ließ auf sich warten! Endlich war es so weit!

Die Luft wurde schwer und rot glühend. Der oberste Herr kam. Diesmal begleiteten ihn Heerscharen seiner Knochenwesen. Er schäumte vor Wut. Zornentbrannt schrie er die Marrh an: „Ihr habt die Schale gefunden! Ihr habt sie! Aber ihr habt es nicht für nötig befunden, es mir zu berichten... Dafür werdet ihr büßen!"

Der Anführer der Marrh stand nur stumm da. Er wusste von nichts.

Wieso konnte die Schale gefunden worden sein... Er konnte es nicht glauben...

Aber der Knöcherne ließ keinen Widerspruch zu. Er befahl seinen Untergebenen die Welt zu durchsuchen und alle Bewohner hier zusammenzutreiben! Keiner sollte ihnen diesmal entgehen!

Die Knochenwesen machten sich auf den Weg.

Das Mädchen wollte eingreifen, doch die beiden anderen wussten, dass es besser war zu warten. Dann waren alle Betroffenen hier versammelt!

Es wurde Nacht. Der Schöpfer beschützte die drei. Die Sucher sahen sie nicht...

Am anderen Morgen erwartete die drei ein erschreckender Anblick.

Auf dem großen Platz waren alle Lebewesen zusammengedrängt worden, die die Knöchernen hatten finden können. Dazu gehörten auch die Lichtwesen.

Über allen schwebte ein Kommando der Knochenwesen. Alles war in ein gespenstisches Licht getaucht. Die drei Freunde konnten kaum etwas sehen. Dann begann das Knochenwesen mit der Befragung. Doch niemand schien etwas zu wissen. Es wurde immer wütender. Es befahl das Verwandlungslicht einzusetzen...

Dies war des Guten zu viel, und der Junge trat in Aktion. Er enthüllte bedächtig die Kristallschale und trat auf den Balkon. Niemand beachtete ihn. Dann sprach er fest: „Schale des Lichtes, Schale der Dunkelheit, zeig uns das Licht des Gleichgewichts, zeig uns was hier fehlt! Leuchte hell, und leuchte wahr! Denn sie, die hier versammelt sind, haben den Weg verlassen! Haben vergessen wie es ist mit sich selber eins zu sein, dem Schöpfer zu dienen, zu leben! Schale des Lichtes, Schale der Dunkelheit, bring uns das Gleichgewicht wieder!" Stumm hielt er die Schale hoch über den Kopf.

Dann ertönte der Schrei der Knochenwesen. Sie hatten die Schale entdeckt, aber auch die Worte gehört. Sie waren unsicher... Die Schale selber schien sich erst einmal orientieren zu müssen. Der Junge spürte ein heftiges Vibrieren von ihr ausgehen. Ihm schien, die ganze Welt würde abgetastet...

Erst als das oberste Knochenwesen befahl, sie sollten ihm doch endlich die Schale entreißen, reagierte diese.

Der Junge wurde plötzlich eins mit dem Licht des Schöpfers, spürte alle Wesen in sich, sah die entsetzliche Bosheit der Knochenwesen, die unglaubliche Liebe der Lichtwesen, und die innere Zerrissenheit der Marrh. Die Schale begann ein unglaublich reiches Licht zu verströmen. Der Junge strömte mit dem Licht, wurde eins mit allen Wesen. Er merkte, dass es auch seiner Schwester und Marrh nicht anders erging.

In dem Licht fanden sie zusammen, bildeten einen Kreis. Damit begann sich ein helles Singen, ein Strahlen nie gekannter Farben über die Welt auszubreiten. Es umfasste alle Wesen, zeigte ihnen die Wahrheit des Gleichgewichts.

Die Knöchernen brachen zusammen. Die Lichtwesen wandten sich den Knöchernen zu. Sie hatten sie als ihre ungeliebte Hälfte erkannt, die sie einst von sich gewiesen hatten. Nun verbanden sie sich wieder mit ihr...

Mit diesem Akt verschmolzen auch ihre Welten miteinander! Eine neue Welt des Gleichgewichts war entstanden... Wieder hatten Wesen den Weg zu Heimkehr gefunden!

Die Marrh jedoch entdeckten ihre helle Seite wieder, sahen was sie so lange vernachlässigt hatten, erkannten die Trostlosigkeit dessen, was sie angerichtet hatten... Ängstlich klammerten sie sich aneinander. Doch das Strahlen des Lichtes verlosch nicht. Es blieb bestehen, erfasste die ganze Welt. Heilte die schlimmsten Wunden und brachte den Glanz und das Strahlen zurück in die Welt...

Und auch die Bewohner wurden wieder ganz, besannen sich auf alte Werte, fanden auf ihren Weg zurück...

Erst jetzt verlosch das Licht langsam.

Die Wesen kamen wieder zu sich. Die Knöchernen waren fort, die Lichten ebenfalls. Doch die Erinnerung war geblieben...

Die Marrh würden noch viel Arbeit haben, dachte das Mädchen stumm und fasste ihren nun so erwachsen scheinenden Bruder bei der Hand. Dieser lächelte leicht, wandte sich dann Marrh zu: „Ich glaube ihr werdet einen Weg finden, hier wirklich Frieden zu finden... Den Anfang habt ihr gemacht. Das Gleichgewicht ist wieder hergestellt. Du warst uns ein guter Freund! Nun hilf, zusammen mit deinem Vater dieser Welt, dass sie wieder in altem und neuem Glanz erstrahlen kann! Alles konnte das alte Licht nicht heilen. Es bleibt viel für euch zu tun!

Doch wir müssen jetzt gehen, unsere Aufgabe ist getan... Es gibt noch viele Welten, die der Hilfe bedürfen... Und unsere eigene Welt wartet auch auf uns! Unsere Eltern...“

Damit drehte er sich zusammen mit seiner Schwester um, und sie verschwanden aus der Welt der Marrh. Sie hatten ihre Berufung angenommen.

Marrh stand noch lange stumm da, doch dann machte er sich zielstrebig an die Arbeit!

Der Klang des Lichts

Es herrschte ein schreckliches Durcheinander. Der Junge sah sich entsetzt um. Was war hier nur los?

Die Wesen dieser Welt schienen vergessen zu haben was Freude und Frieden war... Begegneten sie sich, begannen sie sofort aufeinander loszugehen! Es war schrecklich! Einige Male war der Junge schon entsetzt in Deckung gegangen. Hier war es schwer Informationen zu sammeln!

Wie sollte er nur herausbekommen, ob das so normal war oder nicht? Er schüttelte den Kopf. Nur gut, dass seine Schwester diesmal nicht mitgekommen war. Sie musste sich noch ausruhen. Doch ihn hatte der Ruf zur Pflicht erreicht... So war er hier her gekommen...

Der Ruf an sich war schon verworren genug gewesen, unklar und gar nicht wie sonst... Meistens wusste er schon ungefähr was ihn erwartete, wenn er eine neue Welt betrat. Doch diesmal war es fast wie beim allerersten Mal. Kurz dachte er zurück. Dann wandte er sich entschlossen wieder dem hier herrschenden Chaos zu. Er versuchte seine Gedanken zu ordnen. Dazu suchte er sich eine ruhige Ecke. Er setzte sich auf den Boden und zwang seine Gedanken zur Ruhe.

Er war hier abrupt angekommen, fast so als sei er durch ein großes Loch gefallen. Er hatte sich fast den Knöchel verstaucht! Zornig schüttelte er den Kopf. Zusätzlich war er noch in einem Knäuel aufeinander losdreschender Wesen gelandet.

Gott sei Dank waren sie so erschrocken gewesen, dass er sich schnell aus ihrer Mitte davon machen konnte. Anderenfalls hätte er tüchtige Prügel bekommen! Dann hatte er festgestellt, dass die hiesigen Wesen anscheinend gar keine Geduld kannten. Alles was ihnen nicht gefiel wurde sofort mit Gewalt geklärt.

So ein Unfug! Was machte der hiesige Weltenwächter nur? Er müsste ihn doch gerufen haben! Doch vielleicht war auch er von diesem Wahnsinn angesteckt worden... Die Informationen, die er während des Rufs erhalten hatte, waren doch sehr dürftig gewesen...

Der kleinste Anlass genügte, und die Wesen gingen aufeinander los! Irgendwie war es ein Wunder, dass es tatsächlich noch so etwas Ähnliches wie eine Wirtschaft gab... Die Geschäfte waren gut gesichert!
Der Junge begann vorsichtig durch die Straßen zu gehen. Überall bot sich ihm das gleiche Bild. Alle liefen mit zornigen Gesichtern herum. Zorn schien hier überhaupt der normale Gemütszustand zu sein. Frieden schienen sie nicht zu kennen. Doch war das bestimmt nicht immer so gewesen!
Der Junge lächelte spöttisch. Was mochte wohl hierzu geführt haben?

Am Abend suchte er einen Schlafplatz. Er traute sich nicht irgendjemanden zu fragen. Wer wusste, was dann passieren würde... Schließlich ließ er sich einfach in einer Ecke zwischen zwei Häusern nieder... Es wurde dunkel. Er war schrecklich müde, doch schlafen konnte er nicht. Irgendwie spürte er, dass er hier nicht bleiben durfte. Doch wo sollte er hin!? Ratlos setzte er sich auf. Da hörte er plötzlich die Stimme einer alten Frau: „Junge, hier kannst du nicht bleiben. Die Patrouillen werden dich ins Bergwerk stecken! Jeder, der des Nachts draußen ist, kommt dort hin! Es ist ihnen egal wie alt die Personen sind! Hauptsache, sie bekommen Arbeitskräfte!" Sie lächelte ihn sogar an. Der Junge schluckte. Endlich einmal jemand, der in all dem Chaos vernünftig geblieben war? Oder war nun die Zeit der Vernunft gekommen? Misstrauisch musterte er die alte Frau.
Die Menschen hier sahen gar nicht so anders aus als die Menschen seiner Heimatwelt. Nur hatte ihre Haut einen leicht violetten Schimmer und die Haare waren häufig grün oder blau...
Er wartete, doch die alte Frau rührte sich nicht. Sie schien zu lauschen. Dann meinte sie leise: „Wenn wir uns nicht beeilen, haben

sie uns beide erwischt. Du scheinst hier fremd zu sein... Vielleicht kommst du aus den Bergen... Dort soll es ja noch nicht so hässlich sein... Nun komm lieber schnell mit! Zu Haus bei mir können wir reden..."

Jetzt zog sie ihn fast hoch. Der Junge wehrte sich nicht. Vielleicht erhielt er jetzt ein paar Erklärungen... So folgte er der alten Frau zügig.

Deren Wohnung bestand lediglich aus einem großen Raum mit einer Feuerstelle in der Mitte, einigen Decken und einigen Haushaltsgegenständen.

Schnell setzte sie Wasser in einem großen Kessel aufs Feuer. Sie wolle ihnen was zu Essen machen, meinte sie freundlich.

Der Junge sah sie nachdenklich an. Irgendwie passten diese schäbige Umgebung und ihr Benehmen ganz und gar nicht zusammen. Auch hier war etwas ganz schrecklich falsch! Das konnte so nicht richtig sein!

Müde schüttelte er den Kopf. Er konnte kaum noch denken.

Dann war die Suppe fertig. Er schaffte es gerade noch seinen Anteil aufzuessen bevor er einschlief.

Nun war es an der alten Frau den Kopf zu schütteln. Die Jugend hatte ja gar keine Kondition mehr... Zu ihrer Zeit... Sie begann zu träumen, fand sich in einer schöneren Welt wieder...

Sie war die Tochter eines Musikmeisters der Gilde. Sie würde eines Tages auch Musik machen, hatte sie sich geschworen, auch wenn dies nur wenigen Frauen vergönnt war... Doch sie konnte sich kein Leben ohne Musik vorstellen, kein Leben ohne Harmonie... Die Meister lehrten die Musik des Gleichgewichts, nicht zu laut und nicht zu leise, nicht zu hoch und nicht zu tief... Alles fand sein Gegengewicht! Niemals durfte es nur hoch oder nur tief sein... Die ganze Welt würde sonst aus dem Gleichgewicht geraten...

Nun waren aber nicht alle Wesen davon überzeugt, dass diese Theorie stimmte... Sie glaubten nicht mehr an den Schöpfer und dessen Gleichgewicht. Sie glaubten nur noch an den Fortschritt! Und so erfanden sie immer abstrusere Maschinen, um immer wichtigere Projekte in Angriff zu nehmen! Im Laufe der Jahre geriet die Gilde der Harmonie in Vergessenheit. Sie hatte es jedoch trotz allem noch zur Meisterschaft gebracht! Vielleicht war sie die Letzte auf dieser Welt, die die alten Harmonien noch kannte...

Gelegentlich ging sie ins Heiligtum und versuchte die alten Lieder zu spielen... Doch irgendwie verhalten sie dumpf im Hintergrund! Irgendwie gab es keine Resonanz mehr zu der Welt... Sie schienen ihre Bedeutung verloren zu haben!

Wie hatte dies nur geschehen können? Was war denn geschehen? Sie schüttelte ihr altes Haupt. Die Wissenschaftler hatten mit ihren Maschinen immer neue Töne erzeugt, immer schrillere... Die Hallen der Harmonie hatte nichts dagegen setzen können. Und scheinbar war ja auch nichts passiert...

Die alte Frau lächelte traurig. Nein, sie waren alle so begeistert von ihrem Fortschritt gewesen, dass sie nicht gesehen hatten, wie sie sich immer weiter von ihrem Schöpfer entfernt hatten, dass sie der Welt selber Schaden zufügten... Sie waren ja selber Schöpfer... Warum sollten sie denn auf eine leblose Welt Rücksicht nehmen? Sie achteten nicht auf die Warnungen der Welt.

Es kam zu Überschwemmungen, Stürmen, Erdbeben... Doch die Wesen meisterten alles mit Hilfe ihrer Technik.

Nur in den Bergen gab es noch freie Wesen! Die Wesen der Stadt verabscheuten diese. Wie konnte man nur so primitiv sein! Sie beteten gar noch! So begannen sie die Bergbewohner zu verfolgen. Bald begannen auch in den Bergen die Lieder zu verstummen. Die Welt wurde immer tonloser...

Traurig sann die alte Frau über den Verlust der Musik nach... Doch das war ja noch gar nicht das Schlimmste gewesen. Das sollte erst noch kommen!

Als die Stadtbewohner begannen in den Bergen nach Edelsteinen, Erzen und anderen Schätzen zu graben, gab es einen extrem hohen, tiefen Ton, der die Welt in ihren Grundfesten erschütterte!

Die alte Frau hatte ihn vernommen und gezittert. Sie hatte den Ton gehört, der sowohl hoch wie tief war... Die Welt selber bat um die Wiederherstellung der Harmonien... Doch ihre Bitte verhallte ungehört... Es gab zu wenige, die ihre Botschaft richtig deuteten..., deuten wollten!

Die meisten Wesen meinten, dass sie nun einen Freibrief bekommen hätten, die Welt auszubeuten... Sie wehrte sich ja nicht mehr...

Eine Weile war es noch gut gegangen. Doch es war deutlich zu sehen, dass auch in den Bewusstsein der Wesen kein Gleichgewicht mehr herrschte... Schließlich beherrschte sie nur noch ein einziger Gedanke, der Gedanke an Geld und Macht, an Besitz und Haben, an Sicherheit...

Ihre Mitwesen und die Umwelt nahmen sie gar nicht mehr wahr...

Die Wesen in den Bergen wurden nicht mehr beachtet! Sie waren als Arbeiter allerdings hoch willkommen. Sie stellten ja keine Ansprüche! Sie waren ungefährlich! So wurde auf sie Jagd gemacht. Sie konnten dann in den Bergwerken arbeiten! Jeder, der sich nach Anbruch der Dunkelheit noch im Freien aufhielt, mit Ausnahme der Wächter, wurde ebenfalls in die Bergwerke gebracht! Dort herrschte immer Mangel an Arbeitskräften... Sie hielten nie lange durch! Schade eigentlich!

Die Besitzer kümmerten sich nicht um die leiblichen Belange ihrer Arbeiter. Sie sollten arbeiten, und weiter nichts...

Die alte Frau senkte den Kopf. Es gab kein Gleichgewicht mehr. Es wurde nur noch genommen. Die Arbeiter in den Bergwerken verhungerten! Es war keine Bosheit, die dahinter steckte, die Wesen sahen es einfach nicht mehr! Sie standen inzwischen fast vollständig auf der Seite der Dissonanzen, wie ihr alter Lehrer es einmal genannt hatte. Es gab kaum noch jemanden, der dem Wesen des Gleichgewichts folgte, und auf gar keinen Fall gab es jene, deren Gemüt so entwickelt war, das sie dem Grauen entgegen wirken konnten! Die ganze Welt kollabierte. Bald würde sie sich nicht mehr halten können! Auch die Meister der Harmonien hatten sich von dem ersten Schein der neuen Zeit blenden lassen. Jetzt begannen gar die Maschinen zu verschwinden! Selbst dieses Gleichgewicht war zerstört! Die Wesen zerstörten sich selber. Kaum, dass sie sich zu Familien zusammenfanden, kaum, dass es noch Geschäfte gab... Kreativität gab es nicht mehr...

Nur gut, dass einige der Maschinen noch liefen, sonst hätten sie alle schon lange nichts mehr zum anziehen... Die Wesen lebten nur noch im Zorn... Was anderes gab es nicht mehr!

Und doch, manchmal war es zu sehen: Der Wunsch nach Ganzheit und Liebe war in den Einzelnen durchaus noch vorhanden, doch die erzeugten Dissonanzen brachten diese leichten Anflüge von Frieden schnell wieder zum Schweigen...

Wie hatte sie selber nur so lange durchhalten können? Oh ja, sie sang die alten Lieder! Leise für sich, nicht mehr für die Welt, dazu war ihre Stimme zu schwach! Ihr war es auch gelungen, einigen Familien die Lieder zu lehren... Sie lebten auf dem Land... Dort war der Zorn noch nicht so vollkommen. Sie hatten dort ihre Selbständigkeit im Denken und Handeln bewahrt... Doch wie viele waren es denn? Einige wenige nur! Zu wenig, wenn man an die ganze Welt dachte.

Traurig saß sie da. Wenn es doch nur eine Möglichkeit gäbe die Harmonien der Welt wieder zu wecken... Die schrecklichen Maschinen schwiegen nun schon lange... Wenn es gelänge die Harmonien zu wecken... Sie träumte von einer besseren Welt... Sie schlief ein...

Der Junge aber hatte im Schlaf ihren Wachtraum miterlebt. Als sie einschlief, wachte er auf. Er war wie gelähmt. Das war ja schauerlich! Wie schafften die Wesen es nur, immer wieder so etwas zu tun!

Sogar in seiner eigenen Welt waren sie kräftig dabei in diese Richtung zu arbeiten. Doch es ging dort nicht so schnell und zügig voran wie hier! Vielleicht gab es dort doch zu viele Lebewesen, die an das Gleichgewicht und an die Einheit mit der Natur glaubten! Hier hatten es die meisten vergessen! Doch in ihrem tiefsten Innern konnten sie es nicht vergessen, und so wurden sie in immer tiefere Depressionen gerissen aus denen sie nicht mehr herausfanden! Das war ja eine wahrhaft tolle Situation! fand der Junge. Was hatte der Weltenwächter sich dabei nur gedacht! Es wäre nett gewesen, wenn er sich doch etwas früher gemeldet hätte! Erzürnt schüttelte der Junge den Kopf. Die Entwicklung war doch von vorne herein eindeutig gewesen. Am liebsten hätte er dieser elenden Welt schleunigst den Rücken zu gekehrt. Es war doch sinnlos!

Da hörte er plötzlich ein helles Summen und ein kleines helles Wesen, einem Lichtstrahl gleich, trat auf ihn zu. Lieb sah es ihn an und sprach: „Wenn immer alles so ginge, wie es sollte, bräuchte der Schöpfer eure Mitarbeit nicht! Dann könnten alle Wesen ohne Umwege nach Hause zurückkehren. Es gäbe keine Schatten! Dann käme es zu keinen Unfällen, und so etwas wie hier, und wie das, was sich in deiner Welt anbahnt, könnte nie Realität werden... Doch leider ist es so, dass der Klang der Dualität nicht absolut geordnet ist und so manchen Freiheitsgrad hat, der den Wesen eigene Entscheidungen bis hin zur Selbstverstümmelung zugesteht. Und die Weltenwächter sind manchmal machtlos. So wie hier! Denn dieser Welt hier gehört ein Wächter an, der ein Teil der Erde dieser Welt ist! So ist er an die Empfindungen der Wesen hier gebunden... Und ich, ich bin zu vielen Welten, denen es ähnlich geht zugeteilt... Ich wurde zu spät auf dieses sich hier entwickelnde Chaos aufmerksam... Und da hatte der Weltenwächter ja auch schon nach dir gerufen... Ich kann dir auch keinen Rat geben, doch ich weiß, dass es hier irgendwo eine große, natürliche Harfe gibt. Wenn es gelingt auf dieser die richtige Melodie zu spielen, wird die Welt wieder ins Gleichgewicht zurückkehren können... Diese Wesen hier brauchen dann nicht anderswo neu zu beginnen... Sie könnten weiter bestehen...

Aber welche Musik, welche Harmonie, oder vielleicht auch Disharmonie das sein muss, dass kann ich dir nicht sagen... Das musst du selber herausfinden..."

Mit diesen Worten verschwand der kleine leuchtende Geist und ließ

den Jungen tief beschämt zurück. Es gab meist immer einen Weg. Doch hier blieb nicht mehr viel Zeit um etwas zu unternehmen. Hoffentlich würde sie noch reichen, um einen Ausweg zu finden... Die alte Frau würde ihm bestimmt helfen...
Und so schlief er endlich richtig ein, um am nächsten Morgen mit seiner Aufgabe zu beginnen.

Am nächsten Morgen weckte die alte Frau ihn. Sie hatte Frühstück gemacht. Er aß hungrig. Dann sah er sie nachdenklich an. Wie sollte er nur beginnen? Er wollte sie doch nicht erschrecken.
Sie betrachtete ihn verblüfft. Heute machte er einen so erwachsenen, vernünftigen Eindruck. Als sie ihn am gestrigen Abend gefunden hatte, war er ihr vollkommen verwirrt und hilflos vorgekommen! Und jetzt? Es machte ihr fast Angst. Doch vielleicht war es ja ein Wink des Schicksals... Vielleicht hatten ihn die Götter gesandt... Sie versuchte zu lächeln, doch es gelang ihr nicht recht.
Der Junge zögerte noch immer. Endlich begann er zu sprechen. Fing einfach an, ihr von all den Welten zu erzählen, und dem Streben nach dem Gleichgewicht, der Suche nach der Harmonie...
Schließlich gestand er ihr auch, dass er ihre gestrigen Überlegungen mitbekommen hatte... Wenn er praktisch schon schlief, und doch nicht schlief, konnte es schon mal passieren... Immerhin war es sehr aufschlussreich gewesen! Jetzt wusste er wenigsten, warum er hier war! Danach schwieg er.

Die alte Frau war sprachlos. Sollten nach so langer Zeit ihre Gebete tatsächlich erhört worden sein? Jetzt wo es fast zu spät war? Nun denn, mutlos sah sie ihren Gast an, wie sollten sie denn nun noch etwas ändern! Die Wesen hier hatten doch ganze Arbeit geleistet!

Der Junge lächelte erleichtert als er ihre Reaktion sah. Er hatte also den richtigen „Kontakt" gefunden! Das war oft gar nicht so einfach. Jetzt erzählte er ihr von der Überlegung, dass die zerstörerischen Dissonanzen von kreativen Melodien überlagert werden müssten!

Dazu galt es nun die entsprechende Melodie zu finden, und sie dann der Welt zum Spielen zu übergeben...

Die alte Frau lachte bitter. So? So einfach sollte es sein!? Nein, das konnte nicht sein. Sie hatte so lange nach passenden Harmonien gesucht um das Unheil aufzuhalten... In der Anfangsphase hatten ihr noch viele Schüler geholfen... Doch nie hatte auch nur eine der Melodien irgendeinen Effekt gezeigt. Stets waren sie ungehört verhallt.

Der Junge sah zu Boden. Waren es denn Harmonien, die sie suchten? Dieses Chaos dort draußen war doch auch nicht durch eine Harmonie entstanden, gleich wie scheußlich sie auch sein mochte! Es war das Ungleichgewicht selbst, was sich dort manifestierte! So konnte es auch nur mit einer ebensolchen Disharmonie ins Gleichgewicht zurückgebracht werden...

Er hatte nicht bemerkt, dass er seine Gedanken laut ausgesprochen hatte. Die alte Frau lauschte mit offenem Mund. Dann, plötzlich, rief sie aufgeregt: „Das ist es, das ist es! Ich habe immer nach etwas gesucht, das da sein sollte! Doch nie nach dem was fehlte! Und genau dies ist es, was wir brauchen... Die Musik des Chaos da draußen ist unvollständig. Sie ist nur ein Teil des Ganzen! Mit den Harmonien haben wir diese Musik durch den Teil der Harmonien, der nicht enthalten ist, geschwächt, wie auch gestärkt durch den Teil der in ihm enthalten ist... Dadurch konnten unsere Versuche keinen Erfolg haben... Wir haben die Schalen der Waage des Gleichgewichts immer auf beiden Seiten belastet! So konnten wir das Gleichgewicht nicht zurückgewinnen!" Sie sprang auf. Jetzt war ihr klar, was sie machen musste! Erwartungsvoll sah sie den Jungen an. Dieser verbeugte sich und lächelte leicht: „Ich vertraue mich Eurer Führung an, denn die notwendigen Dissonanzen kann ich nicht finden, ich bin kein Meister der Töne... Noch nicht... Vielleicht werde ich es sein, wenn dieses Abenteuer vorüber ist..."

Die alte Frau lächelte, und so machten sie sich auf den Weg ins alte Heiligtum der Gilde. Dort gab es noch Instrumente, dort standen die Aufzeichnungen von Jahrhunderten, und vielleicht hatten sich auch einige junge Wesen dorthin verirrt... Die Kinder waren meist noch unbeeinflusst von den Dissonanzen, wenn sie in diese Welt kamen... So konnte es noch Hoffnung geben...

Es war ein weiter Weg. Sie übernachteten in einer Höhle. In der Nacht wachte der Junge auf.

Staunend betrachtete er den Horizont. Er schien in Flammen zu stehen. Es war, als ob das Licht der Sterne die Dissonanzen dieser Welt miterlebte... Das Licht zeichnete ein schauriges Muster am Himmel, welches in ihm lebendig wurde. Sein eigenes Licht bäumte sich auf und verband sich mit dem Licht der Sterne, floss mit ihm. Er spürte, dass er das Ungleichgewicht dieser Welt immer besser verstand, sah die Lichtenergien, die der Welt fehlten... Doch wusste er auch, dass dies eine Welt der Töne war, und dass er die entsprechenden Tonwellen finden musste, wollte er das Gleichgewicht wiederherstellen! Er schluckte schwer. Das Licht war seine Heimat... Er hörte gerne Musik, doch aufgehen konnte er nur mit Schwierigkeiten darin... Seiner Schwester wäre es leichter gefallen... Die Musik fiel ihr nur so zu... Dann befreite er sich aus dem Tanz des Lichtes und kehrte in die Höhle zurück... Hoffentlich würden sie die entsprechenden Töne konstruieren können... Und hoffentlich würden sie die Harfe der Welt, er hatte der alten Frau noch nichts davon erzählt, finden und entsprechend stimmen können... Es war nicht zu viel versprechend, doch versuchen mussten sie es! Damit schlief er ein.

Am nächsten Morgen gingen sie weiter. Es war ein ödes Land. Es schien, als ob die Welt selber schon aufgab. Sie fühlte sich so leblos und kalt an. Es wurde höchste Zeit! Bald waren die Schäden irreparabel!
Die alte Frau spürte es auch. Seufzend ging sie weiter. Sie durfte nicht aufgeben. Endlich sahen sie in der Ferne das alte Gildehaus. Es glänzte selbst jetzt noch hell in der Sonne. Es schien ihnen einladend zuzulächeln. Erleichtert gingen sie darauf zu. Wenigsten hier war

noch nicht alles verloren! Bald hatten sie es erreicht...

Die beiden Wanderer betraten das alte Gebäude vorsichtig. Hier war es so ruhig... Es war eine wohltuende Stille, die nichts von der draußen herrschenden Geräuschlosigkeit hatte. Hier klang selbst die Stille selber ... Der Junge lächelte. Hier waren sie richtig. Er konnte es fühlen.

Die alte Frau führte ihn durch die Säle. Dann standen sie in der Bibliothek. Es gab hier eine unüberschaubare Anzahl von Büchern. „Sind dies alles Abhandlungen über Musik?" fragte sich der Junge verblüfft. Wie sollten sie hier nur etwas finden?! Wo sollten sie anfangen? Er wusste zwar wie das Endprodukt aussehen sollte, doch wie dies zu realisieren war, davon hatte er leider keine Ahnung... Das musste er der alten Frau überlassen...

Die alte Frau sah ihn nachdenklich an. Er hatte ihr auf dem Herweg von seiner Vision erzählt. Die Klangkomposition in Licht! Doch sein Bericht war notgedrungen unzureichend gewesen... Er verstand zu wenig von der Musiklehre... Und sie selbst hatte sich kaum mit der Eigendynamik der Dissonanzen beschäftigt! Und dort mussten sie jetzt suchen! Morgen würden sie beginnen!

Hoffentlich fanden sie in den Vorratskellern noch etwas zu essen...

Nach einer kurzen Besprechung suchten die beiden die Keller auf. Hier war es noch stiller, und doch wirkte die Stille so, als ob sie nicht alleine wären... Der Junge schluckte. Würden sie auf Freunde oder Feinde treffen? Die Luft war leicht, beschwingt... Er konnte nicht an Feinde glauben. Die Luft würde es widerspiegeln. Die alte Frau schien nichts zu bemerken. Sie ging ruhig weiter...

Sie fanden genug zu essen. Schnell packten sie sich einen Vorrat zusammen. Sie wollten nicht jedes Mal, wenn sie etwas essen wollten, hierher kommen...

Da hörten sie plötzlich eine aufgebrachte Stimme hinter ihnen. Sie schien von einem jungen Mädchen zu kommen: „Sie nehmen unsere Vorräte, sie fragen nicht einmal!"

Eine andere Stimme antwortete ruhig: „Wir haben uns doch noch gar nicht gezeigt... Sie mussten doch annehmen, dass niemand hier ist... Vielleicht kennen sie sich ja auch mit Musik aus..." Die Stimme klang sehnsüchtig...

Die alte Frau sah sich um, konnte aber niemanden sehen. Die Keller waren ja auch recht dunkel... Aber, hatte sie recht gehört, gab es hier tatsächlich noch Wesen, die sich nach Musik sehnten? Nun dann sollten sie welche zu hören bekommen! So begann sie zu singen. Ihr Lied klang weit durch den Keller. Hier erstickte es nicht gleich in der nächsten Ecke. Hier gab es noch echte Melodien...

Ihr Lied handelte von ihrer Suche, von dem Versuch die Welt zu retten und der Bitte um Hilfe, da sie es allein nicht schaffen könnte, und ihr junger Begleiter hier, habe von Musik keine Ahnung. Er sei ein Wesen des Lichtes und nicht der Töne... Obwohl beides doch eins sei...

Sie sang und sang. Der Junge hörte versunken zu. Es war wunderschön.

Schließlich kamen fünf noch recht junge Wesen dieser Welt vorsichtig zu ihnen heran. Zwei Jungen, drei Mädchen...

Prüfend sahen sie sich an. Noch sang die alte Frau. Eines der Mädchen meinte schließlich ganz leise, andächtig: „Sie muss eine der alten Meisterinnen sein... Wir haben es versucht, doch wir können keine solche Musik machen..."

Jetzt endete das Lied der alten Frau. Sie lächelte die fünf an und meinte: „Ich bin froh, dass ihr hier seid. Zusammen können wir es schaffen..."

Verlegen sahen die fünf sie an. Sie wussten doch noch gar nicht, um was es eigentlich ging...

Doch dieser Zustand dauerte nicht lange! Auf dem Weg zurück in die Bibliothek erzählte ihnen der Junge die ganze Geschichte. Danach machten sie sich mit Feuereifer auf die Suche...

Der Junge zog sich zurück. Ihn beschäftigte immer noch die Frage, wo sich die Harfe der Welt nur befinden mochte. Sie würden sie brauchen...

Die sechs dort bei den Büchern würden die Musik machen, doch er hatte die Harfe zu finden! Er hatte keine Idee, wo sie sein mochte... Er setzte sich in die Sonne... ließ seine Gedanken einfach treiben. Dabei bat er den Schöpfer um Hilfe... Hier konnte er aus eigener Kraft nichts mehr erreichen!

Er träumte, fand sich im Mondlicht wieder. Er sah ein Tal, es war nicht weit von hier. Dort sammelte sich das Mondlicht in einem kleinen ruhigen Teich und verteilte sich von dort aus in farbigen Strahlen zu einzelnen Kristallen hin... Es sah wunderschön aus. Plötzlich stutzte der Junge! Wenn er das Muster der Strahlen betrachtete, dann sah es so aus... wie, wie eine Harfe!
Unbedacht sprang er auf, und fiel auf die Nase, so plötzlich aufzuwachen war nicht jedermanns Sache!
Er lachte, er hatte die Harfe gefunden und die war nicht weit fort!
Schon wollte er zu den anderen laufen, als ihm Bedenken kamen. Was war, wenn die Harfe nur bei Vollmond erschien? Und wie sollten sie sie spielen? Es gab noch genug für ihn zu tun! Die Angelegenheit mit dem Vollmond musste die Welt selber regeln! Daran konnte er nichts ändern! Er überlegte. Gestern Nacht war der Mond schon recht rund gewesen. Lange würde es bestimmt nicht mehr dauern bis er voll war! Und dann hatte er die Harfe doch auch jetzt schon gesehen! So kritisch konnte es also mit dem Vollmond auch nicht sein... Er atmete auf. Es war also viel dringender die Musik zu finden und herauszubekommen, wie sie die Harfe spielen konnten...
Sie würde die Töne in Licht verwandeln müssen... Der Junge seufzte. Dabei hatte er schon Schwierigkeiten genug gehabt, der alten Frau seine Vision zu übermitteln... Aber direkt diese Harmonien auf der Harfe in Licht zu erzeugen, konnte er auch nicht! Nachdenklich sah er über die Welt. Irgendwie musste es doch einen Weg geben... Nun, jedenfalls, wusste er wohin sie gehen mussten, wenn sie das Lied gefunden hatten!
Er lief zu den anderen. Sie waren eifrig am Probieren. Einiges hörte

sich absolut scheußlich an. Am liebsten wäre er davon gelaufen...
Doch ein sanfter Impuls hielt ihn fest!

Dann spielte einer der Jungen etwas. Es hörte sich eigentlich gar nicht an. Es war nur. Der Junge schrie auf. Das war es! In dieser Richtung mussten sie weitersuchen... Die anderen sahen sich an. Das war doch keine Musik! Sie versuchten zu protestieren, doch ihr Besucher ließ keine Einwände gelten...

Nach einer Weile bemerkten aber auch sie die seltsame Eigendynamik dieser eigenartigen Nichtmusik.

Es dauerte Tage, doch das Gebilde wuchs. Langsam begannen die Musiker selber zu merken, wann die Töne falsch und wann richtig waren... Zuvor hatte es ihnen der Junge immer sagen müssen...

Nun spürten sie den Herzschlag ihrer Welt in ihren Adern, spürten dass sie ein Teil dieser Welt waren, spürten die Trauer der Welt über die Spaltung...

Sie arbeiteten ohne Unterlass. Der Junge sah nachdenklich zum Himmel. Noch schien der Mond, noch waren die Götter ihnen hold. Es gab keine Wolken... Hoffentlich hatten sie es bald geschafft Er glaubte nicht, dass die Welt es noch lange aushielt... Er spürte, dass sie es bis zum Neumond geschafft haben mussten! Sonst war es zu spät... Misstrauisch betrachtete er den Mond. Sie hatten noch zwei oder drei Tage Zeit! Lange war dies nicht... Er legte sich schlafen.

Am anderen Morgen wurde er von einer aufgeregten Schar geweckt. Sie wären fertig, erklärten sie ihm. Jetzt müssten sie ihr Machwerk nur noch an den Mann bringen...

Und diese Bemerkung jagte dem Jungen einen Schauder über den Rücken. Damit hatte er sich noch gar nicht befasst... Er hörte sich das Stück an. Es war in Ordnung. Sie hatten es wirklich geschafft. Dann schickte er sie schlafen. Sie müssten am Abend fit sein.

Das ließen sie sich nicht zweimal sagen. Schnell waren sie verschwunden. Die alte Frau ließ sich jedoch bei ihm nieder. Sie wollte wissen, was heute Abend auf sie wartete.

Leise erzählte er ihr von der Harfe aus Licht... Hatte sie vielleicht eine Idee? Sie schüttelte den Kopf, doch dann... Plötzlich lächelte sie. Es gab da eine Sage... Leise begann sie zu erzählen:

Als der Schöpfer die Welt erschuf gab es nur Licht und Klang. Beides war eng miteinander verwoben. Doch die Wesen, die diese Welt bewohnen sollten, gaben sich als Wesen des Klanges, der reinen Musik... Für sie war Licht Wärme und Helligkeit, doch kein Baustein der Ewigkeit... Der Schöpfer schüttelte den Kopf. Er wusste nur zu gut, dass jedes Wesen Licht wie Klang war, doch sollten sie es auf ihre Weise machen...

Im Ton allein steckten schon genügend Möglichkeiten um Gleichgewicht und Chaos zu erzeugen... Im Licht spiegelte es sich dann wieder... So schuf er die Lichtharfe... Sie spielte die Klänge der Welt und schuf so den Ton, die Musik... Als die Welt erschaffen war, versiegelte er die Harfe. Hier sollten keine neuen Lichttöne mehr gespielt werden... Töne, die zusammen die Welt ergaben... Jetzt brauchte die Welt sie nicht mehr! Jetzt konnte sie ihre eigenen Lieder im Fels, im Wasser, in den Pflanzen, in der Luft spielen... Wunderbare Töne, die Musik der Harmonie...

Doch der Schöpfer rief die Harfe nicht zurück, heim ins Licht, denn vielleicht gab es ja einst eine Zeit, in der sich die Weltbewohner wieder mehr mit dem Licht befassten... Vielleicht wollten sie dann Klänge in Licht verwandeln... Und erkennen, wie sehr sich doch beides gleicht... So richtete er die Höhle ein. Wenn hier Musik gespielt würde, würden die Wände sie aufnehmen und in die entsprechenden Lichtenergien verwandeln, die Harfe würde diese dann aufnehmen und Klang und Licht verweben... Ein neues Muster würde entstehen. Die alte Frau schwieg. Sie sann der Geschichte nach, der Junge aber stutzte.

Wenn sie die Höhle fanden und ihre Umwandlungseigenschaften benutzten, würde aus dieser Welt eine Welt aus Ton und Licht! Konnte das gut gehen? Bestürzt teilte er diese Überlegungen der alten Frau mit.

Sie sah zu Boden. Dann lächelte sie wehmütig: „Wir, die wir hier leben, haben inzwischen selbst die Harmonie des Klangs mit Füßen getreten... Fangen wir neu an, so können wir auch mit beiden arbeiten... Zwei meiner Schüler sind, glaube ich, dem Licht sowieso näher als dem Klang! Es wird Zeit neu zu beginnen... Wenn in der Ewigkeit Licht und Ton eins sind, sollten wir auch hier versuchen, dies herauszufinden..."

Die alte Frau seufzte. Leicht waren ihr diese Worte nicht gefallen. Viele ihrer alten Anschauungen gingen dabei zu Bruch. Doch eine neue Zeit verlangte nach neuen Ideen, und so handelte sie!

Es gab im Moment nur eine Wahl: Die Welt sterben zu lassen, oder sie dem Licht zurückzugeben. Sie hatte sich für das letztere entschieden.

Die Musik würde weiterleben, sie würde keinen Verlust sondern einen Gewinn davon tragen, versicherte ihr der Junge aufmunternd, doch sie mochte noch nicht so recht daran glauben.

Sie warteten auf den Abend. Dann machten sie sich alle zusammen auf den Weg. Es war ein langer Weg.

Endlich waren sie am Talrand angekommen. Andächtig sahen sie auf die in allen Farben leuchtende Harfe hinunter... Wie um alles in der Welt sollten sie denn nun die Höhle finden!

Da leuchtete ganz in der Nähe ein heller Fleck auf, so als ob er sie zu sich rufen wollte. Die Jugendlichen sahen den Jungen fragend an. Dieser nickte. Das musste der Eingang zur Höhle sein. Es war nicht mehr weit. Seufzend nahmen sie ihre Instrumente hoch. Bald hatten sie es geschafft. Die alte Frau ging voraus, sie hatte nur ihre Stimme zu tragen...

Dann standen sie vor dem Eingang. Jetzt zögerten sie doch. Es sah so finster aus. Der Junge ging langsam vor. Es sah bestimmt dunkler aus als war. Doch je weiter er ging, desto dunkler wurde es. Verblüfft schüttelte er den Kopf. Vorsichtig tastete er sich vorwärts. Es musste doch wieder heller werden! Dann schien er in einer gewaltigen Halle zu stehen. Er traute sich nicht allzu weit zu gehen. In dieser Dunkelheit würde er nie wieder zurückfinden...

Nachdenklich stand er da. Er fand keine Lösung für dieses Problem.

Dann spürte er plötzlich die alte Frau neben sich. Auch sie schien bestürzt zu sein.

Es musste doch eine Lösung geben! Der Junge sah sich entschlossen um. Oben in der Decke schien es so etwas Ähnliches wie Fenster zu geben, vielleicht waren das die Membranen, die die Klänge in Licht verwandelten... Sie waren immerhin das Einzige was hier in irgendeiner Form Licht abgab...

Er überlegte. Hier war die Höhle der Klänge, Licht war Klang, doch die ursprünglichen Bewohner dieser Welt wollten dies nicht anerkennen, so konnte es hier auch kein Licht geben! Aber wenn sie begannen Musik zu machen, würde es dann nicht anders werden? Ein Versuch konnte nicht Schaden. Entschlossen begann er von Licht und Liebe, von Ton und Klang zu singen. In seinen Gedanken verbanden sich Worte mit Farben und erzeugten so einen leuchtenden Schimmer. Die alte Frau zuckte zusammen. Das war ja eine merkwürdige Musik. Doch dann staunte sie. Es wurde heller. Sie zögerte nicht mehr. Schnell lief sie zurück und holte die anderen. Rasch bauten diese ihre Instrumente auf. Wer wusste wie lange es hell bleiben würde... Zum Spielen brauchten sie kein Licht, doch zum Aufbauen...

Der Junge sang, er spürte wie er mit dem Licht und dem Ton eins wurde... Es war ein Gefühl des Fließens und des Ganzseins... Doch noch fehlte etwas... Er fühlte, dass die Welt krank war... Er schwieg betroffen und sah im schnell verblassenden Licht, wie seine Freunde begannen ihre Musik zu spielen...

Noch benommen von seinen eigenen Tönen, trugen ihn die neuen mit sich fort. Er fand sich an den Membranen wieder, trat durch sie hindurch, flog mit dem Licht...

Einem rohen, kalten Licht und doch auch liebevoll... Doch unharmonisch und unvollständig... Er fühlte sich nicht wohl, wollte fliehen... Doch die Töne ließen ihn nicht los. Er war ein Teil von ihnen... Er ergab sich seinem Schicksal und flog mit ihnen in die Harfe. Dort trafen die sich die Töne der Welt mit den neuen Tönen. Es gab einen furchtbaren Krach. Die Dissonanzen waren entsetzlich!

Der Junge fuhr zusammen. So hatte es in seinem Traum aber nicht ausgesehen! Was nun?

Sein Geist sah sich um, stellte fest, dass die neuen mit den alten Tönen um die Vorherrschaft stritten. Jede Art wollte die Welt für sich! Da begriff er, was er zu tun hatte und griff ein.
Sein Lichtkörper bildete die Brücke von einem Lichtton zum anderen und band den wilden Strauß zusammen. Bald fanden die Harmonien wieder von selber zueinander und der Tanz im Licht und Ton wurde zu einer Erholung...
Langsam verklang das Lied. Die Harfe begann zu reagieren. Sie spielte die nun zusammengefügten Teile in einer unglaublichen Vollendung! Dem Jungen fiel es schwer sich aus dem Licht und Klang Gewirk zu lösen, das Licht band ihn gar zu fest.
Endlich gelang es ihn, und er stand wieder in der Höhle. Seine Kameraden sahen ihn fassungslos an. Während seines Ausfluges hatte er sich in eine Lichtsäule verwandelt. Selbst jetzt umgab ihn noch ein heller Schein.
Scheu sahen sie ihn an. Dann aber vergaßen sie ihre Furcht. Die Membranen wurden durchsichtig. Sie sahen hinaus und staunten...
Von der Harfe gingen gleißende, glühende Lichtbahnen aus. Die Wesen erkannten ihre Komposition in fremden, ergreifenden Melodien wieder, lachten und tanzten, begriffen, dass dieses Licht, das Gleichgewicht zurückbringen würde...
Sie liefen nach draußen, begannen mit dem Licht und dem Ton eins zu werden, sahen, dass dies mit allen Wesen dieser Welt geschah, sahen die Heilung der Welt.

Gegen Morgen verblasste das Licht und die Welt kehrte in ihren Normalzustand, in ihren neuen Normalzustand, zurück.
Wie dieser nun aussah, würden sie erst erkunden müssen! Jedenfalls war die Freude schon jetzt zurückgekehrt! Alles andere würde sich finden...

Als sie dann aber nach dem Jungen suchten, war dieser verschwunden... Schade, sie hätten ihm doch so gern ihre neue Welt gezeigt!

Doch der Junge hatte neue Aufgaben, seine hiesige war beendet, so konnte er nicht verweilen, es gab noch so viel zu tun.

Polarisation

Das Mädchen sah sich um. Oh, war es hier schön! Alles war so klar, so hell. Kaum, dass es irgendwo Schatten gab...
Eine schönere Welt konnte es kaum geben. Es spürte eine unglaubliche Freude in sich und freute sich am Klang, den Wind und Welt gemeinsam sangen...
Hier konnte es doch kein Ungleichgewicht geben... Hier war es schön... Das Mädchen wunderte sich. Bisher war es noch nie umsonst irgendwo hin geschickt worden...
Damit war hier trotz aller Schönheit und allen Friedens irgendetwas nicht in Ordnung... Es überlegte nachdenklich, was der Hüter der Welt ihm kurz vor dem Übergang hierher mitgeteilt hatte:
„Diese Welt ist eine Welt voller Licht und Schatten! Beides sollte zum Leben gehören, doch die Bewohner haben versucht Licht und Schatten konsequent zu trennen... Die Schatten praktisch aus ihrem Leben verbannt! Sie beginnen so engstirnig zu werden... Ich weiß mir keinen Rat mehr, daher bitte ich darum, dass es sich doch einmal jemand ansieht. Noch besteht keine Gefahr, doch wenn es so weitergeht...“

Das Mädchen schüttelte den Kopf. Es verstand es nicht! Hier war es ganz einfach wundervoll! Und was es hier für eine vielfältige Pflanzen- und Tierwelt gab! So etwas hatte es noch nirgends sonst gesehen.
Allerdings hatte es bisher auch noch keine Einheimischen getroffen... Es würde erst einmal versuchen so etwas in Erfahrung zu bringen, bevor es sich mit ihnen in Verbindung setzte...
Es ging langsam auf eine wundervolle Stadt zu. Die Häuser waren aus einem funkelnden Glas gefertigt und bildeten bizarre Formen, die bis in den Himmel ragten.
Die Bewohner schienen keine Heimlichkeiten zu kennen, überlegte das Mädchen, immerhin sind all ihre Wohnungen durchsichtig...

Vielleicht liegt hier schon das Problem... Es ist bestimmt sehr anstrengend immer so zu leben, dass alle anderen nichts daran auszusetzen haben...

Das Mädchen ging weiter.

Schließlich setzte es sich in der Stadt auf eine Bank. Es wurde nicht beachtet. Es schien den Normen zu entsprechen... Die Wesen hier sahen den Menschen in ihrer Heimat so ähnlich wie ein Küken dem anderen. So beschloss es, sie Menschen zu nennen. Sie glichen diesen so sehr...

Das Mädchen beobachtete die Menschen dieser Welt stumm. Sie waren alle in helle Gewänder gekleidet. Nirgends gab es auch nur ein Zipfelchen dunklen Stoffes... Schwarz schien hier in keinster Weise vertreten zu sein, nicht einmal grau! Es sollte doch eine Welt voll Licht und Schatten sein?

Irgendwie war diese Abwesenheit der Farbe Schwarz nicht normal. Draußen in der Natur hatte es durchaus Schwarz gegeben. Schwarze Tiere, schwarze Steine... Doch hier... Es sah nicht einmal die sonst so allgegenwärtigen schwarzen Insekten! Hier gab es nur kleine gelbe, durchscheinende und leuchtend schimmernde Insekten. Ab und zu flogen auch ein paar grellviolett schimmernde Falter durch die Luft... Seltsam, seltsam...

Es wandte sein Interesse wieder den Menschen zu. Sie sahen recht zufrieden aus. Kein Gesicht zeigte irgendwelche Anzeichen von schlechter Laune oder Zorn...

War bei allen der Tag und die Geschäfte so gut gelaufen? fragte sich das Mädchen. Gab es hier keinen Ärger?

In einer Welt von Licht und Schatten konnte das aber nicht angehen! Es sei denn, das Mädchen verschluckte sich fast, die Bewohner hätten einfach beschlossen, es dürfe die Schatten nicht mehr geben. Waren sie schon so reif? Warum hatten sie dann aber auch die Farbe Schwarz verbannt? Wenn sie so in Frieden mit sich waren, war die Farbe der Kleidung vollkommen egal! Warum gab es hier in der Stadt nicht einmal schwarze Insekten? Die Natur hatte doch ihr eigenes Gesicht!

Hatten die Menschen hier vor, das Übel auf jeden Fall zu verbannen? Dann hatten sie sich aber etwas vorgenommen! Das Mädchen seufzte. Das war ja eine herzerfrischende Aufgabe! Da hatten sich die hiesigen Wesen eine Welt geschaffen, die die Bosheit und die Schatten nicht mehr kannte, und es sollte sie zu ihnen zurückbringen? Da konnte doch kein Sinn drin liegen! Sie weigerte sich!

Allerdings würde es sich die Auswirkungen dieser Einrichtung einmal genauer ansehen. Vielleicht würde es dann richtig begreifen, was hier eigentlich vor sich ging. So ganz geheuer war es ihm nämlich trotz allem nicht!

Wer die Schatten aus seinem Leben ausschloss, konnte doch nie Frieden mit sich machen!? Oder doch...?

Es mochte den Traum einer perfekten Lösung noch nicht aufgeben...

Jetzt näherten sich ihm mehrere Personen. Alle in perfektes Weiß gekleidet. Es fühlte sich nicht wohl. Erfüllte es, die ihm unbekannten Normen dieser Welt? Oder hatte es gegen irgendeine Verordnung verstoßen?

Die Männer traten näher. Höflich baten sie es mitzukommen. Das Mädchen sah sie an und wollte wissen, wohin sie es bringen würden. Doch es bekam keine Antwort. Schweigend eskortierten die Männer es.

Verblüfft beobachtete das Mädchen, dass niemand es und seine Begleiter zur Kenntnis nahm. Alle sahen pflichtschuldigst zu Boden. War Neugier hier etwa verboten? So langsam kam ihm hier doch so einiges merkwürdig und recht bedenkenswert vor.

Es folgte den Männern stumm. Hier schien alles nach festen Regeln abzulaufen. Vielleicht würde es am Ziel etwas mehr erfahren.

Endlich kamen sie an einem großen weißen Gebäude an. Erstaunlicherweise waren die Wände nur halbdurchsichtig. Man konnte hier nur Schatten sehen...

Die Männer betraten das Gebäude mit einer gewissen Scheu, wie das

Mädchen erstaunt bemerkte. Was mochte es nur darstellen? Es sollte es bald erfahren!

Der Weg führte durch lange, in milchig weißes Licht gehüllte Gänge. Dann kamen sie in einen großen Saal. In der Mitte stand ein Thron, auf dem eine sehr alte Frau saß.

Die Männer verbeugten sich und erklärten der alten Frau: „Hohe Frau, diese junge Frau haben wir draußen aufgegriffen. Sie war damit beschäftigt andere zu beobachten. Sie schien keine andere Beschäftigung zu haben. So haben wir sie hierher gebracht, um sie vor dem Nichtstun zu bewahren! Ihr seid so weise, hohe Frau! Euch fällt bestimmt eine Tätigkeit für diese junge Frau ein!"

Wieder verbeugten sich die Männer und verschwanden danach durch eine Tür hinter dem Thron.

Die alte Frau musterte das Mädchen. Dann meinte sie spöttisch: „Du stammst nicht von hier! Was willst du?!"

Herausfordernd sah sie es an. Das Mädchen schluckte, dann sprach es leise: „Ich kam hierher, weil der Höchste mich hierher sandte. Ich blieb, weil es mir gefiel... Ich werde gehen, wenn ihr mich fortschickt..."

Es schwieg, sah zu Boden und hoffte im Stillen, dass diese Herrscherin ihm glauben würde... Seine Arbeit würde sehr schwer werden, wenn es sie im Verborgenen tun musste...

Die alte Frau sah es ironisch an: „So der Höchste... Nun, wer weiß, was sich da draußen in den Bergen für seltsame Vorstellungen vom Schöpfer erhalten haben. Du scheinst jedenfalls den schicklichen Anstand zu besitzen, den die Bürger dieser Stadt haben müssen, um hier leben zu können... Ich werde dich nicht fortschicken... Ich kann durchaus auch Menschen mit ein wenig Neugier gebrauchen. Immerhin müssen wir über die Befolgung der Gebote wachen..."

Dem Mädchen fiel ein Stein vom Herzen. Zumindest hatte diese Frau es nicht als ganz Fremde erkannt. Vielleicht suchte sie nach Mitarbeitern für ihre Polizei.... Aufmerksam sah es die alte Frau an. Diese lächelte unvermittelt und meinte: „Komm mit, ich will dir die

Welt zeigen, die es zu behüten gilt... Und wie sie aussah bevor wir unseren Frieden geschaffen hatten..."

Das Mädchen folgte ihr in einen kleinen Raum. Hier stand eine große Kristallkugel von fast einem Meter Durchmesser.
Die alte Frau sprach einige Worte, dann glühte die große Kugel auf.
In ihr wurden Bilder sichtbar... Eine Art Film lief vor den Augen des Mädchens ab:

Es sah, wie sich die Familien in Freundlichkeit und gegenseitiger Achtung behandelten. Niemand kam auf die Idee gegen die Interessen der Gemeinschaft zu verstoßen. Jeder arbeitete im Sinne der gegenseitigen Liebe...
Die alte Frau dokumentierte die Bilder mit ruhigen Worten. Es gab keinen Streit, keine lauten Worte. Selbst die Kinder lernten rasch den Weg der Freude zu gehen...
Und wer den Weg nicht so recht fand, wurde auch nicht ausgestoßen! Er wurde in ein bestimmtes Schulungszentrum gebracht. Dort lernten sie die Disziplinen der Höflichkeit und der Liebe zu achten und zu befolgen!
Es gab nicht viele Menschen, denen es schwer fiel den Weg des Friedens zu gehen, doch es gab sie. Die alte Frau seufzte. Und deshalb brauchte sie auch Wesen, die die Augen offen hielten, die halfen den absoluten Frieden zu bewahren! Sonst, ja sonst, könnte schnell wieder ein Zustand erreicht werden, wie ihn ihr Urgroßvater vor etlichen Jahren beseitigt hatte...
Das Mädchen hörte aufmerksam zu. Ihm kamen etliche Zweifel an der Aufrichtigkeit dieses Friedens. Die Menschen, die es hier gesehen hatte, glichen einfach zu sehr Marionetten! Wo war die Lebendigkeit hin, wo die Eigeninitiative? Gab es hier denn noch Forschung und die Freude laut zu lachen? Alles schien so festgelegt zu sein... Spontaneität schien es nicht mehr zu geben...
Jedes laute Lachen, jede hastige Bewegung war untersagt! Alles hatte gemessen und liebevoll(?) zu geschehen. Das Mädchen sah die

Bilder und schüttelte innerlich den Kopf. Wie um alles in der Welt hatte es nur dazu kommen können? Schweigend wartete sie auf den Bericht aus der Vergangenheit.

Die alte Frau wertete sein Schweigen als Bewunderung. Immerhin war es so ein liebes Wesen... Und so begann sie mit dem Bericht aus der Vergangenheit.

Wieder erschienen in der Kristallkugel Bilder. Diesmal waren, außer den Menschen, auch Wesen anderer Hautfarbe vertreten. Etliche wiesen sogar Schuppen oder andere Seltsamkeiten auf!

Sie führten alle gegeneinander Krieg. Sie trieben die furchtbarsten Sachen miteinander. Es gab keine Moral, keine Freundlichkeit. Sie begannen einander auszurotten... Sie konnten einander nicht akzeptieren!

Zunächst war dies nur zwischen den einzelnen Rassen so gewesen, doch dann wandten sich die einzelnen Rassen auch innerhalb ihrer Gruppe gegeneinander. Es war einfach furchtbar gewesen.

Zu dieser Zeit kam ein junger Mann in die Welt. Er war der Bote der Liebe gewesen. Er kannte keine Unterschiede, er nahm jedes Wesen so wie es war. Er legte den Grundstein, um die Kriege zu stoppen! In den einzelnen Völkern entstanden Friedensbewegungen, die sich zur Aufgabe setzten die Wahrhaftigkeit der Liebe zu erkennen.

Sie lehrten die Gleichwertigkeit aller Wesen! So kam eine Zeit, in der die Welt zu einer wirtschaftlichen Hochblüte kam. Es herrschte Frieden...

Doch den Wesen dieser Welt bekam dieser Frieden nicht! erklärte die alte Frau zornig. Sie lebten in freizügigster Weise miteinander, kannten keine Hemmungen mehr! Es kam zu einem Verfall der moralischen Werte! Die einzelnen Völker vermischten sich zusehends. Gleichzeitig fanden Einzelne den Weg zum Schöpfer und lehrten die Einheit von Gut und Böse! Von Wildheit, Freizügigkeit und Anpassung! Es war eine verworrene Zeit. Diese Gruppen verlangten gar, dass jedes Wesen in aller Schrecklichkeit akzeptiert werden solle! Dies konnte nun aber nicht sein! Es gab so viele Abartigkeiten!

60

So gründete mein Urgroßvater den Orden der reinen Haltung. Als Erstes sah er eine Trennung der Rassen vor! Jede sollte in ihrem eigenen Gebiet leben! Doch alle nach den gleichen Regeln! Um Absonderlichkeiten auszuschließen, wurden Heiraten nur noch unter bestimmten Voraussetzungen bewilligt. In diesem Sinne wurde auch die Anzahl der Kinder vorgegeben! Die Welt war zunächst noch nicht reif für eine solche Idee, die in dem Erreichen des absoluten Friedens gipfeln sollte, wie wir ihn heute haben....

So sammelte mein Urgroßvater seine Getreuen! Es sollte endlich eine wahrhaft saubere und ideale Welt werden! Und sie schafften es in harten Jahren, ihre Vorstellungen auch in die entferntesten Winkel der Welt zu tragen!

Sein Sohn führte sein Werk fort, dann der Enkel und heute bin ich der Verwalter des großen Glücks!

Jede Rasse hat ihre eigene Region, jede hat ihr eigenes Glück, doch gemeinsam arbeiten wir alle am Handel und am Gewinn! Jede Familie hat ihr Auskommen, es gibt keine Not mehr! Alle sind zufrieden! Es ist eine herrliche Welt!

Dem Mädchen schauderte. Da hatte also jemand in einer Art religiösen Wahn beschlossen, die Welt zu verbessern, den Wesen die Lebendigkeit zu nehmen! Sie in gut funktionierende Roboter zu verwandeln. Nun ja, der erste Eindruck war tatsächlich richtig positiv. Doch wenn der Einzelne sich keine private Freude mehr gönnen konnte, und das Recht zum Traurigsein nicht einmal mehr sein Eigen nennen konnte, nahm das Ganze groteske Formen an! Gab es die anderen Rassen wirklich noch? Bei so viel Sauberkeitsfanatismus, konnte es es sich fast nicht vorstellen...

Es war eine Welt, die keine Toleranz kannte! Toleranz war nicht die absolute Gleichheit, sondern die Gleichberechtigung aller Werte, die Vielfalt...

Das Mädchen konnte nichts sagen. Es sah die alte Frau fassungslos an. Die lachte leise und meinte: „Du wirst ein gute Hüterin werden! Alle Hüter kommen aus den Bergen. Das Leben dort ist hart. Es gibt nur wenige Familien dort. Sie leben, um die Hüter zur Welt zu bringen... Nun, das weißt du ja selber... Oh, einst wurde ich auch in den Bergen geboren, doch mein Vater brachte mich schon bald hierher um zu herrschen... Nun, du wirst sehen, es ist eine interessante Aufgabe..."

Das Mädchen stutzte. Hatte es da etwa eben so etwas wie Bedauern in der Stimme der alten Frau gehört? Wer würde der alten Frau auf den Thron folgen? Hatte sie keine Kinder, Enkel?

Irgendetwas war hier falsch! Das Mädchen wartete. Was sollte es denn nun machen. Hier bleiben konnte es nicht! Die alte Frau war tief in Gedanken versunken. Da trat ein hässlicher Mann mit harten fordernden Gesichtszügen ein...

„Hohe Frau", sprach er, „ich brauch einen Dolmetscher! Wir sollen im Gebiet Ataraas Metall abholen, doch es gibt dort in letzter Zeit immer wieder Missverständnisse! Um des Friedens willens, hohe Frau, gib uns diesmal einen Dolmetscher mit!"

Aus ihren Gedanken aufgeschreckt, blickte die alte Frau den Eindringling missbilligend an. Doch sie sagte nichts. Die Wirtschaft hatte ihre eigenen Gesetze. Prüfend sah sie zu dem Mädchen hinüber. Es hatte gesagt, der Schöpfer hätte es geschickt! Eigentlich eine Anmaßung, und sie hatte es auch noch prüfen wollen, doch... Sie überlegte angestrengt. Die Händler brauchten einen Dolmetscher, und als Hüter, ob vom Schöpfer gesandt oder nicht, sollte sie alle Sprachen dieser Welt sprechen!

Der Mann sah sie herausfordernd an. Traf sie denn nun endlich eine Entscheidung? Die alte Frau nickte und zeigte auf das Mädchen. „Nimm sie mit... Sie ist eine exzellente Hüterin... Sie wird euch gute Dienste leisten... Die Sprachen der Welt stellen für sie kein Problem dar..."

Das Mädchen zuckte zusammen. Die Sprachen der Welt... Bisher hatte es es nie mit mehr als einer Sprache zu tun gehabt. Was würde passieren, wenn es übersetzen sollte? Ihm war unheimlich. Doch der Wächter der Welt flüsterte ihm beruhigend zu, es solle sich keine Sorgen machen. Die alte Frau hätte es ausgezeichnet ausgedrückt.

Es würde keine Probleme haben.

So senkte das Mädchen den Kopf. Auch wenn dies etwas plötzlich ging, war es doch eine ausgezeichnete Gelegenheit auch die anderen Aspekte der Welt, die ihm die alte Frau nicht gezeigt hatte, einmal kennen zu lernen...

Eine Welt voller Dogmen konnte so nicht existieren! Irgendwer musste sich die Hände schmutzig machen! Es spürte wie der Händler es musterte. Ein kalter Windhauch schien über es weg zu ziehen. Er schien nicht begeistert zu sein.

Da meinte die alte Frau leise aber bestimmt: „Im Moment ist niemand anders da. Die Männer sind alle unterwegs. Es ist besser, wenn ihr nicht warten wollt, mit ihr vorlieb zu nehmen..."

Der Händler murrte kurz und meinte dann zu dem Mädchen: „Gehen wir! Ich hoffe, du hast einen guten Magen..."

Noch im Umdrehen bemerkte das Mädchen, dass die alte Frau bei diesen Worten zusammenzuckte. Es war also nicht alles Gold was glänzte, stellte es fest und folgte dem Mann.

Draußen wartete ein merkwürdiges Fahrzeug auf sie. Es sah halb wie ein Auto und halb wie ein Flugzeug aus. Ein junger Mann saß am Steuer. Er musterte es verblüfft. Es schien nicht üblich zu sein, dass Frauen diese Arbeit ausführten, dachte das Mädchen spöttisch und betrat neugierig das Fahrzeug.

Der ältere Händler sah ihm ärgerlich hinterher. Hätte es nun nicht etwas Angst haben können? Wenn seine männlichen Kollegen das erste Mal mitkamen, war dies in der Regel der Fall...

Manchmal brachte es die Alte da drinnen doch noch fertig ihn zu überraschen! Wenn sie nicht die Herrscherin über die gesamten Sicherheitseinrichtungen wäre... Irgendwann würde sie nicht mehr da sein! Dann würden andere Saiten aufgezogen werden! Doch wenn sie solche Wesen, wie diese junge Frau hier, in ihren Diensten hatte, wer wusste ob sie sich nicht nach allen Seiten hin abgesichert hatte...

Nun ja denn, er hatte seinen Anteil in Sicherheit gebracht! Wer wusste denn, was der alten Hexe noch so alles einfallen würde. Die meisten trauten ihr ja nichts zu, doch er selber hielt sie für ein verdammt gerissenes Frauenzimmer...

Hoffentlich machte dieses junge Ding hier gute Arbeit! Sie waren auf die Lieferung aus Ataraas angewiesen!

Er gab dem jungen Mann ein Zeichen. Dieser startete. Das Mädchen stand am Fenster des Fahrzeugs und blickte sie verblüfft an. Sie schwebten ja in der Luft... Doch das Gefährt machte nicht den geringsten Lärm... Ein wahres Wunderwerk der Technik! Es staunte.

Die beiden Männer sahen sich an. Angst hatte die ja immer noch nicht! Na ja, vielleicht konnte man sich ja tatsächlich auf sie verlassen...

Es wurde ein langer Flug. Sie schwiegen. Das Mädchen wurde müde. Schließlich schlief es ein. Der Geruch frischen Kaffees weckte es irgendwann. Der junge Mann fragte es vorsichtig, ob es auch welchen wolle. Immerhin wisse er, dass es dies eigentlich nicht dürfe, doch da es ja sonst auch nicht so in die Norm passe... Es sah ihn verblüfft an. Dann lächelte es erheitert und griff immer noch schmunzelnd nach der ihm angebotenen Tasse.

Das tat gut. Anerkennend nickte es ihm zu. Er sah es fassungslos an. Er kam nicht mehr mit. Es war so anders! Selbst die meisten Händler benahmen sich nicht so, so natürlich... Ein anderes Wort fiel ihm dafür nicht ein. Sein Verhalten gefiel ihm.

Im Moment brauche er sich nicht um das Fahrzeug kümmern, da es allein flöge, erklärte er ihm und setzte sich.

Bald waren sie in eine angeregte Unterhaltung vertieft. Er erzählte ihm von seinem kleinen Dorf und der tiefen Religiosität seiner Eltern, die ihn dann im Alter von 14 Jahren zu den Händlern geschickt hatten... Dort hatte er dann gelernt mit den Maschinen umzugehen. Auch mit noch komplizierteren als dieser Flugmaschine... Einige konnten gar bis zum Mond fliegen...

Seine Gesprächspartnerin hörte gebannt zu. Gelegentlich stellte sie Fragen, die den Jungen erstaunten. Wie konnte sie nur darauf kommen? Kannte sie solche Maschinen? Und gab es wirklich Maschinen, die zu den Sternen fliegen konnten? Kam sie vielleicht von dort?

Sein Fernweh wurde wach, die Sterne riefen ihn. Seine Träume, wurden sie Wirklichkeit?

Dann holte ihn die Realität ein. Ein rotes Licht leuchtete von einen abscheulichen Kreischen begleitet hektisch auf.

Der junge Mann sprang auf und lief zu den Kontrollen. Das Mädchen folgte ihm. Es wunderte sich nur, dass sich der ältere Mann anscheinend überhaupt nicht um das Geschehen kümmerte.

Auf eine diesbezügliche Frage, antworte der junge Mann nur: „Ach, der ist Vermittler, Händler... Er kann mit den Geräten nicht umgehen. Er benutzt sie nur. Wir sind für die Funktion der Geräte verantwortlich... Wenn es schief geht, haben wir Techniker dafür gerade zustehen.“

Dann hatte er den Fehler beseitigt. Die Maschine flog wieder ruhig vor sich hin. Das Mädchen sah sich um. Hier im Cockpit sah es überraschend modern aus. Schließlich sah es den jungen Mann herausfordernd an und fragte: „Erklärst du es mir?“

Der junge Mann ließ sich nicht lange bitten. Es brauchte ja niemand zu wissen... So begann eine enge Freundschaft.

Schließlich erreichten sie Ataraas.

Hier sah es ziemlich komisch aus. Das Mädchen sah neugierig aus dem Fenster. Der Händler sah ebenfalls grimmig hinaus. Er schien sich nicht wohl zu fühlen. Nach einer Weile knurrte er seine Begleiter an mitzukommen. Der Junge verzog das Gesicht. Schon wieder! Konnte dieser Kerl denn nicht einmal seine Angelegenheiten alleine erledigen? Es reicht so langsam! Er bedauerte das Mädchen. Es war gezwungen mitzugehen. Immerhin stellte es die Erfolgsgarantie dar...

Er mochte es nicht allein lassen. Es war nett. Mit diesem Gedanken entschied er sich, sie doch zu begleiten. So folgte er ihnen hinaus in die bizarre Umgebung.

Das Mädchen sah sich schaudernd um. Alles hier strömte Verzweiflung und Angst aus. Es war als ob alle Angst, Unsicherheit und Hass hier gesammelt wäre... Es konnte sich nicht des Verdachtes erwehren, dass die schöne helle Stadt auf Kosten dieses Ortes hier entstanden war... Vielleicht wurden alle negativen Gedanken und Emotionen auf irgendeine Weise hierher transportiert? Es schluckte. Der Schöpfer mochte ihm beistehen!

Hier gab es alle nur vorstellbaren harten, grausamen und ängstlichen Emotionen, doch keine Freude, kein Lachen...

Das Mädchen blickte mit dunklen Augen in das vor ihnen liegende Tal. Dieser Ort war sehr, sehr gefährlich... Wie konnte hier nur jemand leben? Nun, es würde es sehen!

Sie sah den Händler auffordernd an. Es hatte doch keinen Sinn hier erst lange herumzustehen...

Der Mann sah es wütend an. Diese junge Dame schien wirklich keine Angst zu kennen. Nun gut! Dann waren sie ja wohl auch hoffentlich bald wieder auf dem Rückweg. So absolut glücklich war er hier jedenfalls nicht! Auch wenn es hier, wie an allen Produktionsorten, exzellente Unterhaltungen gab... Ob die alte Hexe dies wohl weiß? fragte er sich spöttisch. Die meisten Hüter schwiegen dazu. Sie hatten die Welt zu behüten, und dazu gehörten nun mal auch die Orte des Chaos. Sie hatten nur dafür zu sorgen, dass dieses nicht in die zivilisierten Städte gelangte... So hatte es ihm einmal ein alter Hüter erzählt, doch er wusste nicht so recht ob er es glauben sollte oder nicht, denn sie waren gegen alle Arten von Wahrheitssera gefeit.

Er stapfte mit finsterem Gesicht voran. Er hätte gern die Welt nach seinen Vorstellungen umgestaltet, hätte gerne die letzten Städte der Peranas geplündert, doch solange die alte Hexe am Leben war, ging dies nicht! Und wenn sie noch mehr Hüter, wie diese junge Frau hier beschäftigte, dann mochte der Himmel wissen wie es nach ihr weiterging. Bisher hatte er geglaubt, ihr Enkel sei schwach und unfähig, doch mit solchen Beratern zur Seite mochte sonst was dabei herauskommen!

Er spürte heute kaum etwas von der Bösartigkeit des langen, engen Tales, er war zu sehr mit seiner eigenen beschäftigt.

Der Junge und das Mädchen folgten ihm stumm, beide in Gedanken versunken. Beide beteten, baten um Freude, um Licht!

Das Mädchen lächelte den Jungen plötzlich an, als ihr bewusst wurde, dass er ebenfalls betete. Mit einem Male wurde die Welt erträglicher. Es war als ob die Angst und Bedrückung von ihm abfiel. Dem Jungen schien es ähnlich zu gehen. Verblüfft sah er es an, auch er lächelte. Frieden zog in seine Seele ein.

Das Mädchen hätte am liebsten laut gelacht. Doch das hätte den Händler wohl mehr verwirrt als gut war, so begnügte es sich mit einem stummen Lächeln...

Dieser ganze Zorn, dieser ganze Ärger hatte auf ein Wesen mit wahrhaft innerem Frieden keinen Einfluss. Wie konnten die Gründer des Ordens der reinen Haltung nur so dumm gewesen sein. Sie hatten all die guten und richtigen Ansätze in der damaligen Gesellschaft zur gegenseitigen Anerkennung verworfen und eine Welt der extremen Polarisation geschaffen! Eine Welt voll Licht und Schatten! Eine Welt in der diese beiden Werte jedoch scharf voneinander getrennt waren...

Es blickte dem Händler nach. Er gehörte nicht zu denen, die dem Prinzip der Liebe glaubten, er war nur hinter dem Gewinn her!

Außerhalb der geschützten Städte gab es alles das, was es auf anderen Welten auch gab! Sie gingen weiter.

Der junge Techniker sah sich das lange dunkle Tal genau an. Die Natur hatte ein Wunder vollbracht. Es gab hier wundervolle Kristalle und bizarre Gesteinsformen... Es war, wenn man von dem Entsetzen einmal absah, sehr schön hier... Wie hatte es nur so werden können? Die Natur an sich war doch gut?

Das Mädchen versuchte weiterhin die verschiedenen Puzzleteile zusammenzulegen. Ihm war, die ihm zugedachte Aufgabe immer noch nicht so recht klar. Eines wusste es aber sicher, nämlich, dass etwas passieren musste! Denn wenn nichts geschah, würden die Händler eines Tages die Regie übernehmen. Dann würde es überall so werden wie hier jetzt...

Heute hatten sie Licht und Schatten, doch dann würden es Schatten und Licht sein... Es schüttelte unwillkürlich den Kopf. Nun war es aber einmal gespannt, was da hinten auf sie wartete...

Nach einem gut einstündigen Fußmarsch kamen sie zu einer Art Schranke. Hier stand ein schwer bewaffnetes Wesen. Sie wurden unfreundlich angeknurrt. Der Händler legte die Papiere vor. Der Posten studierte sie genauestens. Er schien das eine oder andere nicht so gut zu finden...

Das Mädchen trat vor. Ihm schien als wolle der Posten den Händler auf keinen Fall durchlassen. Er machte keinen bösen Eindruck... Vielleicht... Innerlich leicht lächelnd, überlegte es, dass die Wesen hier unter Umständen einen Weg zum inneren Frieden gefunden hatten, und diesen nun nicht durch die Händler zerstören lassen wollten... Doch dann war es notwendig, dass es es mit eigenen Augen sah. Immerhin sollte am Ende alles zusammenpassen!

Der Posten musterte sie wütend. Eine Hüterin. Die pflegten sich doch normalerweise nie in Grenzangelegenheiten einzumischen? Doch wenn sie gehen wollte, konnte er sie nicht aufhalten!

Dann, er biss die Zähne zusammen, musste er auch den Händler durchlassen. Der junge Mann daneben spielte keine Rolle...

Sie bat ihn leise, freundlich in seiner Sprache durchgelassen zu werden.

Eine echte Hüterin! Nicht nur jemand, der den Namen trug, der einfach nur ein besserer Polizist war!

Der Posten verneigte sich. In diesem Fall konnte er sie alle ruhig gehen lassen, denn ein wahrer Hüter würde nie den neuen Weg, den sie hier beschritten hatten, verraten. Er würde ihn unterstützen!

Das Mädchen lächelte ihn ganz offen an. Ihn, ein Wesen, das einem Menschen kaum ähnlich sah! Es hatte keine Vorurteile... Es war ein

Wunder! Er ließ sie gehen.

Der Händler musterte es wütend. Auch wenn es ihm geholfen hatte, war er sich nicht sicher, was hier gerade abgelaufen war! Er knirschte ärgerlich mit den Zähnen. Es war doch zu ärgerlich, dass er auf die Hilfe der Hüter angewiesen war! Das musste sich auch bald ändern!

Der Posten sah ihnen nachdenklich hinterher. Er hatte seinem Großvater nicht geglaubt, als dieser ihm erzählte, dass es in allen Rassen Wesen gab, die zum Hüten geboren wurden, um die Liebe und Toleranz zu leben und zu lehren, die aber nun dazu benutzt wurden um den scheinbaren Frieden aufrechtzuhalten! Unter diesen Hütern heute gab es jedoch einige wenige, die ihren eigenen Glauben bewahrt hatten, und die warteten nur auf die Zeit des Umbruchs, um wieder Liebe zu lehren und die Toleranz.

Der Orden der Hüter war so alt wie die Welt. Der Urgroßvater der jetzigen Herrscherin hatte die Mitglieder des Ordens nur für seine Zwecke eingesetzt. Sie hatten zuerst nicht einmal gewusst, wohin der Wind sie wehte...

Als sie es dann sahen, beschlossen sie abzuwarten, aber im Stillen gaben sie immer noch ihre Lehre weiter in der Hoffnung auf den Tag, an dem die Welt wieder eine Heimat für alle Wesen gleichermaßen wird...

Der Posten war tief in Gedanken versunken, als ihn ein anderes Wesen ansprach. Beschämt schüttelte er sich. Dann erklärte er dem anderen langsam was passiert war. Nun begann auch der andere zu träumen. Vielleicht würde bald eine bessere Zeit anbrechen...

Der Händler, der Techniker und das Mädchen waren inzwischen im Handelshaus angekommen.

Der Weg hatte sie durch bunte, laute Straßen geführt. Sie sahen viele verschiedene Rassen! Auch wenn sie sich kaum berührten, waren sie doch da. Das Mädchen spürte keinen Hass zwischen ihnen, nur Fremdheit und Abgegrenztheit. Frieden war doch eine merkwürdige

Sache!

Doch warum gab es hier ein derartiges Völkergemisch? Es war doch so auf eine Trennung der einzelnen Rassen hingearbeitet worden? Es sollte bald eine Erklärung erhalten!

Der Vorsitzende des Handelshauses war ein Mensch. Er begrüßte sie missmutig. Er schien sich nicht recht wohl zu fühlen. Das Mädchen sah ihn nachdenklich an. Draußen hatte es viele Rassen gegeben, doch keine Menschen! War dieser Mensch alleine hier?

Der Händler überfiel den Vorsitzenden mit Vorwürfen, die dieser ruhig über sich ergehen ließ. Am Ende meinte er nur: „Ihr habt doch all die Wesen, die ihr meintet aus den Städten holen zu können, hierher gebracht! Ihr Händler glaubt nun, sie müssten euch auch noch dafür dankbar sein! Ich bin mir gar nicht mehr sicher, dass ich damit einverstanden bin! Wenn ihr einen vernünftigen Preis für das Metall bezahlt, könnt ihr es haben! Das alte Handelsabkommen gilt nicht mehr! In den Minen herrscht Frieden, es gibt dort keine Peitschen mehr. Die Ausbeute ist nach wie vor gut! Ich glaube nicht, dass es ein Recht gibt, Menschen über alles andere Leben zustellen! Bisher gibt es nur menschliche Händler... Und ich glaube, dass dies selbst der Ordensgründer nicht wollte! Ich habe seine Schriften gelesen. Er wusste von der Liebe und der Toleranz, und das Einzige was er wirklich erreichen wollte war eine Annäherung der Völker ohne Ausschweifungen und Kulturvermengungen! Er wollte alle Kulturen in Reinstform erhalten... Heute weiß ich, dass dies nicht durchführbar ist. Doch die Idee an und für sich war gar nicht so schlecht! Jede Rasse für sich hatte das gleiche Recht! Doch die Händler, die in seinem Sold standen, machten sich ihre eigenen Regeln und suchten die totale Kontrolle... In den Städten gelang ihnen dies auch. Ich bewundere die alte Frau auf dem Thron, denn sie schaffte es bisher immer wieder die Händler davon abzuhalten auch die Städte zu versklaven, den Rassen ihre Würde zu nehmen... Nirgendwo anders auf der Welt ist die Kontrolle über das Wohlbefinden so gut geraten wie bei den Menschen! Alle anderen

70

Kulturen haben eine gewisse Selbständigkeit bewahrt! Ihr habt nur das Bild gesehen, dass ihr sehen solltet! Ihre Hüter, die wahren Hüter, sind immer unterwegs gewesen! Doch sie gaben sich nie zu erkennen! Doch nun wird es Zeit zu handeln. Ich stehe hier auf der Seite der Talbewohner, denn auch wenn wir verschiedenen Volksgruppen angehören, sind wir doch alles eines: Intelligente, liebende Wesen dieser Welt!

Wenn das Schema der Trennung erhalten bleibt, wird es bald in gar nicht ferner Zeit eine große Katastrophe geben, und ob es danach noch lebenswert auf dieser Welt ist, dass kann ich nicht sagen..."

Der Vorsitzende schwieg.

Der Händler holte langsam, schweigend, eine Waffe hervor. Leise sprach er: „So wie es sich anhört, habt ihr nicht nur die Fronten gewechselt, sondern seid auch noch der Anführer dieser Rebellion! Auch eure Herkunft kann euch nun nichts mehr nutzen, denn ich habe den Auftrag euch zu töten! Es wird den Händlern keine Schuld zugewiesen werden können! Ataraas ist eine harte Gegend, und wer weiß, was ihr gerade wieder für Seltsamkeiten getrieben habt, als ihr starbt... Eure Mutter kann nichts mehr für euch tun! Sie ist nur eine alte Hexe! Und euer Sohn, so fürchte ich, dieser Schwachkopf, wird kein Problem für uns darstellen! Wenn eure Mutter nicht eure Verbannung durchgesetzt hätte, samt eurer Frau, wärt ihr schon lange nicht mehr am Leben! So geht es nun aber nicht mehr weiter! Eure Herkunft kennt hier niemand! Ihr habt geschwiegen, und ihr werdet diese Wahrheit mit ins Grab nehmen! Selbst eurer Frau habt ihr sie nicht anvertraut... Seltsam, dass ihr einen Sohn habt..."

Der alte Händler hob die Waffe.

Das Mädchen beobachte die Szene wachsam. Ihm kam die alte Frau in den Sinn als diese beschloss es dem Händler mitzugeben. Es lächelte plötzlich. Die alte Frau hatte gewusst, dass es mit den Wegen der Händler nicht einverstanden sein würde, hatte sie ihm gerade deswegen mitgegeben. Nun war es seine Pflicht einzuschreiten, und somit der Welt eine Möglichkeit der friedlichen

Koexistenz aller Rassen zu schenken. Dieser Mann, der Sohn der Herrscherin, hatte hier in Ataraas einen solchen Weg gefunden, doch wie sah es in den Städten aus? In den anderen Produktionsstätten?

Ataraas zeigte, dass Frieden möglich war! Doch dann durfte dieser Mann nicht sterben! Der Gedanke des Frieden wäre sonst vergebens...

Es stand direkt hinter dem Händler. Es konzentrierte sich und ergriff die Waffe in dem Augenblick in dem er abdrücken wollte.

Die Waffe fand ihren Weg. Doch anders als vorgesehen. Ihre tödliche Ladung blieb im Fensterrahmen stecken.

Das Mädchen legte die Waffe auf den Tisch und meinte leise aber bestimmt:

„Hier herrscht Frieden, wahrer Frieden! Wer ihn zerstören will, wird die Macht des Schöpfers zu spüren bekommen. In seinem Namen handle ich und übergebe diesen Ort dem Sohn der Herrscherin der Hohen Stadt! Er möge noch lange weise und geduldig die hiesigen Geschäfte führen!

Und nun werden wir die Metalle holen, die ihr so notwendig braucht. Ihr werdet jedoch den Kontrakt unterschreiben, der eine angemessene Vergütung festlegt. Ihr habt kein Recht auf Geschenke, ihr habt es verwirkt!"

Das Mädchen war über sich selbst hinaus gewachsen. Ruhig stand es Auge in Auge vor dem grimmigen Händler. Endlich wich dieser ihrem Blick aus. Er gab nach.

Der Vorsitzende betrachtete die junge Frau verblüfft. So hatte es seine Mutter doch geschafft ihm die Hilfe zu senden, die sie ihm versprochen hatte als er ging um hier zu wirken...

Ja, es lag noch eine Menge Arbeit vor ihm. Sie hatte Recht! Doch ein Anfang war gemacht! Es war nicht einfach die Reglementierungen von Jahrhunderten aufzubrechen und neue Wege zu gehen... Doch das verbindende Glied, die Liebe, ließ alles möglich werden.

Er lebte hier inzwischen wirklich zufrieden... Der ganze Ort, das ganze Tal, war zu einem Zufluchtsort geworden...

Doch wie dies einst auf die ganze Welt umsetzbar werden sollte, konnte er sich nicht vorstellen... Seine Mutter hatte davon geträumt, doch sie war zu sehr in den alten Gewohnheiten gefangen. Sie hatte die Berge nicht lange genießen dürfen... Sie hatte die perfekte Herrscherin werden sollen, und so war sie dies auch geworden!

Er lächelte leise. Aber ihr Weg war ein anderer als jener, den ihr Vater ihr vorgegeben hatte! Sie hatte immer nach neuen Wegen gesucht! Sie hatte die alten Hüter herbei gerufen, jene, die noch die alten Wege kannten, und ließ ihnen freie Hand... War diese junge Frau eine von ihnen? Er konnte es nicht glauben! Es waren sehr wenige Frauen unter ihnen... Unmöglich aber war es nicht...

Der Händler verließ wortlos den Raum. Das Mädchen folgte ihm mit einem freundlichen Lächeln in Richtung des Vorsitzenden. Dann war nur noch der junge Mann da, der anscheinend nicht so recht wusste, was er nun machen sollte.

Der Vorsitzende nickte ihm zu und fragte ihn leise: „Kommt sie von der Herrscherin?"

Er antwortete ebenso leise: „Ja, direkt. Er hat sie bekommen, weil er unbedingt einen Hüter dabei haben wollte. Ich glaube, dass sie im Sinne der Hohen Dame gehandelt hat! Sie wird einen Weg finden…"

Damit drehte er sich schnell um und verließ eilig das Haus, denn er wollte nicht noch mehr Fragen beantworten.

Draußen sah er sich um. Die Welt war hier so ausgewogen, wie es seine Lehrer ihm als anzustrebendes Ziel gelehrt hatten.

Er hatte zwar nicht allzu viel gesehen, doch die Zeichen waren deutlich zu sehen! Hier war wirklich der Weg zum Frieden gefunden worden!

Er würde dem Mädchen, wenn es es ihm erlaubte, bis ans Ende aller Tage folgen, ihm helfen, seinen Weg in alle Regionen der Welt weiterzutragen. Er war sich sicher, dass dies seine Aufgabe war.

Dann hatte er sie eingeholt. Sie waren schon fast in der Mine angekommen.

Das Erz war sauber ausgetrennt worden. Es konnte direkt verwendet werden, erkannte er mit sicherem Blick.

Der Aufseher kam ihnen mit einigen anderen Personen entgegen. Mit diesen verhandelten sie dann.

Dafür, dass er sonst nicht feilschen musste, war der alte Händler ein ganz schön harter Brocken, fand der junge Techniker...

Mit dem Ergebnis konnten sie dann auch zufrieden sein. Metall aus Eranes kostete das 5fache! Doch das war ein reiner Menschenort, so gab es dort auch keine Probleme! Sie verkauften immer genug um leben zu können! Dies würde sich auch jetzt nicht ändern! Es gab keinen Grund sich zu ärgern...

Der Händler schien seine Tätigkeit richtig zu genießen! Im Haus machte er sogar eine erfreute Grimasse. Er schien sich wohl zu fühlen.

Das Mädchen sagte nichts. Es wusste, dass dem Händler der beabsichtigte Mord nicht leicht gefallen war, doch die Händlergilde hatte es im Fall des Falles befohlen, und so hatte er gehorcht...

Nun war sein ganzes Weltbild auf den Kopf gestellt. Es gab für ihn nur noch die zu Grunde liegenden Händlerinstinkte, die ihn überhaupt in die Gilde geführt hatten, und er hatte Freude daran! Es würden nicht alle so reagieren, wusste das Mädchen, doch hoffentlich genug, um eine gewaltsame Auseinandersetzung zu vermeiden...

Es kam auch sehr darauf an, wie der alte Händler die ganze Geschichte im Gildenhaus verkaufen würde... Nun sie würde es abwarten... Er würde sie bestimmt nicht so schnell wieder los. Es wollte sich nun einen Überblick über die ganze Welt verschaffen, und dazu war er die geeignetste Person...

Es hoffte nur, dass der junge Mann ebenfalls mitzog. Es musste noch einmal unter vier Augen mit ihm sprechen. Es gab einiges zu erklären, und es war besser, wenn er alles wusste! Stumm wartete es das Ende der Verhandlung ab.

Dann flogen sie mit einem Schwertransporter zu ihrem Flugzeug,

74

welches ebenfalls in dem größeren Platz fand, und machten sich auf den Flug zu ihrem Bestimmungsort.

Der alte Händler ließ sich während des Fluges kaum sehen, doch dann erklärte er ihnen, dass sich die Gilde noch sehr wundern würde! Er rieb sich die Hände. Sie würden jetzt wieder richtig handeln müssen, nicht dieses lächerliche Getue, das sie bisher ausgeführt hatten!
Innerlich schüttelte er den Kopf. Wie hatte er nur glauben können, dass Handel über Sklaverei funktionieren konnte, über Ausrottung ganzer Völker! Eine Menge Spaß ging dabei verloren, da man sich dabei doch gar nicht mehr anzustrengen brauchte... Und dann blieb immer die Angst, dass die zornigen Sklaven oder ein Überlebender Rache übte...
Nein, die jetzt ausgeübte Form des Handelns, des Kaufens und vielleicht auch des Verkaufens, war die wahre Form!
Alles andere war Unfug! Vielleicht, der alte Händler stutzte, war die Vorstellung von Liebe und Toleranz selbst dafür günstig... Denn dann sie würden immer um die besten Konditionen streiten - ohne Angst, nur um des Handelns willen. Oh! Was wäre das für eine Welt! Er wollte durchaus mithelfen diese entstehen zu lassen. Die junge Frau, und auch die alte Hexe konnten auf ihn zählen.

Sie flogen weiter. Der junge Mann kannte nun die Geschichte des Mädchens, das Mädchen, die des Jungen...
Dann kamen sie in der Fabrikanlage an. Sie wurden schon sehnsüchtig erwartet. Hier war es egal woher die Ware stammte. Hauptsache sie kam überhaupt. Der Preis wurde stillschweigend akzeptiert.
Der Händler lächelte. So war es nun. Jetzt brauchten sie nur noch der Gilde Bericht abzustatten. Er hatte einen schönen dicken geschrieben... Wenn alles gut ging, waren sie schon wieder fort bevor sie sich damit befassten...
Die alten Männer würden sich bestimmt die Köpfe heiß reden... Er

wollte nicht dabei sein. Dann würden sie nur versuchen ihn zu zwingen, die alten Wege zu gehen... Doch er fand den neuen viel interessanter!

Sie waren wieder unterwegs.
Die Auftragslage war gut. Der alte Händler lachte... Wenn sie auf ähnliche Überraschungen stoßen würden, wie sie sie in Ataraas erlebt hatten, wäre dies nur ein weiterer Gewinn!
Doch in Satanira, Alsa, Melear usw. war alles beim Alten. Hier trugen der Hass und der Zorn volle Blüten....
Im Ausgleich dazu war es in den Städten der Nicht-Menschen äußerst friedlich...

Allerdings spürte das Mädchen hier mehr Lebendigkeit als in der Stadt der hohen Dame. Es schien ihm gar, als ob den Menschen eine Art Theater vorgespielt würde, als ob sie hier den wahren Wert der Liebe, der Harmonie durchaus noch kannten... Auch spürte es hier zwar Respekt vor der hohen Dame, doch keine Angst....
Das Mädchen lächelte. Die Menschen hatten die Weltherrschaft angestrebt. Die alte Frau, die Hohe Dame, hatte es zu verhindern gewusst! Doch immer noch waren die Menschen in der besseren Position. Gelang es nicht, die wahre Lehre in den Herzen der Menschen wieder zu wecken, gab es einen verheerenden Krieg trotz aller Bemühungen der Hohen Dame...
Das Mädchen seufzte! Es wusste, seine erste Aufgabe war es gewesen, den Sohn der Hohen Dame zu retten... Nur dadurch konnte der erste Schritt zur Wiederherstellung des Gleichgewichts erhalten bleiben... Doch was nun? Es wusste es nicht so recht.
Der Schlüssel lag bei den Menschen und in den Arbeitslagern in denen noch das Chaos hauste... Es schluckte. Was nun?
Die Welt war schön...
Und außerdem hatte es festgestellt, dass sie ein sehr sehr empfindliches Gleichgewicht barg.
Wenn die Arbeitslager nicht wären, wäre es schon lange umgekippt

und sein Aufenthalt wäre überflüssig geworden...

Die Welt selber stand nicht in ihrer Mitte, sondern in einem unsicheren Schwebezustand zwischen Schwarz und Weiß, Gut und Böse...

Der Urgroßvater der alten Frau hatte mehr getan, als die Wesen der Welt zu zwingen sich zu polarisieren... Er hatte die Welt selber in einen undefinierten Zustand gezwungen! Wie hatte er dies nur hinbekommen? Himmel!

Je mehr das Mädchen von der Welt sah, desto sicherer wurde es sich, dass die Wesen, nun da der Sohn der Hohen Dame lebte, ihre direkten Probleme selber lösen konnten, denn der junge Techniker sprach nun oft mit Ortsbewohnern, erklärte, dass die Zeit der Wahrheit gekommen wäre, und dass die Hoffnung sogar von der Hohen Dame selbst getragen würde...

Er und der Sohn der Hohen Dame würden die Welt gut regieren! Das Mädchen spürte es!

Doch wenn die Welt bis dahin nicht ins Gleichgewicht zurückgekehrt war... Es schüttelte sich. Es brauchte mehr Informationen. Es beschloss zur Hohen Dame zurückzukehren...

Nach einem langen Gespräch mit dem alten Händler und dem jungen Techniker kehrte es allein in die Hohe Stadt zurück. Die beiden Männer würden die Botschaft des Gleichgewichts, der Harmonie, weitertragen und den Keim des Ausgleichs legen! Es konnte beruhigt gehen. Für es gab es wichtigeres zu tun!

Wieder war es von der Schönheit der Stadt gefangen... Doch diesmal spürte es hinter allem Glanz ein Zittern und Beben, das ihm zuvor nicht aufgefallen war!

Die Menschen hatten eine Durchsichtigkeit geschaffen, die zu zerbrechlich war um ohne Zwang zu halten...

Und die Welt selber drohte zu zerreißen. Es wurde Zeit!

Das Mädchen machte sich auf den Weg zum Herrscherhaus. Nur dort konnte es Antworten auf ihre Fragen finden.

Es fand sofort Einlass; die alte Frau schien es sehnsüchtig erwartet zu haben. Diesmal gab sich die alte Frau keine Mühe ihre Hoffnungen zu verbergen. Sie ließ sich alles erzählen. Das Mädchen durfte nichts auslassen...

Die alte Frau atmete auf als sie hörte, dass der Weg in die wahre Harmonie begehbar war. Dann schränkte das Mädchen diese Aussage jedoch ein und meinte leise:

„So weit es die Wesen dieser Welt angeht ist dies richtig, doch die Welt selber ist uneins mit sich! Und ich weiß nicht warum! Irgendetwas hat das Gleichgewicht der Natur gestört! Es gibt zwischen Gut und Böse kein Gleichgewicht mehr. Die Polarisation setzt sich immer weiter fort! Irgendwann gibt es auf der einen Seite nur Gutes und auf der anderen nur Böses! Doch die Seite des Bösen hat viel zu wenig Platz! Wenn nichts passiert, wird die Welt zerbrechen! Dann wird der Weg der Wesen ein unzeitmäßiges Ende finden! Der Schlüssel hierzu... Ich weiß nicht wo ich ihn suchen soll... Vielleicht gibt es in den alten Aufzeichnungen ihres Urgroßvaters einen Hinweis... Die Barriere zwischen Gut und Böse muss aufgelöst werden, wenn die Welt weiterbestehen soll!"

Das Mädchen sah die Hohe Dame herausfordernd an. Diese war in sich zusammengesunken... Es dauerte lange bis sie sich zu den Ausführungen äußerte. Dann sagte sie leise:

„Mein Vater erzählte, dass die Welt nur gut sein dürfe, dass alles Böse verbannt werden müsse... In diesem Sinn hat mein Urgroßvater im Meer eine Barriere errichten lassen, die alles Böse einsaugt... Jedenfalls sollte dies so sein... Doch ich bezweifle deine Ausführungen nicht! Damit scheint die Erde selbst die Bosheit in sich aufnehmen zu müssen... In ihr Innerstes... Aber ich weiß nicht, wie diese Barriere überhaupt funktioniert! Irgendwie habe ich geglaubt, sie sei nur ein Phantasiegebilde..."

Sie seufzte. Dann sagte sie entschlossen: „Aber irgendwo müssen doch die Unterlagen sein! Wir werden sie finden! Mein Enkel wird uns helfen! Er ist ein Kind des Lichtes... Wenn es auch niemand sonst erkannt hat! Er ist ein Geschenk des Himmels an unsere Welt! Und seine Kinder ebenfalls... Ich bin stolz auf meine Nachkommen.

Sie werden die Welt einst gut regieren..."

„wenn wir sie retten können..." vollendete das Mädchen den Satz leise.

Dann machten sie sich zu dritt an die Arbeit. Sie fanden nichts. Die Hohe Dame schickte Boten aus. Sie sollten in den Dörfern nach Geschichten suchten. Der Gedanke der Harmonie verbreitete sich so sehr schnell...

Die Händler waren darüber alles andere als begeistert. Sie versuchten alles Mögliche um dies zu verhindern.

In diesem Übereifer schickten sie der Hohen Dame einen uralten Bericht, der besagte, dass die Welt unpolarisiert nicht leben könnte...

Jedenfalls hatte ihn der Händlerrat dementsprechend interpretiert. Was sie da wirklich zur Hohen Dame schicken würden, war keinem der im Rat sitzenden Händler bewusst... Sie wollten lediglich siegen! Dazu war ihnen jedes Mittel Recht! So schickten sie diesen Bericht...

Das Mädchen hielt diesen nun ehrfürchtig in den Händen. Sie hatten den Schlüssel gefunden. Den Schlüssel um die Welt zu retten!

Dieser Bericht war so alt wie die Welt... Vom Hüter der Welt selber geschrieben! Es hielt ihn staunend vor sich und begann zu lesen. Es war ein Bericht über Liebe und Leid, über Zorn und Unvernunft, über Harmonie und Chaos...

Am Anfang aller Dinge hatte es hier drei Wesen gegeben, die sich innig liebten, doch der Neid war ebenfalls anwesend, so hatte das Gleichgewicht der Welt von Beginn an nicht gestimmt... Die Welt trug die Sehnsucht der Liebenden und den Neid des Freundes in sich... Zu dritt hatten sie die Welt aufgebaut... In Liebe und Eintracht und doch mit Zorn und Wut... Nicht alles lief glatt... Der eine baute die Welt ohne Fallen, der andere baute sie ein... Am Ende wusste keiner mehr von welcher Art die Welt nun war... Sie entzweiten sich! Die Welt begann sich zu polarisieren. Jeder nannte ein Drittel der Welt sein Eigen und hütete es wohl...

Im Laufe der Zeit arrangierten sie sich miteinander, doch zwischen den Freunden gab es nur noch Kälte... Die Wärme der Liebe, des Gleichgewichts war fort...

Die Wesen der Welt lebten danach in ihren eigenen Gesetzen. Sie blieben sich selbst überlassen...

Hier endete die Schrift des Hüters und die klare Schrift eines alten Weltenwächters setzte den Bericht fort. Die Schrift war noch frisch. Das Mädchen spürte, dass dieser Teil nur für sie bestimmt war. Es las staunend weiter.

Der Urgroßvater der Hohen Dame hatte sich diese Eiseskälte zu Nutze gemacht... Längs der Grenzen der alten Drittel entstanden riesige Kraftfelder. Die drei Freunde waren nun getrennt! Wo vorher lediglich die Übergänge fehlten, gab es nun absolute Grenzen. Es fand kein Austausch irgendwelcher Art mehr statt! Gut und Böse begann sich zu trennen... Es geschah ohne dass jemand etwas hätte dagegen unternehmen können... Schleichend, ohne Sinn... Doch die Menschen vergaßen die Harmonie des Gleichgewichtes... Der Urgroßvater hatte nun leichtes Spiel mit seiner Wahnidee...

Der einzige Weg, um zurück ins Gleichgewicht zu finden, war der, diese Kraftfelder zu überladen...

Damit endete der Bericht.

Das Mädchen fasste ihn für die anderen zusammen. Der Enkel der Hohen Dame sah sie nachdenklich, fragend an.

Die Hohe Dame nickte.

Das gab Sinn! Doch wie konnten die Kraftfelder überladen werden? Das Mädchen spürte die Last der Fragen wie Steine, wusste es doch keine Antwort. Stumm sah es zur Decke. Die Zeit drängte. Doch ihm fiel nichts ein. Vor allem: wo war der Schnittpunkt der Kraftfelder? Wie wurden sie erzeugt?

Die brennendste Frage war jedoch die, wo die Kraftfelder, in des Himmels Namen, waren...

Doch was hatte es da eben gedacht? Nicht die Kraftfelder selber waren die Lösung! Nein. Eben hatte es es noch gewusst! Ganz selbstverständlich hatte es darüber nachgedacht! Es war ihm in dem Augenblick allerdings nicht aufgefallen wie wichtig es war... Jetzt, wo der Gedanke fort war...

Es runzelte die Stirn. Natürlich hatte es mit den Feldern zu tun! Jedoch nicht mit den einzelnen Kraftlinien... Es schüttelte den Kopf, senkte ihn, hob ihn wieder und lachte plötzlich erleichtert auf. Jetzt wusste es, was sie machen mussten. Es war ganz einfach, wenn sie nur den richtigen Ort fanden!

Die anderen sahen es verstört an. Jetzt war es auch noch verrückt geworden. Doch das Mädchen klärte die beiden rasch auf:

„Die Kraftfelder trennen, was zusammengehört. Dies sind drei Regionen, die aber niemals vollständig voneinander getrennt waren. Es hat immer einen Ort gegeben an dem sich die drei Gebiete trafen, an dem ein stiller Austausch stattfand, der trotz allem das Gleichgewicht aufrecht erhielt...

Wir können die Felder vielleicht nicht überladen, doch wir können sie unwirksam machen! Sie laufen alle durch diesen einen Punkt! Wenn wir nun einen entsprechenden Isolator, einen Gegenstand, ein Gerät, das die Felder an dem einen Punkt praktisch zwingt neue Wege zu gehen, einsetzen, dann können wir aus den trennenden Feldern eines machen, das alles zusammenhält! Es ist wie ein Garnknäuel, das entwirrt wird. Die Kraftströme umfließen dann die Welt, und die Trennung wird aufgehoben."

Die Hohe Dame hob erleichtert den Kopf in den Nacken und senkte ihn wieder. Nachdenklich meinte sie: „Wenn dies geschieht, werden auch die drei Gebiete wieder vereinigt... Wie ist es damit?"

Das Mädchen schwieg einen Moment. Dann meinte es leise: „Die Zeit ist da, es darf keine Trennung mehr geben... So wie alle Wesen ihren Zorn und ihren Ärger friedlich miteinander beilegen sollten, sollten es auch die Schöpfer dieser Welt tun. Sie liebten sich zu Anbeginn der Welt, sie lieben sich noch immer... Doch die Eifersucht trieb sie auseinander... Jetzt wird die Sorge um die Welt sie wieder zusammenbringen! Wenn sie die Welt lieben, gibt es keinen anderen Weg!"

Stumm bestätigte ihr dies der Wächter dieser Welt und teilte ihr zu dem mit, dass dies den Dreien durchaus bewusst war, dass sie nur noch darauf warteten, dass die Barriere fiel.

Immer noch skeptisch machten sich der junge Mann und die Hohe Dame daran den Schnittpunkt der Linien zu suchen. Gleichzeitig gaben sie einen gewaltigen Isolator in Auftrag.

Es dauerte etliche Wochen bis sie den Ort gefunden hatten. Letztendlich hatte er sich dadurch verraten, dass das Meer an dieser Stelle kochte... Manchmal half die Natur eben etwas nach...

Das Mädchen freute sich. Die Welt hier war nicht schrecklich, doch es wollte auch wieder einmal nach Hause... Während der vergehenden Wochen hatte es die fortschreitende Liberalisierung unter den Wesen beobachtet.

Den Händlern gelang es nicht sie zu verhindern... Die Zeit war einfach reif.

Hier in der Hauptstadt war noch nicht viel geschehen. Nur, das Mädchen lächelte leise, sah man hier jetzt gelegentlich bunte Kleider und lachende Gesichter. Es tat sich eben überall etwas!

Dann war auch das Gerät fertig. Es wurde mit einem riesigen Transportflugzeug zu dem kochenden Ort im Meer geflogen. Das Mädchen flog mit. Jetzt würde sich zeigen, ob seine Eingebung von Erfolg gekrönt war oder nicht.

Es biss die Zähne zusammen als es die brodelnde See sah. Wie sollten sie hier denn nur den genauen Punkt finden... Die See kochte über Meilen hinweg. Und sie mussten genau den Mittelpunkt finden!

Der Kommandant sah es auffordernd an. Einen Augenblick lang schüttelte es benommen den Kopf. Dann ging es zum Fenster, sagte sanft: „Wenn ich nicke, dann werft die Maschine sofort ab... Dann haben wir den rechten Ort gefunden... Solange fliegt bitte ganz, ganz langsam dieses Gebiet ab..."

Der Kommandant nickte und gab die entsprechenden Anweisungen.

Das Mädchen aber ließ seinen Geist durch das Wasser gleiten, sah die Kraftlinien wie feurige Schlangen durchs Wasser ziehen, und endlich sah es die Stelle, an der sich alle Schlangen trafen. Es nickte, blieb aber mit den Schlangen verbunden...

Der Isolator wurde abgeworfen. Die feurigen Schlangen schienen davor zurückzuschrecken. Sie flohen. Die Linien fanden erst keinen neuen Weg, lösten sich auf, formten sich neu, und bildeten schließlich einen immer größer werdenden Kreis... Bald war das Wasser hier wieder ruhig. Die Kraftlinien hoben sich.
Das Mädchen sah, wie die sie erzeugenden Maschinen zerstört wurden. Die Linien machten sich selbstständig, wurden eins mit der Welt...
Es sah auch wie die drei Hüter die Arbeit aufnahmen, das Gleichgewicht neu zu formen.
Seine Arbeit hier war getan. Jetzt würde alles seinen Gang gehen können. Solange sich nicht wieder irgendwelche Wesen anmaßten, dass Geschick der Dinge besser als der Schöpfer selber lenken zu können...
Es gab für die Bewohner noch viel zu tun, doch sie waren auf dem richtigen Weg. Es gab keinen Grund mehr für das Mädchen hier zu verweilen, so hatte es sich auch schon von all seinen Freunden verabschiedet...
Jetzt konnte es gehen...
Es spürte den Ruf der nächsten Welt.

Das Land im Regenbogen

Der junge Mann sah sich um. Hier war es aber finster. Alles war schwarz und trocken, so als ob hier vor kurzem ein Vulkan ausgebrochen war... Gab es hier noch Lebewesen? Bisher hatte er noch keine bemerkt! Wieso war er nur hierher gekommen? Er konnte sich kaum erinnern...

Nun, es würde ihm schon wieder einfallen!

Langsam ging die Sonne unter. Es wurde kalt. Er schüttelte sich. Wo sollte er denn hier schlafen? Verwirrt machte er sich auf die Suche nach einem geeigneten Ort. Endlich fand er eine Höhle, die ihm Schutz bot. Hier war es sogar warm. Wahrscheinlich wurde sie von Energien im Erdinneren geheizt, überlegte er sinnend.

Es war nicht besonders bequem, doch immerhin hatte er einen Unterschlupf gefunden. Erleichtert legte er sich nieder. Er begann zu träumen.

Es war eine Welt voller Farben und Klänge, voller Liebe und Harmonie, und doch gab es hier ein Loch, eine Schwärze, die keinen Namen hatte. Seine Schwester und er hatten einen sehr schwachen und doch auch sehr dringenden Ruf vernommen. Sie hatten sich nur angesehen und gewusst, dass dies ein ernster Ruf war.

Seit sie dem ersten Ruf gefolgt waren, waren nun schon viele Jahre vergangen. Mit den Jahren war ihre Fähigkeit, die Rufe nach ihrer Dringlichkeit und ihrer Bedrohlichkeit einzuschätzen, immer besser geworden. Dies hier war nun ein Ruf der härtesten, wenn auch nicht der gefährlichsten Art.

Er war gerade von einer anderen Mission zurückgekehrt, doch er hatte seine Schwester nicht allein gehen lassen mögen. Oft waren derartige Rufe für einen allein kaum zu bewältigen...

So waren sie gemeinsam in diese Welt gekommen. Die Wesen hier waren eine Art Elfen, fast aus Licht und doch ganz dem Gesetz der Welt unterstellt. Sie hatten ihren Weg nach Hause, zurück zum

Schöpfer schon fast gefunden, aber eben nur fast.

Schnell stellte seine Schwester fest, dass dieses „fast" eben genau das Problem darstellte. Diese Wesen hier hatten eine erstaunlich gute Vorstellung von dem Zusammenspiel von Materie, Geist und Licht. Doch die Wesen beschränkten sich in ihrer Weisheit auf die jenseitige Welt. Sie predigten das Eins-Sein mit dem Universum, dem Licht, und vergaßen ganz und gar, dass sie im Hier und Jetzt an die Welt gebunden und ein Teil von ihr waren.

Er hatte geseufzt. So konnten sie nie zurückkehren. Ihr weltgebundener Teil würde sie festhalten. Irgendwann würden sie es von selber merken, da war er sich sicher, doch die Welt selber stand kurz vor ihrem Ende. Sie hatte ihren Entwicklungsweg erfolgreich beschritten. Sie würde bald in höhere Dimensionen einkehren. Doch da die Wesen ihre tiefe Weltverbundenheit nicht erkannten und dementsprechend handelten, würden sie zurückbleiben. Dann würden sie auf einer anderen Welt ganz von vorn wieder beginnen müssen. Alle Erinnerungen wären fort.

Seine Schwester hatte entschlossen den Kopf gehoben und begonnen mit den Elfenwesen zu sprechen. Ihre Worte verhallten ungehört. Doch sie gab nicht auf. Schließlich war er entschlossen dazwischen gefahren. Wenn diese Wesen nicht hören wollten, dann sollten sie doch den schweren Weg gehen! Diese Welt hier hatte ihren Weg beendet! Sie würde auch ohne ihre Bewohner den neuen beginnen können! Wenn die Wesen dies nicht sehen wollten, obwohl sie wirklich reif genug dazu waren, dann gab es hier für sie nichts mehr zu tun!

Der alte Weltenwächter nickte vor sich hin. Der junge Mann war genau der richtige für diese Aufgabe. Er sah die Dinge so wie sie waren. Er versuchte nicht irgendetwas zu beschönigen. Auch wenn die junge Dame da ebenfalls Recht hatte. Niemand durfte so einfach im Stich gelassen werden. Das hatte der junge Mann aber auch nicht vor. Er hatte es nur satt sich ständig zu wiederholen. Wer nicht hören wollte, der sollte bekommen was er haben wollte! Die junge Frau konnte sich dem nicht so recht anschließen. Sie suchte nach einem Weg, den es hier so einfach nicht gab.

Der alte Weltenwächter seufzte. Im Laufe ihrer Entwicklung hatten seine Schützlinge sich immer weiter von ihrer Welt fortentwickelt, sich immer mehr auf sich selber konzentriert. Heute gab es für sie nur noch sie selber und den allgemeinen Geist. Dadurch hatten sie jedes Gefühl für die Natur und den Segen des Schöpfers verloren. Er hatte versucht dieser Entwicklung Einhalt zu gebieten, doch genau wie die beiden jungen Wesen da unten war er gescheitert. Seine Sorgenkinder hatten einfach auf stur geschaltet. Sie hatten einfach nicht mehr auf die leise Stimme ihrer Seele hören wollen, sie waren doch schon viel zu reif für solch einen Kinderkram...

So hatte er seinen Ruf losgeschickt. Dieser wäre fast ungehört verhallt, da die Welt schon fast außerhalb des Zuständigkeitsbereichs des hohen Rates war. Doch dann waren die beiden gekommen. Er hatte so gehofft, dass die persönliche Anwesenheit und das gesprochene Wort den Elfen die Augen, die Ohren und die Sinne wieder öffnen würden. Doch nichts hatte sich geändert. Sie waren zu sehr von sich selbst überzeugt.

Auf der Welt stritten sich die Geschwister nun fast. Die junge Frau konnte die Resignation ihres Bruders einfach nicht verstehen. Es musste doch einen Weg geben! Es gab immer einen Weg!

Ihr Bruder nickte spöttisch. Das mochte schon sein, doch wenn er die Situation richtig einschätzte, dann hatten diese Wesen hier ganz einfach den Bezug zur Wirklichkeit ihrer Welt verloren. Sie lebten zwar noch hier, doch gleichzeitig auch in der Welt des Geistes! „Aber", meinte er leise, „sie wissen es nicht. Sie meinen, dass sie noch ganz hier sind. Und dies ist ihr Fehler. Sie sehen die Welt nicht mehr und leben doch auf und von ihr. Jeder Moment, den wir noch hier verbringen ist umsonst... Denn wie sollten wir ihnen wohl beibringen, dass alles Geist ist? Auch diese Welt hier? Wenn sie es auf ihrem hohen Entwicklungsniveau nicht von selber sehen können oder besser gesagt wollen, kann ihnen nur jemand die Wahrheit zeigen, der selber als Licht und Klang in Materie ruht."

Die junge Frau biss die Zähne zusammen. Sie wusste nur zu gut, dass er Recht hatte. Aufgeben war schwer. Doch die Wesen verurteilten sich selber. Sie spürte die Welt unter ihren Füßen, spürte dass sie am Sterben war, dass nichts diesen natürlichen Vorgang aufhalten konnte... Sie fühlte, dass sie keine Beziehung zu dieser Welt herstellen konnte. Hier gab es nichts mehr, was die Bewohner und die Welt wechselseitig verband. Sie seufzte. Ja, es war besser zu gehen. Sie nickte ihrem Bruder zu.

Ihr Bruder hatte inzwischen noch einmal nachgedacht. Einen Weg gab es vielleicht doch noch... Vielleicht! Doch er konnte ihn nicht gehen. Dazu war es erforderlich den Wesen die Verbindung zwischen ihnen und der Welt zu zeigen, ihnen zu zeigen, dass alles Geist war. Ihnen zu demonstrieren, dass sie hier in der Welt lebten, dass sie immer noch an sie gebunden waren...

Doch dazu musste man in der Lage sein, direkt mit der Materie zu fließen, mit der Weltseele selber zu sprechen. Dies konnten weder er noch seine Schwester. Sie waren nur einfache Botschafter des Hohen Rates. Sie hatten zwar inzwischen das eine oder andere Kunststückchen gelernt, doch um eine so tief greifende Maßnahme durchzuführen fehlten ihnen die Kenntnisse. So nickte auch er.

Kurz bevor sie die Welt verließen, versuchte er noch einen anderen, besser ausgebildeten Agenten zu erreichen. So ganz ohne Hoffnung mochte er diese Wesen denn doch nicht lassen. Er kam nicht durch. Alles schien tot zu sein, und er fand sich in einer extrem trostlosen, leblosen Welt wieder.

Der alte Weltenwächter hatte ihrem Disput interessiert gelauscht. Bevor der junge Mann versucht hatte jemanden zu erreichen, hatte er mit dem Hohen Rat Verbindung aufgenommen. Dieser hatte ihm bestätigt, was er schon gefühlt hatte. Die Zeit war reif für den jungen Mann. Er war nicht mehr nur ein einfacher Botschafter. Er war ein Former. Doch er wusste es noch nicht. Doch er, der Wächter, solle sich keine Sorgen machen. Es würde schon alles seinen richtigen

Gang gehen. Der junge Mann würde wiederkommen... Es gab zwar manchmal keine andere Möglichkeit als die Wesen einen Weg mehrmals gehen zu lassen, doch hier war es noch nicht so weit! Es kam jetzt darauf an, wie schnell und wie gut der junge Mann seine Lektionen lernen würde! Er wäre dabei ganz auf sich gestellt.

Für den Weltenwächter hieß dies, sich auf keinen Fall einzumischen.

So sah er auch nur zu, wie der junge Mann auf eine finstere, unfreundliche Welt geschickt wurde, deren Sonne aber noch jung war.

Die Welt hatte nicht einmal mehr einen Wächter... Der alte Weltenwächter seufzte. Wer wusste, was sich dort vor Äonen abgespielt hatte. Dies hatte er dem jungen Mann bestimmt nicht gewünscht.

Der junge Mann erwachte schaudernd. Sein Traum hatte ihm seine Erinnerungen zurückgebracht. Jetzt wusste er wo er gewesen war bevor er hierher gekommen war, doch wie er hierher geraten konnte, war ihm nach wie vor schleierhaft.

Es war ein normaler Heimatsprung gewesen. Es hätte dabei eigentlich nichts schief gehen dürfen... Und doch war er nicht angekommen. Verwirrt schüttelte er den Kopf. Was war denn nur schief gelaufen? Er konnte es sich beim besten Willen nicht vorstellen! Wie sollte er denn nur wieder nach Hause kommen? Er beschloss, sich erst einmal umzusehen. Vorsichtig verließ er die Höhle. Es war recht heiß draußen. So weit er sehen konnte gab es nur Stein und Staub. In der Ferne schienen einige kleinere Seen in der Sonne zu strahlen, doch dass konnte auch täuschen. Die Welt trug die Spuren einer grausamen Auseinandersetzung. Die Folgen eines verheerenden Krieges ließen sich nicht so leicht ungeschehen machen...

Er ließ seinen Geist über die Welt wandern. Selbst an den Polen sah es nicht viel anders aus als hier. Und erreichen konnte er auch niemanden. Es war als ob die Welt sich in einer Art Quarantäne befand, dass niemand sie erreichen sollte! Er war vollkommen auf sich allein gestellt!

Am liebsten hätte er sich in eine Ecke verkrochen und einfach abgewartet! Seine Schwester würde ihn schon irgendwann vermissen! Allerdings, er trat zornig auf einen Stein, wer wusste denn, ob die höheren Instanzen wussten wo er augenblicklich war! Dann konnte er ganz schön lange warten!

Nein, es war besser nicht erst auf ein Wunder zu warten. Er überlegte angestrengt. Als Erstes galt herauszubekommen, was hier überhaupt passiert war, und warum die Welt so abgeschirmt worden war.

Nachdenklich schickte er seinen Geist auf die Reise. Er wanderte über die Welt. Ganz vereinzelt gab es einige grüne Stellen, Insekten, Kleintiere... Selbst die Ozeane waren kaum bevölkert...

Die letzten Bewohner hatten wirklich ganze Arbeit geleistet. Positiv für ihn war jedenfalls, dass es genügend sauberes Wasser gab! Soweit hatte die Welt sich dann doch schon wieder erholt. Er würde also überleben können...

Jetzt eilten seine Sinne in den Himmel. Die Luft war sauber, klar. Doch immer noch hing ein Nachklang schweren Unrats in ihr. Der Weltgeist hatte schwer gearbeitet, und doch war es ihm noch nicht gelungen eine freundlichere Welt ins Leben zu rufen...

Weiter draußen, außerhalb der Atmosphäre, stellte er verblüfft fest, dass die Barriere das ganze Sonnensystem mit seiner jungen hellen Sonne und 4 Planeten umfasste.

Er suchte nach einer Lücke, doch es gab keinen Weg hinaus. Er biss die Zähne zusammen. Sollte er jetzt den Rest seines Lebens hier verbringen? Das war dann aber ein trostloses Dasein! Er wollte nicht weiter darüber nachdenken. So beschloss er sich wieder seiner näheren Umgebung zuzuwenden.

In der Höhle gab es kein Wasser. So machte er sich auf die Wanderschaft.

In den folgenden Tagen lernte er die Welt immer besser kennen. Überall aber war es trostlos und öde. Nur Steine, Wasser, Staub und Hitze! Und doch, er konnte es nicht recht glauben, strahlte die Welt selber eine gewisse Hoffnung aus.

Nun ja, dachte er, sie kann ja auch in Äonen rechnen. Meine Zeit ist doch etwas kürzer bemessen. Er lächelte. So langsam kam er sich nicht mehr ganz so verloren vor. Es gab schon genügend zu sehen.

Und in allem Staub und allem Schrecken gab es auch hier Naturwunder zu bestaunen. Bizarre Felsen, tiefe Täler, gelegentlich grüne Oasen an einer unerwarteten Stelle, und manchmal in allen Farben leuchtende Kristalle...

Wenn er einen der Kristalle gefunden hatte, konnte er den ganzen Tag davor sitzen und ihn bestaunen und in seinem Licht baden.

Doch er nahm ihn nie mit! Er fühlte sich dazu nicht berechtigt. Diese Kristalle waren das Geschenk der Welt an spätere Bewohner. Er selber war hier nur durch einen Streich des Universums her geraten!

Nach einiger Zeit suchte er sich einen Platz, den er als seinen Wohnsitz betrachten konnte. Er fand ihn in einem kleinen Tal, in dem es einen wunderbaren, spiegelglatten See gab. Am Ufer wuchsen Gras und kleine Büsche...

Seine Unterkunft war eine Höhle, die aus mehreren Abteilungen bestand. Eine davon hatte eine Art Balkon, der einen Ausblick über das Nachbartal lieferte. Dieses war recht finster und drohend. Vielleicht hatten dort größere Kämpfe stattgefunden...

Er richtete sich so gut er konnte ein. In den Bergen fand er uralte Ausrüstungsgegenstände, die ihm nun gute Dienste leisteten. Doch eine Antwort auf seine Frage, was hier nun eigentlich geschehen war, erhielt er nicht.

Aber es verlangte ihn nach Antworten, auch auf Fragen, die ihm noch gar nicht bewusst waren. So machte er sich still auf den Weg ins angrenzende Tal. Hier mochte er finden was er suchte.

So suchte er die Stille in sich und ging mit wachem Geist durch das Land. Er spürte nichts. Sonst gab es in dieser Stille immer viele Stimmen, Bilder und Licht, die das Lied des Schöpfers sangen.

Hier aber suchte er ja ganz etwas anderes. Er wollte die Geschichte der Welt erkunden. Er wollte den Werdegang des Vergangenen erfassen...

Seine Versuche blieben erfolglos. Er schaffte es nicht mit der Welt Kontakt herzustellen. Sein Geist schreckte davor zurück. Er gehörte doch nicht hierher.

Eines Tages fiel er dann über einen großen, klaren Kristall, der im Licht der Sonne in allen Farben strahlte. Er blieb staunen liegen. Unvermittelt kamen ihm die Bewohner der Elfenwelt in den Sinn.

Hier im vielfarbigen Licht der Sonne sah er plötzlich, dass er nicht anders gehandelt hatte als die Elfen. Auch er hatte sich über die Welt gestellt. Auch er hatte sich den Zugang zur Materie versagt! Licht und Ton waren schon immer seine Spielgesellen gewesen. Es war ihm immer leicht gefallen in beiden aufzugehen.

Doch die Einheit von Licht und Ton und Materie hatte er immer links liegen lassen, sie war ihm zu selbstverständlich erschienen. Jetzt im Licht des Kristalls sah er diese Einheit deutlich, sah dass Materie ebenfalls Licht, ebenfalls Ton war, doch die Schwingungsfrequenzen waren ganz anders... Härter, tiefer... Schwer zu erfassen...

Hier begriff er plötzlich, dass jemand, der noch ganz und gar im Reich der Materie lebte, im Reich des Lichtes verloren war.

Nur jemand, der beide Reiche zu verbinden wusste, konnte sowohl ganz auf der Materieseite, als auch ganz im Reich des Geistes leben.

Die Elfen hatten dies ignoriert. Sie waren immer noch der materiellen Welt verhaftet. Doch sie strebten nach der Welt des Geistes. Sie suchten sich von ihrem Körper, ihrer Welt, loszusagen, ohne die Schönheit, die Wahrhaftigkeit der Welt zu sehen! Und auch die Welt hatte ihren Geist! Ihre höhere Ebene ! Die alte Welt der Elfen hatte ihren Weg vollendet. Sie war bereit den Weg in die höhere Dimension zu gehen. Doch ihre Bewohner würden ihr nicht folgen können. Sie hatten die Nabelschnur, die alles zusammenhielt, durchtrennt. Sie sahen nicht mehr, dass alles eins war. Sie hielten die Welt für überflüssig! Was für ein Unfug!

Der junge Mann seufzte. Hier stand die Welt gerade am Anfang ihres

Weges. Auch wenn sie schon Krieg und Chaos gesehen hatte, war sie doch immer noch jung! Ihr Entwicklungsweg war noch lange nicht vollendet. So hatte er auch keinen Kontakt erhalten können. Nur wenn er lernte, seinen Geist der Materie so anzupassen, dass er in Harmonie zu ihr schwang, dann konnte er mit der Welt kommunizieren, konnte er herausfinden, was der Welt geschehen war!

Er lag noch lange still vor dem Kristall. Erst als die Sonne sank, erhob er sich langsam. Stumm ging er zu seiner Höhle zurück.

Am nächsten Morgen begann er mit Übungen, die ihm halfen seinen Geist zu sammeln und sich zu konzentrieren.

Er nahm einen Stein in die Hand. Er versuchte ihn sich in allen Einzelheiten vorzustellen. Doch der Stein blieb ein Stein.

Er gab nicht auf. Er ging zum See, blickte in das ruhige Wasser. Hier verlor sich sein Geist schnell in der Tiefe des Sees, fand Ruhe, und spürte die einzelnen Wassertropfen, den Geist des Wassers... Aber es dauerte Wochen, bis er es schaffte sich mit ihnen zu vereinigen, bis er es gelernt hatte welche Energien, welche Frequenzen dem Wasser innewohnten...

Dann kam ein Tag, an dem er wieder auf Wanderschaft gehen wollte. Er hatte genug von seinem Tal. Er ging noch einmal zum See. Setzte sich an das Ufer und träumte, ließ seinen Geist ins Wasser gleiten, und verband sich mit dem des Wassers. Er erinnerte sich an Regen, an Wolken, an Gewitter, an Sturm und Wasserfälle, an Wellen und Sturmfluten... Er vergaß seine Umgebung und formte das Wasser...

Entsetzt sprang er auf.

Himmel noch mal! War er ins Wasser gefallen? Ab und zu schwamm er ja ganz gern im See, doch bestimmt nicht so!

Verblüfft sah er sich um. Er stand immer noch am Ufer. Das Wasser des Sees war in leichter Bewegung. Gelegentlich bildeten sich kleine Wellen...

Verwirrt beobachtete er das Schauspiel. Dann bildete sich eine große

Welle, die auf ihn zu kam. Instinktiv sprang er zurück, er wollte nicht noch einmal nass werden! Die Welle sank in sich zusammen...

Er setzte sich zitternd auf den Boden. War er das gewesen? Hatte er diesen Aufruhr im See verursacht? Wenn ja, dann... Er mochte über die Konsequenzen nicht nachdenken...

Doch nach einer Weile näherte er sich wieder dem See. Wieder ließ er seine Gedanken treiben. Dann stellte er sich einen Strudel vor, der sich dann auch prompt mitten im See ausbildete. Staunend ließ er ihn wieder verschwinden.

So einfach war das! Doch er fühlte sich auch recht müde. Zu oft durfte er derartige Heldentaten nicht machen... Es war zu anstrengend.

Jetzt blieb er doch noch eine Weile. Er experimentierte mit seinen neu entdeckten Kräften. Schnell stellte er fest, dass er sehr aufpassen musste, wie er sich mit dem Wasser verband. Einmal drohte ihn das Wasser mit sich zu nehmen... Er konnte sich gerade noch rechtzeitig befreien.

Danach suchte er immer einen festen Bezugspunkt als Anker. Die Gefahr des Davontreibens war zunächst gebannt. Er überlegte, wenn dies mit dem Wasser ging, ging es auch mit allen anderen Materialien...

So begann er zu üben. Er begab sich nun doch auf Wanderschaft. Sein Tal wurde ihm zu eng.

Die klaren Kristalle waren nach seiner Erfahrung mit dem Wasser leicht zu handhaben, und doch waren sie nicht so ohne weiteres umformbar. Sie stellten Energiesammler und -verstärker dar. Sie halfen ihm sich zu konzentrieren und bildeten gleichzeitig einen sicheren Anker... Schließlich bat er die Welt höflich ihm einen Kristall zu zeigen, den er mit sich nehmen konnte.

Er hoffte, dass er sich inzwischen der Welt genügend genähert hatte, dass diese ihn hören konnte. Einfach so mochte er sich keinen aneignen!

Einige Tage später stieß er in einem dunklen, sonnenlosen Tal auf einen recht großen Kristall. Er leuchtete hell und sprach zu ihm: „Ich stehe zur Verfügung, bin zum Helfen geboren, warte seit langem, doch nie gab es jemanden, der nach meiner Hilfe verlangte... Ich hörte deine Bitte; nun, hier, bitte ich dich. Nimm mich mit! Mein Licht, meine Fähigkeiten sind dein...“

Der junge Mann kniete nieder und nahm den Kristall vorsichtig an sich. Liebevoll betrachtete er ihn. So hatte die Welt seine Bitte gehört und beantwortet. Dieser Kristall würde ihm ein guter Freund sein.

Über den Kristall lernte er, dass er die Energien, die er in dem Versuch die Materie zu formen bzw. mit ihr in Kontakt zu treten, verbrauchte, durch die kosmischen Energien des Lichtes wieder ersetzen konnte. Er lernte mit dem Licht zu fließen, so wie er es zuvor mit dem Wasser getan hatte... Dies schien ihm angeboren zu sein! Es war so einfach... Er fand stets seinen Weg zurück zu seinem Körper. Im Wasser hatte er ihn manchmal vergessen...

Dann lernte er den Wind kennen. Es dauerte nicht lange, und er konnte sich in die Luft schwingen und fliegen...

Dichte Materie war ihm aber nach wie vor ein Rätsel. Langsam, langsam näherte er sich ihr. Diese Schwere! Er war doch ein Kind des Lichtes! Endlich hatte er es geschafft. Er konnte nun seine Haushaltsgegenstände so formen wie er sie gerade brauchte...

Doch immer noch konnte er nicht die Welt so erreichen, dass sie ihm ihre Geschichte erzählte. Ganz vorsichtig hatte er auch schon probiert ob er nicht die Barriere durchdringen konnte. Doch deren Energien waren so unermesslich hoch, dass er keine Chance hatte sich ihnen anzupassen. So begnügte er sich mit den Energien der Welt, der Sonne und des Universums.

Stumm saß er unter dem sternenklaren Himmel. Er versuchte sich zu sammeln. Es gab doch keinen Grund, dass er die Welt nicht erreichen sollte! Immerhin hatte sie seine Bitte nach einem Kristall doch klar vernommen und beantwortet. Warum fand er nur keinen Zugang zu ihrer Geschichte...

Eine winzige Stimme seines Geistes sagte leise spöttisch: „Vielleicht hörst du nicht richtig zu! Vielleicht erwartest du etwas, was nicht sein kann... Vielleicht gibt es keine Worte zu hören, sondern zu sehen... Vielleicht sind Bilder wichtiger als Worte... Vielleicht..."

Der junge Mann schlief ein. Sein Geist ging auf die Wanderschaft. Er suchte nach Bildern, nach Leben, nach Gründen, verband sich sowohl mit den hohen Lichtfrequenzen als auch mit den tiefen der Materie. Schließlich fand er wonach er so lange gesucht hatte.

Im Innern der Welt harrte der Weltgeist schon lange auf dieses Wesen, das so aus dem Nichts gekommen war. Es war die Rettung! Er konnte doch allein nichts machen... Die Weltbewohner hatten die Haut der Welt zu sehr verletzt. Der Weltgeist träumte. Seine Gedanken kehrten zurück zu den Anfängen.
Oh, die Welt war schön gewesen, voller Farben, freundlich und grün! Doch dann waren sie gekommen, die Fremden, und hatten sich genommen, was sie wollten, hatten keinerlei Rücksicht auf das sich hier entwickelnde Leben genommen. Es war ihnen zu fremd. Einigen von ihnen gefiel die Welt recht gut, und so blieben sie...
Die Welt war aber noch nicht bereit dazu gewesen. Sie konnte den plötzlichen Ansturm nur schwer ertragen. Die Wesen zerrissen ihr die Haut, suchten nach für sie wertvollen Metallen, und anderen edlen Mineralien!
Es entstanden furchtbare Orte, an denen die Güter der Welt verarbeitet wurden. Bald war die Luft kaum noch zu atmen. Doch die Wesen verschwanden nicht. Die Güter waren zu kostbar.
Der Weltgeist versuchte sich mit Erdbeben, Sturmfluten und anderen gewaltigen Unwettern zur Wehr zu setzen. Noch war der Schaden nicht irreparabel!
Doch die Wesen waren stur. Ihre Technologien machten sie immun gegenüber allen Katastrophen.
Die Welt resignierte. Sie konnte nichts machen. Sie rief ihre Kinder, die Naturgeister zurück.
Die Luftgeister waren schon lange heimgekehrt. Und dennoch

schafften es die Fremdlinge zu überleben. Sie schleppten riesige Vorräte an. Davon lebten sie dann... So ging es eine ganze Weile. Dann kam es zur Katastrophe.

Andere Wesen kamen. Auch sie begehrten die Güter, die diese Welt zu bieten hatte. Es kam zum Kampf. Im Verlauf dieses Krieges blieb nichts so wie es gewesen war. Die Waffen, die eingesetzt wurden, waren entsetzlich. Niemand überlebte. Alles verendete. Es gab kein Grün mehr.

Alles schrie auf. Die Welt brauchte lange bevor sie überhaupt begann neues Leben zu säen.

Jetzt nach langer, langer Zeit begann sich hier und da etwas zu regen. Doch ohne die Hilfe eines Lebewesens, eines Formers, würde er, der Weltgeist, es nicht schaffen... Es würde selbst für eine Welt zu lange dauern! Die Wunden waren zu entsetzlich!

Der junge Mann fuhr im Traum zusammen. Er war kein Former! Er konnte nicht mit den Dingen sprechen... Er konnte nicht... Doch was hatte er dann die letzten Wochen getan, fragte wieder die leise Stimme, warum wollte er sich denn selbst belügen?

So sank er wieder in die tiefe Ruhe zurück und suchte weiter. Der Weltgeist sprach weiter:

„Ist die Welt erst so weit, dass auf ihr Blumen wachsen können und größere Tiere leben, dann kehren auch die Naturgeister zurück, und sie kann sich von allein erholen. Doch so wie es im Moment aussieht, ist es aussichtslos. Es wird noch endlose Äonen dauern, doch dann wird auch der Weg der Welt fast beendet sein... Hilf, damit auch diese Welt eine Chance hat!"

In diesem Augenblick wurde dem jungen Mann klar, dass auch sein Aufenthalt hier auf einen Hilferuf zurückging, dass ihn jemand für fähig gehalten hatte diese Aufgabe zu bewältigen. Er hörte auf sich gegen die Verantwortung zu wehren. Er versprach dem Weltgeist sein Möglichstes zu tun.

Diese Welt hatte einen wirklich harten Weg zurücklegen müssen.

Wie vielen mochte es ähnlich ergangen sein? Nun ja, das sollte nicht seine Sache sein! Für ihn galt es nun eine Möglichkeit zu finden, der Welt wieder ein Gesicht zu geben.

Ratlos wanderte er durch die Welt. Dabei fragte er sich auch leicht nervös ob er es auch wohl irgendwann lernen würde mit Tieren und Naturgeistern zu sprechen. Für seine weitere Arbeit wäre dies zusammen mit seinen anderen neuen Fähigkeiten eine große Erleichterung...

Doch es gab erst einmal Wichtigeres zu bedenken.

In einem trostlosen Tal, an einem kleinen See, nahm er einen Stein in die Hand. Achtlos fragte er sich, wie es hier wohl früher einmal ausgesehen hatte. Verblüfft ließ er den Stein fast fallen, denn er bekam eine Antwort.

Bald kannte er die ganze traurige Geschichte des Tals und seiner Bewohner. Die Steine erinnerten sich nur zu gut.

Der junge Mann seufzte. Nun, so konnte es nicht wieder werden! Doch das Wasser war klar und so bat er die Welt um einen Wassergeist und den Samen eines Fisches. Dann begann er das Land zu säubern. Oft wollte er verzweifeln.

Doch sobald etwas fertig war, begannen äonenalte Samen zu keimen, und die Naturwesen kehrten zurück...

Doch bis es so weit war, dass alles geschafft war, war es ein langer anstrengender Weg! Er konnte es nicht allein schaffen, die Welt war zu groß!

Seufzend suchte er den Weltgeist auf. Ihm war eine Idee gekommen. Ob diese durchführbar war oder nicht, hing von zwei Faktoren ab. Einmal davon, ob er von hier fortgehen konnte, und zum anderen, ob die Elfenwesen verstehen würden, was er von ihnen wollte...

Zögernd brachte er seine Idee vor. Der Weltgeist sah ihn verdutzt an. Warum sollte er nicht von hier fortgehen können? Es hatte hier nie eine Barriere gegeben! Der junge Mann zuckte zusammen. So, da hatten sie ihm also noch einen Streich gespielt! Er wollte sich ärgern, doch dann besann er sich. Anders hatte er nicht das lernen können, was er gelernt hatte. Wenn er von hier hätte fortgehen können, hätte er dies getan. Der Welt wäre damit aber nicht geholfen worden… Dann erläuterte er vorsichtig den zweiten Teil seines Plans. Der Weltgeist schwieg. So! Wesen wollte er hierher schicken? Allerdings nur Wesen, die bereit waren in dem gleichen Sinn wie er hier zu wirken, erklärte der junge Mann leise. Anderen werde er nicht erlauben hierher zu kommen!

Der Weltgeist zögerte. Doch er sah ein, dass dieses Wesen hier allein kaum eine Chance hatte, die ihm gestellte Aufgabe zu bewältigen! Er willigte ein.

Der junge Mann fand sich unter dem Sternenhimmel wieder. Sein Geist konnte ungehindert fließen. Schnell setzte er sich mit dem Hohen Rat in Verbindung und bekam die Bestätigung seiner Überlegungen. Außerdem wurde sein Vorhaben gebilligt. Der alte Weltenwächter sollte dann, falls die Elfenwesen bereit waren die Aufgabe zu übernehmen, solange es notwendig war beide, die neue und die alte Welt, behüten.

Der junge Mann lächelte leicht. Dann war es also nur noch erforderlich die Elfen zu überzeugen. Vorsichtig fragte er nach ob seine Schwester wohl ebenfalls kommen könne. Doch leider war sie anderweitig beschäftigt, so konnte sie nicht kommen.

Der Hohe Rat wünschte ihm noch viel Glück. Dann fand sich der junge Mann in der Elfenwelt wieder.

Es war ein merkwürdiges Gefühl wieder hier zu sein. Alles war gleich und doch... Jetzt spürte er mit allen Sinnen, dass der Weg dieser Welt sich dem Ende näherte. Die Wesen hatten nicht mehr viel Zeit sich eines Besseren zu besinnen. Der junge Mann lächelte traurig. So viel besser wie die Elfen hatte er es eigentlich auch nicht gemacht...

Wie sollte er denn nun beginnen?

Die Elfen meditierten täglich. Ihre jenseits gerichtete Religion gebot es ihnen. Doch dabei gaben sie den Werten der Welt keinen Gedanken mehr. Sie wollten nur die Einheit mit dem Allmächtigen erreichen. Dass die Welt dazu gehörte, war ihnen entfallen.

Der junge Mann begann an ihren Unterrichtsstunden teilzunehmen. Er wollte versuchen einen Zugang zu ihrem Wissen zu erhalten. Vielleicht konnte er sie dann zum Nachdenken bewegen. Langsam nahmen ihre Lehren für ihn Gestalt an.

Wie auf vielen anderen Welten fiel es den Bewohnern kaum auf, dass er völlig anders war als sie. Dies war im Allgemeinen sehr gut. Doch hier wünschte sich der junge Mann, dass sie es doch bemerken würden! Sie predigten die absolute Gleichheit aller Intelligenz! In ihrer Vorstellung gab es keine unterschiedliche Begabung. Jeder konnte den Einklang mit dem Schöpfer erreichen.

Sie hatten sich in diesen Gedanken verbissen. So vergaßen sie, dass die Begabungen, die sie auf der Welt besaßen, anderer Natur waren als die grundsätzliche Fähigkeit eines jeden Wesens zum Ursprung zurückkehren zu können. Die Begabungen eines jeden Einzelnen waren Geschenke der Welt an den Inhaber derselben. Er sollte sie nutzen und nicht mit dem Gedanken abtun: Ich kehre ja doch zum Schöpfer zurück. Was soll ich mich noch um die Welt kümmern...

So suchten sie nur noch die Vereinigung mit dem Schöpfer zu erreichen. Die Begabungen, die ihnen die Welt geschenkt hatte, vernachlässigten sie im äußersten Maße.

Infolge dieser extremen Haltung gab es kaum noch Kontakte zwischen den Wesen. Jedes war doch eins mit dem Schöpfer. Niemand hatte es noch nötig den Weg des innigen Kontaktes zu gehen.

Doch der junge Mann spürte nur allzu deutlich, dass dies nicht wahr war. Hinter all dem Getue um das Erreichen der jenseitigen Sphäre lag ein so ungeheures Verlangen nach Liebe und Geborgenheit im Hier und Heute, dass dessen Intensität fast schmerzte.

In den Lehrstunden versuchte er sich zu Wort zu melden, neue

Gedanken einzuflechten. Die meisten Versuche dieser Art schlugen fehl. Selbst spektakuläre Demonstrationen seiner eigenen Fähigkeit die Erde zu formen wurden nur kurzfristig als ärgerliche Störungen registriert.

So wanderte er nun von Stadt zu Stadt. Irgendwo gab es eine Möglichkeit, sich verständlich zu machen, bestimmt!

Langsam wurde es Zeit. Er wollte die dunkle Welt nicht im Stich lassen, und die Wesen hier waren die idealen Helfer, wenn sie nur begreifen würden!

Er seufzte. Es war nicht einfach. Im Laufe der Wochen hatte er eine Verbindung mit der Welt selber hergestellt. Er konnte den Elfen nun jederzeit beweisen, dass diese ein Lebewesen war. Sie mussten nur zuhören... Dann würden sie schon erkennen, dass Geist und Materie nicht trennbar waren, da auch Materie Geist war!

Er schüttelte den Kopf. Er konnte sie doch nicht zwingen zuzuhören! Und wenn sie einfach so in die dunkle Welt geschickt würden, würden sie einfach so weitermachen wie bisher. Damit war niemandem geholfen. Es war zum Verzweifeln. Doch noch gab er nicht auf. Irgendwo gab es einen Weg. Er musste ihn nur finden.

Dann saß er wieder einmal in einer Lehrstunde. Er machte sich auf die üblichen Instruktionen gefasst. Dann aber blickte er den Lehrenden verblüfft an. Dort saß ja jemand, der von der Liebe der Wesen untereinander, von der Liebe zur Natur, von der Harmonie, erzählte.

Seine Zuhörer waren nicht zahlreich, seine Lehrräume waren nicht überfüllt, doch immerhin gut besucht.

Hier herrschte ein wohltuendes Miteinander. Hier gab es kein gedankenloses Nebeneinander. Hier wagte nun auch der junge Mann das erste Mal wirklich offen über seinen Traum zu sprechen. Er erzählte einfach, was ihm widerfahren war, und die Wesen hörten zu. Sie verstanden vieles nicht, doch sie fragten, nahmen Anteil. Der alte Lehrer nahm ihn nach der Stunde beiseite und fragte ihn leise, ob dies wirklich alles wahr wäre.

Der junge Mann lächelte freundlich, ergriff einen Stein und formte ihn um. Der alte Lehrer musterte ihn nachdenklich. Dann meinte er ruhig: „Lehre uns dies. Wir werden sie erreichen. Ich bin lange hier gewesen, doch mein Traum ging immer hinaus, hinaus in unbekannte Fernen... Und wenn ich in meinen alten Tagen tatsächlich noch etwas Neues beginnen kann, dann werde ich es tun um meinen Traum von der Ganzheit zu verwirklichen! Du kannst auf meine Hilfe zählen."

Der junge Mann atmete auf. Jetzt hatte er ein Ziel, und einen Helfer, der die Herzen der Elfen besser kannte als er. Jetzt würde es klappen!

In der folgenden Zeit zeigte er dem alten Lehrer und seinen Schülern, den Weg der Suche. Das Ziel führte er ihnen in kleinen Beispielen vor. Ihren Weg mussten sie allein finden, denn jeder Geist arbeitete schließlich trotz allen Zusammengehörens anders. Er konnte ihnen den Weg weisen, zeigen, warum man sich konzentrieren sollte, wonach man zu streben hatte, um die Einheit mit allem zu erreichen. Doch gehen mussten sie diesen Weg ganz allein, jeder für sich.

Zu seiner Überraschung wuchs die Teilnehmerzahl seiner Stunden stetig an. Irgendjemand schien kräftig die Werbetrommel zu rühren...

Der alte Lehrer lächelte leicht. Ja, hier war endlich jemand, der die Sehnsucht nach Liebe und Harmonie mit der Welt nicht einfach abtat, und der zudem wusste wovon er sprach.

Schließlich kamen selbst andere Lehrer. Sie waren zunächst sehr misstrauisch. Wollte dieser Junge ihnen alles kaputt machen? Sie hörten missmutig zu. Doch bald mussten sie erkennen, dass er nur eine zusätzliche Facette ihrer Lehren verbreitete. Sie setzten sich und lernten. Sie wollten niemandem nachstehen.

In kurzer Zeit hatte diese neue Bewegung die ganze Welt erfasst. Jetzt spürten die Elfen aber auch das nahende Ende ihrer Welt. Sie begannen sich zu fürchten und fragten den jungen Mann um Hilfe. Dieser lächelte sie freundlich an und sagte leise: „Wer helfen will eine neue Welt wieder in ein Paradies zu verwandeln kann gehen, wer lieber sein Heil im reinen Geist suchen will, wird irgendwo wieder ganz neu beginnen, denn er hat die Lehre dieser Welt vergessen. Nur im Einklang mit uns selbst und der Natur können wir wahrhaft ins Reich des Schöpfers eingehen. Vernachlässigen wir das Eine, werden wir gezwungen die Einheit anderswo zu erlernen... Ich kann euch nun diese neue Welt anbieten, damit ihr nicht ganz von vorne zu beginnen braucht... Diese Welt wartet sehnsüchtig auf Hilfe. Ich versprach ihr welche zu bringen. Einer allein kann es nicht schaffen! Ich habe es versucht. Die Welt ist zu groß!"

Die Elfen teilten sich in zwei Gruppen. Die einen folgten dem jungen Mann, der ihnen das Bewusstsein der Welt und ihrer Wunder zurückgegeben hatte, die anderen hielten stur an der Lehre des Geistes fest.

Es drohte zu gewalttätigen Auseinandersetzungen zu kommen. Doch dem jungen Mann gelang es, seine Anhänger davon zu überzeugen, dass jedes Wesen das Recht hatte seinen eigenen Weg zu gehen, wohin er auch führen mochte. Niemand durfte gezwungen werden einen anderen Weg zu gehen, als den den er selber für sich als den richtigen betrachtete... Zwang war kein Mittel zur Erkenntnis!

So übten die Elfen eifrig. Sie lernten schnell, da sie die Grundlagen schon seit langem kannten. Doch ihre Fähigkeit sich mit akuten Problemen auseinander zu setzen war in dem Maß kleiner geworden wie sie ihren Kontakt mit der Welt verloren hatten. So hatten sie nun erhebliche Schwierigkeiten sich mit ihren Emotionen zurechtzufinden.

Im ersten Augenblick hatte der junge Mann fast befürchtet, die Elfen bräuchten die neue Welt gar nicht mehr. Doch die Unfähigkeit mit sich selbst zurechtzukommen war zu ausgeprägt!

Die gefühlsmäßige Einheit von Körper und Seele fehlte, und so hatten sie noch genug zu lernen.

Der Weg der Welt näherte sich dem Ende. Es wurde Zeit. Der junge Mann suchte nun einen Weg, die Wesen, die in die neue Welt gehen wollten, hinüberzuschicken ohne sie zu erschrecken. Auch sollten sie ruhig alles mitnehmen was sie meinten mitnehmen zu müssen. Dies war ein nicht so leicht lösbares Problem. Er setzte sich mit dem alten Weltenwächter in Verbindung. Doch auch dieser wusste keinen Rat.

Da verband sich der junge Mann mit allen Elementen der Welt, mit dem Licht des Universums und dem Geist der Harmonie und floss mit ihnen. In einer allumfassenden Vision sah er einen riesigen Regenbogen und in dessen Licht das Land des neuen Morgens. Das Licht des Regenbogens leuchtete in allen Farben. Ein Feuerwerk der Verheißung spiegelte sich in den Wolken und dem umgebenden Land. Ein Tor in eine andere Zeit hatte sich aufgetan.

Der junge Mann kam wieder zu sich. Er hatte den Übergang gesehen. Nun musste er ihn nur noch realisieren.

Als nun die Elfen kamen und fragten, wann sie gehen müssten, sagte er ihnen, dass sie sich nun täglich bereithalten sollten. Wenn das Licht des Regenbogens die Welt erhellen würde, sollten sie durch das von ihm gebildete Tor gehen. Dann wären sie in der neuen Welt.

Er hatte ihnen auch mitgeteilt, dass sie dort dann auf sich gestellt waren, dass er dort nicht mehr bei ihnen sein würde. Der hohe Rat hatte ihm schon vor Tagen mitgeteilt, dass eine neue Aufgabe auf ihn wartete. So konnte er sie nur so gut wie möglich auf ihre Aufgabe vorbereiten. Der alte Weltenwächter hatte ihn beruhigt. Er wäre ja auch noch da. Er wäre zwar schon lange nicht mehr auf der Haut einer Welt gewesen, aber er würde es schon schaffen!

So hatte der junge Mann stillschweigend den neuen Ruf akzeptiert. Zielstrebig arbeitete er nun an der Erschaffung des großen Tores. Hier flossen alle Energien zusammen. Etliche höherdimensionale Wesen halfen ihm. Endlich war das Tor fertig.

Die Elfen jubelten. Sie betrachteten staunend den riesigen Regenbogen, der ihre alte Welt umspannte und die neue in sich barg. Sie zögerten nicht lange und gingen hindurch.

Selbst viele der misstrauischen Elfen, der Zweifler, gingen mit in die neue unbekannte Welt.

Doch es gab genug, die blieben. Eine Weile musste der alte Weltenwächter schon noch beide Welten betreuen.

In der neuen Welt fanden die Wesen alles so vor, wie es ihnen der junge Mann erzählt hatte, und wie der alte Weltenwächter erleichtert bemerkte, fanden sie sich schnell in die ihnen gestellten Aufgaben hinein. Hier hatten sie wirklich etwas zu tun!

Auch in der alten Welt tat sich etwas. Viele der zurückgebliebenen Elfen lernten doch noch im Einklang mit der Welt zu leben, und so gab es zum guten Schluss nur sehr wenige, die wirklich in neue Welten zwangsverschickt wurden, um ganz von vorne zu beginnen.

Kristallwesen

Ratlos sah sich die junge Frau um. Wo war sie nur? Überall Steine und Sand...

Die Sonne brannte unbarmherzig von einem rötlichen Himmel. Sie war sich absolut nicht klar darüber wie sie eigentlich hierher gekommen war...

Lange stand sie schweigend da. Langsam wurde es Nacht. Es wurde sehr kalt. Die Sterne am Himmel leuchteten hell.

Sie schüttelte den Kopf. Was sollte sie hier? Wie war sie hierher gekommen? Sie wusste nur eins, wenn sie hier an dieser Stelle bleiben würde, würde es ihr bald sehr schlecht gehen. Infolgedessen beschloss sie sich auf den Weg zu machen. Vorsichtig suchte sie sich einen Weg durch die Nacht.

Plötzlich stutzte sie. War das da drüben nicht der Schein eines Feuers? Gab es hier doch Lebewesen? Wasser und Pflanzen?

Zögernd blieb sie stehen. Wartete auf den Morgen. Im ersten Licht sah sie sich dann um. Sie war in einem kleinen Tal, das ebenfalls voller Steine und scheinbar ohne Leben war... Jedenfalls konnte sie keine Pflanzen oder Wasser sehen... Doch noch immer sah sie in der Ferne dieses feuerähnliche Leuchten... Wenn sie wissen wollte, was hier los war, musste sie sich nun wohl auf den Weg dorthin machen.

Sie seufzte. Es war immer wieder das Gleiche! Immer wurde sie mit Situationen konfrontiert, die völlig verworren und sinnlos erschienen... Würde sie auch diesmal eine Erklärung und eine Lösung finden?

Nachdenklich näherte sie sich der Feuerstätte. Dort angekommen, blieb sie wie angewurzelt stehen. Hier war kein Feuer! Hier war nur ein riesiger, leuchtend roter, von verschiedenen Farben durchlaufenen Kristall! Sie fühlte sich merkwürdig. War sie nicht mehr allein? Sie sah nichts, fühlte es nur!

Lange stand sie da, versuchte das Erlebte mit dem Verstand zu begreifen. Schließlich ließ sie sich an dem Kristall nieder. Ein merkwürdiges Brummen durchfuhr ihren Körper. Ihr Geist glitt in eine andere Welt. Alles war rosa, leicht transparent... Hier wimmelte es von federleichten durchsichtigen Wesen aller Art. Sie sah sich verblüfft um. Während es kurz vorher noch entsetzlich trostlos gewesen war, war es hier äußerst faszinierend.

Aus der rosafarbenen, schimmernden Luft schälte sich eine regelrechte Stadt mit Straßen und Häusern heraus. Die Lebewesen schienen sie nicht wahrzunehmen. Sie war nur Beobachter... Antworten bekam sie immer noch keine! Wie sollte sie sich nur mit diesen Wesen verständigen. Sie schienen nur aus Licht und Energie zu bestehen... Aber wenn sie hier war, gab es auch ein Problem, und wenn sie es lösen sollte, musste sie erst einmal heraus finden, was es eigentlich war!
Was hatte ihr die alte Frau in Carana erzählt? Sie versuchte sich zu erinnern. Ah ja; da war es: Alles Leben sei ein Energiefluss und somit wäre alles mit allem verbunden... Wenn dem so wäre, dann gab es vielleicht eine Möglichkeit mit diesen Wesen hier zu reden... Vielleicht! Hoffentlich!

Sie begann sich auf sich selbst zu besinnen. Wenn alles Energie war, dann war sie selbst es ja auch. Sie versuchte den Energiefluss in sich selbst zu spüren. Sie fühlte nichts. Sie dachte an die durchscheinenden Energiewesen, versuchte sich auf sie einzustellen. Wieder kein Ergebnis!
Sie schüttelte den Kopf. Wie sollte das nur hinhauen? Verdammt noch mal! Es musste doch eine Möglichkeit geben! Sie überlegte dann ganz sachlich:
Diese kleinen Wesen bewegten sich sehr schnell, schienen sehr hell... Ihre Energieschwingungen waren bestimmt sehr hoch. Ihre eigene Energieschwingung war dagegen bestimmt niedriger... Ihr

Körper war fester, undurchsichtig und größer! Das bedeutete für sie also, dass sie es irgendwie schaffen musste ihren Geist auf die hohen Energieschwingungen einzustellen... Ein bisschen hatte sie es ja schon geschafft, sonst hätte sie sie ja nicht einmal sehen können! Mit diesem Gedanken verlor sie ihr Zeitgefühl. Sie saß nur noch ruhig da. Ihr Geist war auf der Suche. Vor ihrem inneren Auge tauchten die verschiedensten Lebensformen auf, Pflanzen, Tiere, Zwerge, Elfen...

Einige Lebensformen besaßen niedrigere Energieschwingungen als sie selber, andere höhere. Langsam, ganz langsam lernte sie sich auf die verschiedenen Lebensformen einzustellen, ihre Lebensgrundlage zu verstehen und zu erfahren. So näherte sie sich immer mehr den hellen Energiewesen an. Wo lebten sie eigentlich? Was waren sie wirklich? Sie hatte viele Fragen. Würde sie sie beantwortet bekommen?

Dann, eines Tages (?), glitt sie durch die Straßen der rosafarbenen Stadt, hörte die Wesen reden, lachen, schimpfen... Staunend hörte sie zu. Es war eigentlich kein Hören, mehr ein Fühlen, Spüren... Sie hatte es geschafft! Sie war nicht mehr außerhalb! Jetzt musste sie nur noch einen kompetenten Gesprächspartner finden.

Beobachtend durchstreifte sie die Stadt. Lange suchte sie. Endlich traf sie auf einen hellen Funken, leuchtend und lebendig. Hier war ihr Gesprächspartner! Endlich! Ihre Geduld hatte sich auch dem Ende genähert.

Schnell glitt sie auf den leuchtenden Geist zu. Dann stand sie vor ihm. Staunend betrachteten sie einander. Ihr Gegenüber glich einer hellen Flamme, freundlich und doch fest. Sie schluckte. Wie sollte sie denn nun anfangen... Sie zögerte. Doch ihre Sorgen waren umsonst, denn ihr Gegenüber sah sie freundlich an, und begann dann ohne weiteres zu berichten:

„Unsere Welt ist die Welt der Kristalle, des inneren Raumes. Eigentlich eine Welt des Geistes. Wir leben hier im inneren Raum der Materie. Hier gibt es sonst kein anderes Leben. Unsere Welt ist eine Steinwüste - für Augen, die Leben an Pflanzen, Wasser und Tieren messen... Mineralienreich - und dies ist auch das Problem! Ich bin verantwortlich für diese Welt. Ich kann über die Grenzen hinaus sehen, wenn ich auch nicht über sie hinausgehen kann. Die Lebensbedingungen sind nur hier für uns geeignet. Wir können nirgendswo anders hin. Das verschärft das Problem wesentlich."

Er schwieg einen Moment. Dann sprach er weiter:

„Die frei lebenden Wesen, wie auch du eines bist, brauchen Mineralien, unseren Lebensraum, um sich selber Lebensraum und Lebensstandard zu schaffen... Wir brauchen nur die reine Energie der Sonne. Aus ihr schaffen wir alles was wir zum Leben benötigen. Es ist nun schon eine ganze Weile her, da verdunkelte sich im Osten der Himmel. Ein großes Objekt kam vom Himmel herunter und bohrte sich in den Boden unserer Welt. Zunächst war es nicht schlimm, doch dann bemerkten wir was sich da tat: Außenweltler hatten unsere Heimat entdeckt und festgestellt, dass es hier etwas gibt, das es in ihrer Welt kaum oder gar nicht mehr gibt... Dieses große Objekt ist ein Gerät, man könnte auch sagen ein Wesen ohne eigenen Willen, das unsere Lebensgrundlage vernichtet. Anscheinend suchen die Wesen, die dieses Gerät geschickt haben, gerade die Mineralien, die unsere Lebensgrundlage bilden! Es hat schon viel Unheil angerichtet! Wir können uns nicht selber helfen! So habe ich mich an die höhere Instanz gewandt. Sie haben dich geschickt. Ich hoffe, dass du einen Ausweg findest. Wir können nicht mehr lange warten. Schon jetzt wird es eng. Um neuen Lebensraum zu erschließen, müssen wir in immer tiefere Schichten vordringen. Dies kostet aber Zeit, mehr Zeit als das Gerät braucht, um alles zu zerstören..."

Er schwieg, sah sie besorgt abwartend an. Sie schluckte. Verdammt noch mal, das war ja wieder nett. Da waren die anderen vielleicht sogar absichtlich auf die anscheinend leblose Welt gekommen und beeinflussten doch wieder einmal das Leben auf einem Planeten! Sie sah die helle Flamme entschlossen an. Sie würde es versuchen, versprechen konnte sie es allerdings nicht. Denn, wie sollte sie den Fremden beibringen, dass hier die Mineralien voller Lebewesen waren...

Und beeilen musste sie sich auch noch - sonst würden die freundlichen Energiewesen hier vergehen! Sie waren hier zu Hause. Die Fremden drangen hier ein...

Das flammengleiche Wesen ergänzte leise ihre Gedanken:

„Wir haben versucht den Wesen eine Botschaft zu schicken. Einige haben schon begriffen, dass sie von irgendwo her Nachrichten bekamen, doch die Verantwortlichen haben beschlossen ihnen nichts zu glauben! Sie können sich nicht vorstellen, dass es etwas anderes als ihre eigene Welt gibt. In der Nähe der großen Maschine gibt es noch einen großen Kristall... Wenn der Verantwortliche zu uns kommen würde, könnte er sich davon überzeugen, dass es uns gibt! Doch wir können es ihnen nicht klar machen. Wir sind hilflos, da wir sie nicht in ihrem Lebensraum besuchen können. Nun glauben wir, dass es schon helfen würde, wenn du sie zum Kristall bringst..."

Sie lächelte leicht, sagte stumm: „Ich werde es versuchen." Dann erhob sie sich und glitt zurück, fand sich in ihrem Körper wieder, war müde, schlief.

Irgendwann wachte sie auf. Verblüfft sah sie sich um. Die Steinwelt schimmerte in allen Farben. Das ihr das zuvor nicht aufgefallen war! Vielleicht lag es daran, dass sich ihr Wahrnehmungsvermögen den Gegebenheiten dieser Welt angepasst hatte...

Sie machte sich auf den Weg. Wie mochten die anderen Wesen wohl sein? Instinktiv fand sie ihren Weg. Unvermittelt stand sie vor einem riesigen metallenen Gebilde, das einen fürchterlichen Lärm machte während es sich in die Erde hinein fraß. Sie hielt sich spontan die Ohren zu. Das war ja grausam. Was sollte das denn werden? Himmel noch mal! Waren die Wesen denn taub? Sie stolperte weiter. Irgendwo musste doch der Betreiber dieser Wahnsinnsanlage sein! Mit zusammengebissenen Zähnen suchte sie die Umgebung ab. Da!

Endlich! In einem kleinen Nebental stand eine Baracke. Hier war es erstaunlich ruhig. Der Lärm wurde sehr gut abgeschirmt. Sie ging vorsichtig auf die Baracke zu. Ein paar, ca. zwei Meter große, pelzige Wesen traten heraus. Sie betrachteten sie verblüfft. Alle standen wie versteinert da. Keiner wusste ob oder was er sagen sollte. Nach einer Weile versuchte sie einfach weiterzugehen. Schnell vertrat ihr eins der Pelzwesen den Weg. Stumm wies er ihr den Weg zur Hütte. Sie gab nach und folgte der stummen Anweisung. Das Innere der Hütte war recht nett eingerichtet. Es gab sogar ein paar Pflanzen... Diese Wesen waren bestimmt für Schönheit empfänglich. Das war zumindest ein Lichtblick!
Abwartend sah sie die beiden Pelzwesen an. Was würde nun kommen? Eines der beiden hantierte mit einem kleinen viereckigen Kasten herum. Plötzlich hörte sie merkwürdige Laute. Sollte das eine Sprache sein? Dann konnte sie sie aber nicht verstehen! Sie schüttelte ungläubig den Kopf. Bisher hatte es noch nie Verständigungsprobleme gegeben. Das war ja toll!

Die beiden hatten indes gemerkt, dass ihr kleiner Kasten anscheinend nicht die gewünschte Wirkung hatte. Jetzt versuchten sie es mit Händen und Füßen. Nun kamen sie sich schon näher.
In den folgenden Tagen erklärte sie den beiden Pelzwesen, sie hätte hier eine Bruchlandung gemacht und wäre sehr froh, sie hier getroffen zu haben.
Die beiden erklärten ihr im Gegenzug, dass sie hier als Beaufsichtigungspersonal für die große Maschine da seien. Sie müssten noch einige Wochen bleiben. Bis dahin könne auch sie hier nicht weg. Sie dürfe aber gerne bei ihnen bleiben...
Sie nickte nur dazu und begann die Sprache der beiden zu lernen. Ihr fiel dabei auf, dass dies dem Lernen glich, wie sie gelernt hatte mit den Energiewesen zu kommunizieren. Nachdenklich versuchte sie den beiden Pelzwesen diesen Gedanken des Lernens näherzubringen. Dabei stellte sich heraus, daß diese eine recht komplexe geistige Ausbildung besaßen. Sie wussten um die geistige Welt, der Welt

neben der sichtbaren...

Doch als sie begann, sie vorsichtig auf die Möglichkeit einer Welt innerhalb der Materie anzusprechen, sahen sie sie verständnislos an. Je mehr sie aber erzählte, desto neugieriger wurden sie. Schließlich machten sie eines schönen Tages einen Ausflug zum Kristall. Diesmal stand sie Wache, während die beiden einen Besuch im Kristall-Land machten. Sie war gespannt, was die beiden berichten würden, wenn sie zurück waren.

Es wurde Abend. Schließlich begannen sich die beiden wieder zu regen. Sie waren ganz benommen und konnten immer noch nicht so ganz glauben, was sie da gesehen hatten. Aber das Erlebte erklärte einige merkwürdige Vorfälle aus der Anfangszeit des Mineralabbaus... Die kleinen Wesen hatten durchaus versucht sich bemerkbar zu machen!

Sie würden hier nicht weiter machen können! Ihre Verantwortung für alles Leben gebot es ihnen! Ihr Volk hatte im Laufe seiner Entwicklung vieles getan, was ihm im Nachhinein als falsch erschien, doch immerhin hatte es inzwischen gelernt, dass alles Leben unabhängig von der Form und der Art zu achten war! Hoffentlich würden auch die Eigentümer der großen Maschine dies einsehen...

Es dauerte Tage bis sie sich darüber klar waren, was sie nun machen sollten. Ihre Auftraggeber würden sich bestimmt nicht so einfach geschlagen geben. Immerhin hatten sie aber alle die gleiche Grundausbildung erhalten...

Die junge Frau hielt sich zurück. Eigentlich hatte sie ihre Arbeit schon getan. Jetzt lagen die weiteren Ereignisse in den Händen anderer. Doch irgendwie hatte sie das Gefühl, besser noch nicht zu gehen. Vielleicht würde sie noch gebraucht...

Die beiden Pelzwesen stellten zunächst einmal die große Maschine aus. Es vergingen einige Tage bis es den Auftraggebern auffiel. Bald darauf tauchten diese auf dem Planeten auf. Zum Schrecken der beiden Pelzwesen handelte es sich aber nicht nur um das Wesen, das sie bisher kennen gelernt hatten, sondern auch um zwei Kartner, deren Volk dafür bekannt war, dass es nur auf den Verstand hörte und kein bisschen Einfühlungsvermögen für die Natur oder übernatürliche Ereignisse hatte. Die beiden wussten absolut nicht wie sie mit dieser Überraschung umgehen sollten.

Schließlich erklärten sie erst einmal ganz trocken, dass die Maschine ganz plötzlich mit der Bodenbeschaffenheit nicht mehr zu recht gekommen wäre. Sie wüssten allerdings immer noch nicht warum! Ihr Artgenosse sah sie prüfend an. Er spürte, dass die beiden nicht die Wahrheit sagten, doch er schwieg. Er wusste, er würde schon noch erfahren, was hier los war! Und so war es auch.

Während die beiden Pelzwesen mit ihm zum Kristall gingen, lenkte die junge Frau die beiden Kartner ab in dem sie die Maschine untersuchten. Hier gab es im Grunde genommen nicht viel zu sehen. Allerdings fiel ihr dabei ein erstaunlicher Umstand auf. Die Vorhersage für die Ausbeute an dem gesuchten Mineral hatte bei 80% gelegen. Sie betrachtete die Tagesaufzeichnungen. Schließlich meinte sie trocken: „Irgendwie scheint die Ausbeute auch nicht so recht zu funktionieren. Hier sehen sie mal! Statt der erwarteten 80% sind nur 30% gefördert worden... Ich frage mich, wie das angehen kann. Die Mineralienanalysen weisen doch auf 80% hin...“

Die beiden Kartner sahen sich unbehaglich an. Wirtschaftliche Argumente kamen bei ihnen immer gut an. Waren sie auf falsche Analysen hereingefallen? Liefen sie in Gefahr ihre gute Maschine hier kaputt zu machen? Das wäre ja schrecklich! Auf Samar waren die Analysewerte zwar nicht so gut, und man musste mit den Bewohnern um Ausbeutungsraten verhandeln, doch immerhin war es eine sichere Angelegenheit... Verdammt noch mal, wie konnte es nur angehen?! Die beiden machten sich ernste Gedanken. Sie gingen zur Hütte zurück. Sie hatten intensiv miteinander gesprochen. Bei ihnen stand fest, dass hier kein weiterer Abbau stattfinden würde.

Am anderen Morgen setzten sie sich alle zusammen. Zunächst

berichteten die beiden Kartner von ihrer Entdeckung. Dann begann ihr Geschäftspartner vorsichtig von den Lebewesen dieser Welt zu berichten.

Wie zu erwarten, reagierten die beiden Kartner ziemlich ungehalten. Sie sahen keine Bewohner, keine Lebewesen, also gab es auch keine! Hier gab es nur Steine und Mineralien! Es kam zu einer heftigen Diskussion.

Die junge Frau hörte gespannt zu. Schließlich lächelte sie insgeheim.

Immer wieder kehrten die beiden Kartner zu der Entdeckung zurück, dass die Analyse nicht mit der Förderung übereinstimmte.

Die Analysewerte waren signalgeprüft worden. Sie mussten in Ordnung sein! Wenn es hier nun energetische Lebewesen gab, dann könnte es allerdings sein, dass die Messgeräte falsche Werte lieferten, und dann war es hier extrem unwirtschaftlich die Rohstoffe abzubauen. Schließlich wäre dann nie vorhersagbar, wie hoch die Vorkommen tatsächlich waren, und schließlich würden sie ja auch gegen das allgemeine Artenschutzabkommen verstoßen. Alles in allem war es wirklich besser hier zu verschwinden...

Und so wurde es nach 3-tägiger Diskussion auch beschlossen. Bevor die beiden Kartner dann aber gingen, fragte die junge Frau sie freundlich, ob sie nicht einmal versuchen wollten, die hiesigen Bewohner zu besuchen...

Die beiden sahen sie misstrauisch an. Doch dann beschlossen sie, dass es ja nichts schaden konnte. Immerhin mussten sie sich ja nur an einen Kristall anlehnen...

So geschah es dann auch. Sie lehnten sich ruhig an den Kristall an. Es kam wie es kommen musste. Sie glitten in den Kristall hinein.

Staunend betrachteten sie die äußerst komplexe innere Welt dieses Planeten. Sie wurden sich unbehaglich bewusst, dass sie in Zukunft vorsichtiger mit ihrer Annahme über Verstand und Geist sein mussten. Vielleicht hatten die Pelzwesen ja doch Recht mit ihren Lehren...

Sie kehrten nachdenklich zurück. Eigentlich sollte man diesen Planeten als Ausflugsziel empfehlen... Vielleicht...

Sie wälzten tief schürfende Gedanken. Es wäre toll, wenn es gelang zu diesen Wesen Kontakt herstellen... Was man nicht alles von ihnen lernen könnte...

Die junge Frau fühlte nun den Rückruf. Ihre Arbeit war getan. Sie sah sich um. Da waren ihre beiden Freunde. Schnell verabschiedete sie sich von ihnen. Jetzt würde hier alles seinen richtigen Gang gehen. Die Planetenbewohner hatten gute Freunde gewonnen.

Dunkelheit

Dunkelheit umgab sie. Nirgends ein Licht. Es war warm. Die Luft schien dick und weich zu sein. War sie blind? Ihre Augen begannen zu tränen. Konnte sie sich eigentlich bewegen? Ja! Oh Himmel, wie sollte sie sich denn hier zu Recht finden?! Es war schrecklich. Langsam tastete sie sich vor. Sie konnte sich kaum orientieren. Der Boden bot praktisch keine Anhaltspunkte. Er war einheitlich glatt und hart, wie poliert. Dann ertastete sie recht neben sich eine Wand. Felsen! Rau und doch wie lebendig, mit Moos überwachsen, weich... Sie schluckte. Es schien hier nicht immer so dunkel gewesen zu sein. Vielleicht konnte sie doch nichts sehen....

Vorsichtig tastete sie sich weiter. Plötzlich traten ihre Füße ins Leere, und sie fand sich in einem flachen Teich wieder. Das Wasser roch aromatisch, einladend. Was sollte sie bloß machen? Und vor allem, was sollte sie eigentlich hier? Ihre Geduld war dieses Mal nicht besonders groß. Der Ruf hierher war sehr stark gewesen, sehr eilig. Was war hier nur los? Sie schüttelte sich. Ihre bloßen Füße tasteten sich vorsichtig nach vorne. Endlich stand sie wieder am Ufer. Dann stieß sie fast mit einem Baum zusammen. Wieder ein Indiz für die Anwesenheit von Licht!

Nun vielleicht gab es doch eine Möglichkeit zu prüfen ob es wirklich kein Licht gab oder ob sie blind war... Sonnen gaben für die Haut spürbare Strahlen ab. Die würde sie jetzt versuchen zu fühlen! Sie ließ sich in einiger Entfernung vom Baum nieder Sie wartete. Sie spürte nichts. Ihre innere Uhr sagte ihr, dass es inzwischen längst Morgen sein musste. Doch es gab keine Anzeichen für irgendwelche gerichtete Strahlen... Nur Wärme... Vielleicht gab es hier nur Infrarote Strahlung! Dann war es vollkommen erklärlich, dass sie nichts als Wärme wahrnehmen konnte. Doch irgendwie bezweifelte sie es. In diesem Fall wäre sie absolut ungeeignet gewesen sich hier umzusehen. Normalerweise passierten derartige „Unfälle" nicht! Trotz aller Überlegungen konnte sie sich dennoch nicht von ihren

Zweifeln befreien. Es war einfach zu fremd hier. Sie schloss die Augen um zu lauschen.

Bisher hatte sie überhaupt noch nicht auf Geräusche geachtet. Sie hatte zu viel mit ihrem Sehvermögen zu tun gehabt. War es genauso still wie dunkel?
Sie lauschte bis ihre Gedanken, ihr Geist durch die Luft, schwangen. Rings herum waren Laute, die allerdings genauso verwirrt klangen, wie sie es war. Dann hörte sie plötzlich etwas, das wie ein Streitgespräch klang. Wie in Trance erhob sie sich und folgte dem Klang. Kam sie der Lösung des Problems näher? Endlich konnte sie dem Gespräch folgen. Es waren drei Stimmen zu unterscheiden.

„Es wird nun immer Nacht bleiben!"
„Ach was! Was du nur denkst! In zwei, drei Dekaden wird es wieder klar werden! Dann haben wir unendlich viel Licht und die Dunkelheit wird endgültig fort sein!"
„Aber wir brauchen doch den Wechsel zwischen Licht und Dunkelheit, zwischen Kälte und Wärme..." klang nun die dritte Stimme besorgt auf, „Wir wissen doch überhaupt nicht, wie die Lebewesen auf ständige Dunkelheit bzw. auf ständiges Licht reagieren..."
„Nun ja", tat die zweite Stimme dies ab, „wir haben ja immer noch die nächtlichen Erholungsphasen. Damit sind dann auch die Pflanzen zufrieden..."
Die erste Stimme murrte böse: „Aber du weißt ganz gut, dass es gar keine Garantie dafür gibt, dass euer Plan überhaupt funktioniert. Ihr habt niemanden gefragt. Der Planetenrat hat nicht zugestimmt! Du und deine Kollegen, ihr habt überhaupt nicht an die Folgen gedacht, ihr habt es einfach gemacht! Nun ist es schon fast vier Dekaden dunkel, und du redest immer noch von zwei bis drei Dekaden... Ich glaube nicht, dass es besser werden wird! Ich glaube wir müssen etwas tun, damit das natürliche Gleichgewicht wiederhergestellt wird!"

Die zweite Stimme brauste auf: „Es braucht nun mal Zeit, damit sich alles einspielen kann. Du kannst es ja gar nicht beurteilen, du bist ja nur ein... „

„Jetzt ist es aber genug!" mischte sich eine vierte Stimme ein. „Wenn ihr euch streiten wollt, dann besucht doch einmal die Ratshalle. Aber wundert euch nicht. Auch dort ist alles dunkel. Das Experiment hat alles Licht unmöglich gemacht. Es ist als ob alle sichtbaren Lichtstrahlen sich umkehren und einfach nicht zum tragen kommen. Alles wird in Wärmestrahlung umgesetzt! Und somit hat unser junger Freund hier recht, wenn er meint, wir müssten endlich etwas tun, um diesen Zustand zu beenden!"

„Wieso?" begehrte die zweite Stimme auf. „Wir wollten etwas Gutes für unseren Planeten tun. Wir hatten solange schlechtes Wetter, und nichts lief mehr so wie es sollte. Die gesamte Luft war mit entsetzlichen Chemikalien verunreinigt. Es musste einfach etwas passieren! Wir sollen also alles wieder zurück holen, alle Verunreinigungen, alles Gift..."

Die vierte Stimme schwieg lange, dann begann sie leise: „Wenn wir nichts tun, werden wir bald in Wärme ersticken. Der normale Wärmehaushalt unseres Planeten ist absolut durcheinander geraten. Alles was vorher in Form sichtbarer Strahlung wieder abgegeben wurde, wird nun in Form von Wärme gespeichert. Wie dies angehen kann, weiß ich nicht. Unser Verständnis der Naturvorgänge lässt dies eigentlich nicht zu. Aber meine Beobachtungen lassen keinen anderen Schluss zu." Die Stimme schwieg. Dann fuhr sie spöttisch fort: „Es war eine sehr nette Idee allen Bewohnern eine Infrarotbrille zu geben. Sonst wären wir alle blind! Wenn ihr nun die Pflanzen betrachtet, seht ihr noch Leben? Sind sie nicht schon abgestorben? Noch ist es nicht zu spät, doch wenn nicht innerhalb der nächsten Dekade etwas passiert, sehe ich schwarz, richtig schwarz!" Damit ließ der Sprecher die drei hinter sich zurück. Es entstand ein bestürztes Schweigen. Die zweite Stimme versuchte noch einmal zu beschönigen, doch die dritte fuhr dazwischen. Dann folgte Schweigen, doch die junge Frau war inzwischen nahe genug heran gekommen um ihren Weg auch so zu finden. Jetzt sah sie schon klarer. Aber was die Bewohner hier wirklich angestellt hatten, blieb ihr ein Rätsel. Physikalisch war dies ein Ding der Unmöglichkeit. Sie mussten einen riesigen Strahlungsumformer gebaut haben, der aber auch Partikel in die Luft abgegeben oder/und Partikel aus der Luft aufgenommen hatte. Oh Himmel, wie sollte das denn wieder umgekehrt werden!?

Nun erst einmal musste sie mit den dreien sprechen. Sie ging langsam vorwärts.

Plötzlich sprangen drei erschreckte Wesen hoch. Sie konnte sie immer noch nicht sehen. Infrarot lag nun mal jenseits des menschlichen Sehvermögens. Sie setzte sich, am richtigen Ort war sie ja nun, und wartete einfach ab.

Vorsichtig näherten die drei sich ihr. Wer war dieses Wesen, eine Frau? Was war der Grund ihres Besuches? Was wollte sie? Brachte sie Hilfe oder noch mehr Zweifel? Wo würde ihre Welt hingehen?

Da kam auch die vierte Stimme wieder. Ihr Besitzer lachte leise als er die erschrockenen Wesen bemerkte, und näherte sich der Besucherin und gab ihr eine Infrarotbrille.

Schnell setzte sie sie auf. Oh endlich konnte sie wenigstens etwas erkennen. Sie musterte ihre Gegenüber neugierig. Zumindest einer hatte an diesem Durcheinander mit gewirkt. Gleichzeitig, nahm sie an, hatten alle drei, vielleicht sogar alle vier geplant die Umweltverunreinigungen der Welt zu stoppen. Und nun das hier! Sie schüttelte den Kopf. Dann sah sie abwartend zu einem alten Mann, dem vierten Sprecher, wie sie annahm, hinüber. Er hatte sich inzwischen ebenfalls niedergelassen. Die folgende Erzählung bestätigte ihre Vermutungen.

Dazu meinte der alte Mann leise:

„Die Umwelt war schon zu stark geschädigt, als das wir durch Einsparungen oder andere Maßnahmen noch etwas hätten erreichen können. Wir brauchten eine durchschlagende Methode um alle Probleme auf einmal in den Griff zu bekommen. Da kam Naron,“ er zeigte auf ein jüngeres Wesen, welches sie als zweite Stimme identifizierte, „auf die Idee, einen globalen Giftfänger in die Atmosphäre einzubringen. Dieser wurde durch einen riesigen Kristall realisiert. Was dabei nicht ausreichend bedacht wurde, war, was passieren würde, wenn sich die Giftstoffe an dem Kristall anlagerten. Nun ja, wir mussten etwas tun. Dies hier schien die einzige Möglichkeit zu sein, schnell zu handeln. Doch wir wollten die Folgen noch überprüfen. Dann aber konnte eine Gruppe es nicht mehr abwarten, und sie handelten ohne die abschließenden Untersuchungen abzuwarten. Die bis dahin vorliegenden Ergebnisse legten nahe, den Versuch nicht zu machen... Es wurden zwar alle Gifte gebunden, doch gleichzeitig mit der Bindung der Verunreinigungen an den Kristall begann dieser sich aufzulösen...“

„Und in die Atmosphäre einzudringen“, ergänzte die junge Frau leise schaudernd. „Ja“, bestätigte ihr der alte Mann trocken, „und hier wirkten die Partikel genauso wie zuvor der große Kristall, welcher sich inzwischen vollständig aufgelöst hat. Die Partikel haben sich gleichmäßig in der Atmosphäre verteilt und schirmen nun wirkungsvoll jeden Einfall sichtbaren Lichtes ab. Sie wandeln die sichtbaren Strahlen allerdings in Wärmestrahlung um und geben sie an den Planeten ab! Zu kalt wird es uns so bestimmt nicht werden...“

Die junge Frau schluckte. Oh je, das war ja toll. Sie überlegte fieberhaft. Hier hatte sie keine Tage, höchstens noch Stunden, um der Gefahr Herr zu werden.

Plötzlich kam ihr eine Idee. „Gibt es hier Heliumballons?“ fragte sie unvermittelt, „Und Filter?“ Der alte Mann sah sie verblüfft an. Den jüngeren sah man jedoch die Erleichterung an. In die drei jüngeren Wesen kam Bewegung. Vielleicht konnte sie doch noch etwas tun. Der alte Mann hatte sich inzwischen erholt, und fragte: „Wie viele Ballons werden wir brauchen?“ Darauf wusste niemand direkt eine Antwort.

So rannten sie aufgeregt in Richtung der Forschungseinrichtung los. Die junge Frau lief hinterher. Sie staunte, dass diese Wesen nicht von allein auf diesen Gedanken gekommen waren. Immerhin hatten sie ihn direkt begriffen. Hoffentlich gelang es tatsächlich. Sie glaubte, dass es, um ein neues Gleichgewicht zu erreichen, ausreichen würde, ein genügend großes Loch in den kristallinen Staubschleier zu reißen. Allerdings müsste dieses dann auch eine entsprechend lange Zeit offen bleiben... Aber sie spürte auch, dass sie sich beeilen mussten. Sie hatten kaum noch Zeit, und - sie blieb plötzlich stehen. Wie sollte das entstehende Loch nur offen gehalten werden? Es musste offen bleiben, das war ganz einfach eine Tatsache, doch die atmosphärischen Störungen würden schnell alles wieder zusammentreiben...

Sie biss die Zähne zusammen. Was sie brauchten war zusätzlich zu den Ballons, ein partikelfreies Loch in der Atmosphäre! Langsam ging sie weiter. Ihre Gedanken weilten bei den Naturphänomenen ihrer Heimat. Als sie bei den anderen ankam, hatten diese schon alles berechnet und das Material für zehn Ballons geordert. „Mehr haben wir nicht", wurde ihr erklärt. Sie nickte benommen. Ihr war etwas eingefallen. Hoffentlich war es die richtige Idee. Nun verlangte sie eine Flöte. Obwohl die Wesen nicht verstanden, war dies nun sollte, bekam sie ihre Flöte. Sie probierte sie aus. Ja, das konnte gehen. Sie lächelte. Sollten die anderen doch rätseln. Sie würden es schon sehen!

Dann besprachen sie den genauen Einsatzort der Ballons und die geeigneten Filtermedien. Endlich war alles geklärt. Die junge Frau würde nicht mit fliegen, bat aber die Ballonfahrer sich nicht zu wundern. Was auch passieren würde, sie müssten auf jeden Fall so lange aushalten bis sich die schwarze Wolke aufgelöst hatte! Gaben sie nach, würde alles umsonst gewesen sein!

In den ernsten Gesichtern der Ballonfahrer sah sie eine eiserne Entschlossenheit. Sie würden nicht weichen, komme was da wolle!

Auffangmatten, Filter, wurden zwischen die Ballons gespannt. Anfangs flogen sie eng zusammen, bildeten praktisch einen Punkt am Himmel. Dann zogen sie die Matten langsam auseinander.

Die junge Frau beobachte gespannt das Treiben. Tatsächlich, da bildete sich ein Riss in der ungeheuren Dunkelheit. Jetzt griff sie zur Flöte, begann leise zu spielen. Sie versuchte sich in die Grundfesten der Welt einzufühlen, ihre Melodie zu erfassen, doch die Welt schwieg. Die Dunkelheit hatte eine tiefe Leere erzeugt. Die junge Frau lauschte. Mit dem Eintreffen der ersten hellen Strahlen, klangen auch die ersten Töne auf. Nun, sie würde versuchen, aus diesen vereinzelten Tönen eine Melodie zu formen...

Und so begann sie zu spielen, fing jeden neuen Ton ein, gab der Welt den Klang, das Licht zurück. Sie sah nichts mehr, war nur noch Ton, nur noch Licht. Schließlich war sie die Wand, der Filter, und die dunklen Kristallpartikel verwandelten sich im Einklang mit der Welt in helle Scherben.

Die Zeit verging, sie vergaß Raum und Zeit. Irgendwann schlief sie ein - und wachte im hellen Schein eines glänzenden Tages und unter den frohen Rufen vieler Wesen auf.

Verschlafen rieb sie sich die Augen. Der Himmel strahlte in einem wunderbaren Glanz. Ungläubig sah sie sich um. Der alte Mann kam auf sie zu, schüttelte ihr die Hände. Leise meinte er: „So wurde unser Ziel doch noch verwirklicht. Die Lebewesen haben es größtenteils überstanden, aber es ist nicht unser Verdienst, sondern deiner. Wir können nur danken...“

Sie schwieg, lächelte dann: „Diesen Dank brauche ich nicht, aber es ist sehr wichtig, dass ihr lernt aus dieser beinahe Katastrophe die Konsequenzen zu ziehen, um nicht in 50 oder 100 Jahren wieder so eine Dummheit zu machen... Mein schönster Lohn wäre es, wenn ihr die Welt nun so bewirtschaftet wie sie es verdient. Bringt sie nicht noch einmal so an den Rand des Ruins. Denn ich weiß nicht wie oft euch geholfen wird...!“

Mit diesen Worten erhob sie sich. Der Ruf zurück war stark, hier hatte sie ihre Pflicht getan. Der Neubeginn lag wie immer in den Händen der Bewohner!

Rätsel

Seltsame Schatten umspielten ihre Füße. Der Himmel schimmerte in rotvioletten Tönen. Die Luft lag schwer über dem Land. Es roch nach Ozon. Die Sonne biss sich in der Erde fest. Der Boden strahlte eine ungeheure Wärme ab.

Sie sah sich unbehaglich um. War dies hier normal? Oder waren diese Umweltzustände künstlich herbeigeführt worden? Sie fühlte sich ganz und gar nicht wohl. Gab es hier eigentlich Pflanzen? Ja, doch! Nur waren sie merkwürdig gefärbt. Die hellste Farbe war ein helles rotgelb. Sie machte sich auf den Weg. Es wurde warm. Der Weg wurde ihr schwer. Endlich sah sie in der Ferne einen kleinen See. Er leuchtete in einem satten Blau. Sie hielt darauf zu und war gespannt, was sie dort erwarten würde.

Endlich war es geschafft. Sie stand am Ufer. Staunend sah sie aufs Wasser hinaus. Am gegenüberliegenden Ufer befand sich ein kleiner Wasserfall. Beim Auftreffen auf die Oberfläche des Sees spritzte das Wasser hoch, verteilte sich in feinste Tröpfchen. In diesen Tropfen spiegelte sich das Sonnenlicht und spaltete sich auf. Infolgedessen leuchtete der ganze hintere Teil des Sees in allen erdenklichen Farben. Und zwischen den Tropfen meinte sie kleine, durchscheinende Wesen zu sehen. Sie setzte sich ans Ufer. Stumm ließ sie die Erscheinung auf sich wirken. Was für eine Schönheit. Sie schlief ein. Sie träumte.

Im Traum (?) ging sie einen schmalen Weg durchs Gebirge entlang. Plötzlich stand sie vor einer dunklen Höhle. Hier herrschte eine unbeschreibliche Stille. Ihr war im hellen Sonnenlicht nicht aufgefallen, dass zuvor alles voller Töne, voller Musik gewesen war, doch hier und jetzt merkte sie nur zu deutlich den Unterschied. Die Stille war unheimlich, so als ob diese unterirdische Welt aller Töne beraubt worden war… Außerdem war es unglaublich dunkel. Sie bewegte sich vorsichtig vorwärts. Sie musste aufpassen, nicht zu fallen. Überall lagen Steine im Weg. Sie spürte eine gut ausgebaute Straße unter ihren Füßen. Doch sehen konnte sie nichts. Alles war in Dunkelheit versunken. Wie war es nur so weit gekommen? Irgendwann musste es doch einmal anders gewesen sein… Sie spürte die Dunkelheit wie ein lebendes Wesen um sich herum, als ob sie ihr etwas mitteilen wollte. Sie ging weiter. Dann schien der Weg in eine große Halle zu münden. Die Luft wurde weicher. Doch es schien gleichzeitig noch dunkler geworden zu sein. Sie dachte verstört an die hellen, leuchtenden Wesen, die oben im Wasser tanzten, im Licht, leicht und schwebend…. In einer Welt voller Freude und Farben, voller Töne und Musik. Und hier endlose Dunkelheit, Stille… Sie schüttelte den Kopf. Was hatten die Weltbewohner hier nur angerichtet? Das war bestimmt nicht immer so gewesen! Die Klimabedingungen, die ihr so unbequem erschienen, waren dagegen gar nichts. Sie waren wahrscheinlich weltspezifisch. Warum sollte immer alles nur so richtig sein, wie sie es irgendwann einmal für ihre eigene Welt gelernt hatte… Sie lachte leise. Sie war nun schon auf so vielen Welten gewesen. Jede war anders gewesen. Und doch: Hier war sie wieder einmal verblüfft über die Vielfalt der Natur. Sie sah hier nur zu gut, dass es keine einheitliche Wahrheit gab. Immer musste man sich von Welt zu Welt orientieren. Okay, es gab Ähnlichkeiten, doch niemals war etwas gleich! Jede Welt war einzigartig, genauso wie jedes Wesen. Nun ja, jetzt hatte sie Wichtigeres zu tun. Sie wandte sich wieder der Gegenwart zu.

Dunkelheit umfloss sie. Langsam tastete sie sich vor. Alles war still. Nirgends ein Laut. Plötzlich blieb sie stehen. Durch diese unerklärliche Stille klang leise, fast unhörbar, ein Schluchzen. Nach einer Weile begann sie darauf zuzugehen. Wenn es doch nicht so schrecklich dunkel wäre! Himmel! Wie sollte sie hier nur etwas oder jemanden finden?! Für einen Moment lehnte sie sich an die Wand, ließ ihren Geist durch die Dunkelheit streifen. Völlig in sich vertieft, sucht sie nach der Quelle des Schluchzens. Endlich fand sie etwas.

Doch selbst für ihre geistigen Augen war es sehr dunkel. Sie begann sich vorsichtig vorwärts zu bewegen. Von hier aus konnte sie nichts erkennen... Ah, jetzt war sie angekommen. Sie ließ sich neben der Quelle des Schluchzens nieder. Vorsichtig tastete sie mit der Hand durch die Dunkelheit. Dann stieß sie auf etwas Warmes. Sie hielt ihre Hand still, fühlte wie darunter etwas bebte. Nach einer gewissen Zeit verebbte das Schluchzen. Noch eine Zeitlang später, hörte sie ganz leise eine Frage: „Wer bist du, dass du es wagst in unsere Dunkelheit zu kommen? In diese Dunkelheit, die wir uns selbst geschaffen haben! Oh, nun gibt es hier kein Licht mehr! Und wir sind selbst schuld! Oh weh, oh weh..." Das Schluchzen setzte wieder ein. Doch nun war sie neugierig geworden. Hier in der Erde gab es wirklich kein Licht, doch was war mit draußen? Und was war hier wirklich geschehen? Sie saß einfach ganz still da. Irgendwann spürte sie, dass das Schluchzen wieder verebbte. Vielleicht war das Wesen ja auch etwas neugierig geworden. Vielleicht erfuhr sie nun, was hier passiert war. Stumm wartete sie ab. Da klang eine leise Stimme auf. „Vielleicht bist du ja die Antwort auf meine Gebete. Vielleicht kannst du uns Karrh helfen. Wir haben schreckliche Schuld auf uns geladen. Wir wollten alles Licht für uns. Wir wollten alle Energien einfangen, um unsere Höhlenstädte weiter und weiter auszubauen. Es reichte uns nicht mehr nur das Licht von den Melas zu bekommen. Oh, weißt du überhaupt, was die Melas sind? Nein... Melas sind winzige, hellleuchtende Energiewesen, die sich im Sonnenlicht aufladen und dann langsam ihre Energie wieder abgeben. Aber sie vermehren sich sehr langsam und wir wollten doch sehr schnell immer größere Städte bauen... Dann sind wir auf die Idee gekommen, die Schätze der Natur einmal zu prüfen. Und siehe da, wir wurden fündig. Es gab Mineralien, die Sonnenenergie sammeln konnten und sie auch wieder abgaben. Alles war zunächst in Ordnung. Die Melas waren nach wie vor anwesend. Die Mineralien und die Melas ergänzten sich prima. Doch unser Energiehunger wurde immer größer. So suchten wir immer neue Lichtsammelsteine. Eines Tages entdeckte einer unserer

Hauptsammler ein wunderbares Mineral. Es konnte ungeheure Mengen von Energie speichern. Zunächst wurden nur einige kleine Brocken zu Probezwecken hervorgeholt. Doch dann passierte etwas Furchtbares. Irgendwie hatte es sich in der Bevölkerung herumgesprochen, dass es diesen Energiesammelstein gab, und dass es von diesem in den Tiefen des Berges sehr viele gab... Die ersten Versuche mit dem Material waren aber alles andere als vielversprechend. Es sammelte zwar die Energien, gab sie aber nur sehr zögernd wieder ab. Unsere Techniker begannen eine Apparatur zu bauen, um die gespeicherte Energie wieder freisetzen zu können. Doch irgendwie gelang es ihnen nicht. Inzwischen glaubten die anderen, dass die Wissenschaftler ihnen den Zauberstein nur vorenthalten wollten. So stiegen sie selber in die Tiefen hinab und holten sich ihren persönlichen Stein. Und so begann die Katastrophe. Jetzt zeigte sich die wahre Natur des Minerals. Es zog mit ungeheurer Stärke allen Energiequellen die Kraft heraus. Allein die Wärme blieb uns erhalten. Sonst wären wir wahrscheinlich schon alle erfroren. Selbst die vorher so nützlichen Mineralien wurden einfach leergesaugt. Es blieb nichts so wie es war. Unsere Wissenschaftler arbeiteten hart, doch sie fanden nicht schnell genug eine Lösung. Schließlich saßen wir alle in der Dunkelheit. Und das Schlimmste ist, dass es mit jedem Tag dunkler wird. Ich befürchte, dass sich dieses Mineral irgendwann nicht mehr mit den Höhlen zufrieden gibt und dann beginnt auch die Energien der Oberfläche und der Sonne in sich einzusaugen..." Die Stimme schwieg und die junge Frau schüttelte den Kopf. Das war ja eine merkwürdige Geschichte. Wofür war das Mineral denn in den Tiefen der Welt gut gewesen? Es musste im natürlichen Ablauf der Natur doch eine Aufgabe haben! Leise erkundigte sie sich, ob ihr Gesprächspartner eine Ahnung hätte, welche natürliche Aufgabe das Mineral gehabt hatte. Schließlich wäre es doch, bevor sie das Mineral hervorgeholt hatten, nicht zu solchen Energieverlusten gekommen... Zunächst erhielt sie keine Antwort. Dann klang eine zweite Stimme ganz langsam und zaghaft auf: „Wir wissen es nicht. Aber als immer mehr

Material hierher gebracht wurde, wurden unsere Höhlen immer wärmer. Die weiter unten liegenden, mussten schon bald verlassen werden. Die meisten unserer Artgenossen ließen ihre Steine zurück. Doch einige trugen das Unheil hinaus an die Oberfläche. Jetzt sind schon etliche Landstriche regelrecht verödet. Selbst die Pflanzen spüren die aussaugende Kraft des Materials. Die Melas sind ganz besonders betroffen. Schließlich bestehen sie fast nur aus Energie. Wir waren zu gierig. Nun erhalten wir die Rechnung. Ich weiß keinen Rat, und ich bin doch der höchste Wissenschaftler hier. Wenn wir mehr Zeit gehabt hätten, hätten wir vielleicht eine Lösung gefunden... Doch so..." Der jungen Frau schauderte. So eine verfahrene Geschichte. Wenn sie wenigsten wüssten, wozu dieses verflixte Material in der Erde gut gewesen war. Dann könnten sie jetzt auch nach einer Lösung suchen. Sie biss sich auf die Unterlippe. Ganz aussichtslos konnte es aber nicht sein, sonst hätte man sie nicht hierher geschickt. Und vor allem, wenn sie keine Lösung fand, wer wusste denn wie weit diese Energieeinsaugung gehen würde. Vielleicht würde am Ende sogar die Energiequelle des Sonnensystems selber angezapft! Das durfte nicht passieren! Es musste einen Ausweg geben!

Vielleicht lag der Schlüssel in der Erwärmung der Höhlen. Wie kam diese zustande? Irgendwie mussten sie dies in Erfahrung bringen. Gab es gar keine Möglichkeit ein bisschen Licht zu erzeugen um etwas zu sehen? Irgendwie glaubte sie dies nicht. Was war mit Infrarot? Schließlich war es doch sehr warm... Und Wärmestrahlung ließ das Mineral anscheinend außer Acht. Sie runzelte die Stirn. Aber darauf hätten die Wesen doch selber kommen müssen? Kannten sie die Wärmestrahlung nicht? Sie überlegte noch eine Weile. Dann legte sie ihre Gedanken den beiden Wissenschaftlern dar. Sie spürte, wie diese erschraken und wartete ab. Schließlich kam eine Antwort: „Natürlich kennen wir die Wärmestrahlung, doch dass wir darüber vielleicht etwas sehen können, ist uns neu. Wir haben aber Detektoren, die wir, wie ich glaube, trotz der Dunkelheit umbauen können. Wenn du uns begleiten könntest..." Sie äußerte sich zustimmend. Zu dritt tasteten sie sich nun durch die Dunkelheit. Endlich waren sie angekommen. Das ältere Wesen stellte sich nun vor: „Ich bin Claa, oberster Wissenschaftler und das ist Kraas, mein Assistent. Wir sind die einzigen, die noch hier in unserer ehemaligen Haupthöhle geblieben sind. Alle anderen flohen als es immer dunkler wurde. Aber hier sind die Detektoren. Ich werde jetzt versuchen, sie umzubauen."

Es dauerte eine Weile. Dann war er fertig. Er drückte jedem ein Gerät in die Hand. Es funktionierte, wenn auch nur notdürftig da das Licht, das von den Detektoren erzeugt wurde fast sofort absorbiert wurde. Doch es reichte aus, um eine gewisse Orientierung zu ermöglichen. Sie beschlossen, sich in die Tiefen der Welt zu begeben. Die junge Frau hatte zweifelsfrei Recht. Nur dort konnte die Ursache dieser Katastrophe zu finden sein.

Sie gingen immer tiefer. Irgendwann begannen die Wände zu leuchten und sie benötigten ihre Detektoren nicht mehr. Ungläubig sahen die drei sich um. Das war ja eine seltsame Geschichte. Oben wurde alles dunkel und hier unten, wo es eigentlich dunkel sein sollte, hell... Sie machten Rast. Die junge Frau fühlte wie ein Ruck durch ihren Körper ging. Sie wachte auf und erstarrte. Sie war tatsächlich hier in der Höhle... Aber sie war doch am See eingeschlafen, oder? Wie konnte das denn nun angehen? Sie schüttelte sich. Also so etwas! Sie beschloss die Sache erst einmal auf sich beruhen zu lassen. Vielleicht hatte der hiesige Weltenwächter etwas nachgeholfen! Das war sowieso die wahrscheinlichste Erklärung für das Phänomen. Sie richtete ganz kurz einen ärgerlichen Gedanken an die ansprechende Adresse. Ein ebenso leises „Entschuldigung" kam postwendend zurück. Sie war beruhigt. Es hatte alles seine Richtigkeit. Wie lange hätte sie wohl ohne seine Einmischung suchen müssen...

Die drei machten sich wieder auf den Weg. Es wurde immer heller. Unerträglich hell. Dann kamen sie in die Region, in der das seltsame

130

Mineral gefunden worden war. Hier lag es schwarz und unscheinbar da. Es nahm nicht ein Quentchen Energie auf. Es war völlig inaktiv. Die beiden Wissenschaftler schüttelten den Kopf. So etwas! Die Stücke, die sie hierher zurück gebracht hatten, waren auch hier aktiv gewesen. Doch da hatten die Wände auch noch nicht geleuchtet… Es wurde immer rätselhafter. Sie begannen die Höhlen zu durchsuchen. Plötzlich erhob sich vor ihnen eine schemenhafte Gestalt. Sie sah sie böse an. Die junge Frau sprang rasch dazwischen. Die Erscheinung war eine Manifestation des Planeten selber. Vielleicht konnten sie von ihr die Antworten erhalten, die sie brauchten, um dieses Durcheinander wieder in Ordnung zu bringen. Gedanklich wandte sie sich an das Wesen: „Wir bitten Euch unser Eindringen zu entschuldigen und unsere Unwissenheit zu bedenken…" Das Wesen sah sie lange an. Dann sprach es für alle verständlich: „Ihr wagt es hierher zu kommen! Ihr, die ihr das Gleichgewicht zwischen dem inneren Kern der Welt und dem äußeren Mantel durcheinander gebracht habt! Warum?"
Der ältere Wissenschaftler senkte den Kopf: „Was wir getan haben, verstehen wir nicht. Wir sehen nur die Folgen. Oben wird alles dunkel und hier unten alles hell. Wie können wir wissen, warum dies so ist. Wir haben nur nach einer natürlichen Möglichkeit gesucht, Energien zu speichern und unsere Städte so weiter auszubauen. Die Melas alleine reichten nicht mehr aus, um unseren wachsenden Energiebedarf zu decken. Wir wollten wirklich nichts Böses und an diesen Mineralien stand auch kein: „Achtung Vorsicht! Unkontrollierte Energiefresser!"" Er schwieg. Jetzt blickte das Wesen niedergeschlagen auf den Boden. Die junge Frau spürte, dass das Drama, das sich jetzt darstellte, schon viel früher als bisher angenommen, begonnen hatte. Das durchscheinende Wesen sprach langsam: „Ich bin auch nicht ohne Schuld. Als die Welt erschaffen wurde, stellten wir Elementarwesen schnell fest, dass es im Kern der Welt sehr, sehr heiß war. Das verwendete Material war nur bedingt geeignet um diesen Kern zu bilden… Wir versuchten einen Ausweg zu finden. Schließlich schufen wir alle zusammen ein Material, dass

die überschüssige Energie aufnehmen konnte. Eben dieses schwarze Mineral, das euch nun soviel Kummer bereitet. Doch wir wollten diese Energie auch den Wesen der Welt zur Verfügung stellen. Da das schwarze Material die Energie nur aufnehmen, aber nicht wieder abgeben konnte, wurden die Melas geschaffen. Sie sollten in der Lage sein, sich mit den schwarzen Steinen zu verbinden und so die innewohnende Energie anzuzapfen und nutzbar zu machen… Erst einmal aber mussten die Mineralien die überschüssige Energie aus dem Weltinneren aufnehmen und zwar solange bis der Kern genau die für diese Welt bestimmte Temperatur hatte. Die Melas tummelten sich derweil an der Oberfläche. Solange sich das Material an Ort und Stelle befand, war es nicht notwendig, dass die beiden sich verbanden, fand ich. Dazu muss ich sagen, dass die Melas meine Kinder sind. Ich wollte ihnen soviel Freiheit wie möglich lassen. Und so rief ich sie nicht als es Zeit wurde, dass sie sich mit den Steinen verbanden. Sie taten mir leid…" Die Wesenheit schwieg. Da tauchte eine weitere Wesenheit auf. Sie leuchtete hellrot und ging recht böse auf die erstere los: „Wenn du nicht zu siehst, dass deine Wesen sich mit meinen verbinden, wird die Welt bald völlig leblos werden. Ihr habt in Eurem Wahn nicht weniger unsinnig gehandelt als die Höhlenbewohner! Solange die Steine an ihrem angestammten Platz waren, wussten sie was zu tun war, doch nun wissen sie nichts! Den Teil der Energien, die sie nicht mehr schlucken können, schicken sie daher den Steinen hier unten. Dadurch ist es hier so hell geworden. Gleichzeitig gerät der Weltkern in Gefahr sich zu stark abzukühlen und dies nur wegen meines lieben Kollegen!" Er sah die blassblaue Wesenheit ärgerlich an. Diese sah zu Boden und meinte: „Ich weiß aber nicht, wie ich sie rufen soll und wie sie sich mit den Steinen verbinden können, jetzt nachdem die Steine in alle Himmelrichtungen verteilt worden sind… Ich schäme mich, aber jetzt weiß ich nicht weiter…" Das hellrote Wesen sah ebenfalls ratlos aus. Die junge Frau sah alle Beteiligten nachdenklich an. Dann erkundigte sie sich, ob die Melas eigentlich schon von ihrer Rolle im Weltgeschehen wussten. Die blassblaue Wesenheit schüttelte den

Kopf. „Ich wollte, dass sie ein unbeschwertes Dasein führen konnten… Und so habe ich ihnen nichts gesagt…" Die junge Frau nickte. Dann fragte sie ob es eine Möglichkeit gibt, alle Melas zusammenzurufen und aufzuklären. Jetzt antwortete ein sanft violett schimmerndes Wesen: „Benutzt die Harfe der Luft. Sie wird alle Melas anziehen. Ich werde ihnen dann das notwendige Wissen übermitteln. Solange die Harfe spielt, kann ich mit ihnen sprechen. Danach werden sie sich mit den Steinen verbinden."

Nach diesen Worten öffnete sich vor den dreien ein Weg, der an die Oberfläche führte. Zur Verblüffung der jungen Frau, fanden sie sich an dem See wieder, an dem sie die Melas das erste Mal gesehen hatte. Es war nach wie vor sehr schön hier.

Der jüngere Wissenschaftler knurrte: „Und wo ist nun diese vermaledeite Harfe?" Der ältere sah sich ebenfalls suchend um. Sie fanden nichts. Die junge Frau suchte mit anderen Augen und wurde fündig. Oben über dem Wasserfall befand sich ein Gewirr energetischer Fäden. Nur, wie sollten diese gestimmt, geschweige denn gespielt werden? Sie sah so keine Möglichkeit. Da flog plötzlich eines der Melas in das energetische Netz, welches dadurch hell aufleuchtete. Jetzt hatten es auch die beiden Wissenschaftler gesehen. Wie sollten sie es nur schaffen diese Harfe zu spielen? Die junge Frau überlegte. Wenn sie die Energiefäden irgendwie zum Schwingen bringen könnte, wäre schon sehr viel gewonnen. Sie fragte nach einem Spiegel. Niemand hatte einen. Doch dann fiel dem jüngeren Wesen etwas ein. Die Schalen der Sanin-Nüsse glichen poliertem Silber. Wenn sie diese nun verwendeten, um das Sonnenlicht auf die Fäden zu lenken…

Schnell machten sie sich auf die Suche nach diesen Nüssen. Sie fanden genügend. Zurück am See, begannen sie alle drei zu experimentieren. Zunächst geschah gar nichts. Dann hatten sie die richtige Methode gefunden und ein Feuerwerk aus Lichtblitzen und Energiebahnen brach aus. Die drei vergaßen Zeit und Raum. Sie schwammen in einer Symphonie des Lichts. Um sie herum spürten sie die Melas. Es wurden immer mehr. Schließlich schwirrte die Luft voller Farben und Töne. Nach und nach bildete sich aber eine Art Ordnung heraus. Jetzt trat das violette Wesen in Aktion. Es sprach von den Aufgaben und vom Sinn des Lebens, von Freude und Glück, von der Vollendung. Und jetzt stellte sich heraus, dass die Melas schon immer auf der Suche nach ihrer verlorenen Hälfte gewesen waren, dass sie sehnsüchtig darauf gewartet hatten, endlich heimkehren zu dürfen. Als ihnen nun erklärt wurde, wie sie nun ihre Partner finden konnten, waren sie voller Freude und Eifer. Die Versammlung löste sich schnell auf. Keine Spur blieb zurück. Einzig der im Sonnenlicht funkelnde Wasserfall zeugte von der Pracht des Lichts. Die drei Harfenspieler lehnten sich erschöpft zurück. Hoffentlich hatte es etwas gebracht. Es schien ja so, als ob nicht nur sie Fehler machten, sondern auch die Elementarwesen... Nun ja, es war nicht gut zu viel zu wollen, aber es war auch nicht gut jemanden seinen vorbestimmten Weg nicht gehen zu lassen, dass hatten sie heute gelernt.

Die junge Frau erhob sich als erste. Sie wollte sehen, was sich in den Höhlen getan hatte. Langsam näherten sie sich dem Höhlenkomplex. Aufgeregte Wesen kamen ihnen entgegen und erzählten ihnen etwas von einem Wunder und dass die schwarzen Steine mit einem Male glühen würden...

Die junge Frau vernahm den Rückruf. Es war geschafft. Diesmal hatte sie nur den Weltbewohnern auf die Sprünge helfen müssen. Alles andere hatte sich dann von alleine geregelt. Es war schön einmal eine solch relativ einfache Aufgabe gehabt zu haben. Sie lächelte. Jetzt hatten sie ihre Energiequellen für die Höhlen. Es war nur zu hoffen, dass sie von nun an verantwortlicher damit umgehen würden. Sie blieb zurück, winkte den beiden Wissenschaftlern noch einmal zu und ging dann.

Leben unmöglich?

Er stand da. Die Luft war schneidend, gelb und dunstig. Es roch nach verfaulten Eiern. Eine merkwürdige Atmosphäre... Gab es hier Lebewesen? Er konnte es sich nicht vorstellen. Intelligente Lebewesen, die in einer solchen Atmosphäre leben konnten, waren sicher sehr selten.

Er hatte selber schon genug Schwierigkeiten mit dem Atmen gehabt. Inzwischen hatte er es aber geschafft sich auf den noch vorhandenen Sauerstoff in der Luft einzustellen. Langsam ging er weiter. Es war warm. Die Luft schien ihn wie eine warme Decke einzuhüllen. Die Sichtweite betrug getrübt knapp 50 Meter. Er konnte nicht erkennen ob es pflanzliches Leben gab.

Er schüttelte sich. Er vermochte sich nicht auszumalen, wie es hier einmal ausgesehen hatte! Aber vielleicht war dieser Zustand ja auch normal! Schließlich gab es ja auch Wasserstoffplaneten mit Leben... Warum sollte es also hier nicht auch möglich sein. Er biss sich auf die Lippe. War er nur versehentlich hierher geraten? Alles war so seltsam. Er ging weiter.

In der trüben Suppe, konnte er kaum sehen und so kam es wie es kommen musste. Plötzlich stolperte er über einen Stein, sah einen kleinen Teich und war auch schon hineingefallen. Das Wasser war ebenso merkwürdig wie die Luft. Es schien irgendwie ölig oder seifig zu sein. Er schwamm vorsichtig ans Ufer. Irgendwie war diese Welt für Lebewesen wie ihn einfach ungeeignet, furchtbar! Hier war nichts so wie er es sich vorstellte. Was sollte er nun machen? Irgendeinen Sinn musste seine Anwesenheit doch haben! Er schüttelte sich. Nirgends ein Hinweis auf irgendwelches Leben. Nur der Wind brauste ab und zu auf.

Wie sollte er hier nur in Erfahrung bringen was eigentlich Sache war? Schließlich sah er direkt vor sich einen großen Felsen an dem er sich niederließ. Vielleicht konnte die Welt selber ihm die Antworten geben, die der brauchte.

Nun konzentrierte er sich ganz auf sich selber. Nachdem er ganz ruhig geworden war, ließ er seinen Geist durch die Welt schweifen. Er spürte, dass die Welt voller Töne war, die nicht aufeinander abgestimmt waren, so als ob sie erst zu einer richtigen Melodie zusammenfinden müssten.

Es schien als ob die Welt noch nicht voll ausgereift war, als ob sie erst im Anfangsstadium ihrer Entwicklung war. Er suchte weiter. Vorsichtig drang er ins Erdreich vor. Hier klangen die Töne lauter, fordernder, ergaben aber immer noch kein Gesamtbild. Sein Geist forschte weiter. Plötzlich zuckte er zusammen. Eine grelle Dissonanz durchfuhr ihn. Langsam klang sie ab. Dann wieder! Es tat richtig gehend weh. Er musste die Ursache dafür finden. Das war ganz bestimmt nicht normal! Alles hatte seine Harmonie, wie seltsam und fremd sie auch sein mochte. Dies hier war aber nicht einmal andeutungsweise harmonisch. Es schien als ob die Welt in panischem Schrecken aufschrie und sich verzweifelt zur Wehr zu setzen versuchte.

Sein Geist durchstreifte den Planeten. An einigen weiteren Stellen fand er die schrecklichen Misstöne. Er wurde sich immer sicherer, dass diese hier nichts zu suchen hatten.

Er glitt jetzt noch weiter in die Tiefe. Hier ballten sich gewaltige Magmaströme zusammen. Normalerweise strömte das Magma im Kreis. Doch hier schien es so als wäre es zur Oberfläche hin ausgerichtet gewesen und durch irgendetwas von seinem natürlichen Weg abgebracht worden. Nun bildete sich ein riesiges explosives Polster. Der junge Mann blickte sich erstaunt um. Hatte die Natur dies so beabsichtigt? In der Nähe befanden sich zudem einige Schwefelvorkommen. Wenn diese alle in die Atmosphäre gelangten, würde oben eine echt dicke Suppe vorherrschen. Ihm schauderte. Gut, dass dies bisher noch nicht geschehen war!

Soweit schien alles normal zu sein. Doch dann spürte er mit einem Male, dass die Dissonanzen von den Magmapolstern und der darüber liegenden Felsschicht auszugehen schienen. Er fühlte eine entsetzliche Spannung. Ihm schien, als wollte der Felsen aufreißen und seine gesamte glühende Fracht mit einem Mal freisetzen.

Er seufzte. Hier hatte doch wieder irgendjemand oder etwas in den natürlichen Gang der Dinge eingegriffen. Doch was war der natürliche Gang der Dinge? Er schüttelte den Kopf. Warum bekam er nicht einmal von sich aus derartig wichtige Informationen! Immer musste er erst nachfragen! Wütend wandte er sich an den Hüter der Welt. Verblüfft merkte er, dass er kaum durchkam. Himmel! Jetzt war er doch nahe daran gewesen jemanden ohne nachzudenken zu verurteilen! Okay, er musste immer wieder nachfragen, doch meistens war es auch besser sich selbst ein Bild von der Situation zu machen. Hier wäre es zwar besser gewesen gleich ein Bild des natürlichen Entwicklungsplanes zu haben, doch das hatte niemand im Voraus wissen können. Zu allem Überfluss war der Hüter dieser Welt durch irgendetwas stark abgeschirmt. Vielleicht hatte er sich selber gar nicht bemerkbar machen können.

Der junge Mann lächelte grimmig. Dann begann er sich geistig auf die Zustände in der Erde einzustimmen. Er erfasste die normalen Töne, die Misstöne und suchte in ihnen einen Weg zum Weltenhüter. Es war sehr anstrengend. Ständig klangen neue Dissonanzen auf. Was passierte hier nur? Es war beängstigend. Lange konnte es nicht mehr gut gehen. Es spürte wie sich langsam aber sicher ein enormes Spannungsfeld aufbaute, das die gesamte Welt durchzog. Endlich hatte er den Weg zum Weltenhüter gefunden. Mit einer ungeheueren Erleichterung wurde er begrüßt. Er brauchte nichts zu fragen und erhielt folgenden Bericht:

„Diese Welt ist noch recht jung. Ihre Lebensformen sind noch nicht entwickelt. Doch hier soll eine auf Schwefel basierende Welt entstehen. Alles Leben benötigt dann Schwefel als Lebensgrundlage. Dazu ist der Schwefelanteil in der Atmosphäre aber noch nicht hoch genug. Unter der Erde gibt es riesige Lager. Über Vulkanausbrüche sollte der Schwefel solange in die Atmosphäre gepumpt werden bis der Sättigungsgrad erreicht ist. Jetzt sind aber Außenweltler hier eingetroffen. Sie sehen nur eine Welt ohne alles Leben und denken, dass sie hier machen können was sie wollen. Sie brauchen neuen Lebensraum. Zu allem Überfluss gibt es hier auch noch große Mineralvorkommen. Sie glauben, dass sie hier eine ideale Welt für sich entdeckt haben.

Die Atmosphäre ist so wie sie jetzt ist allerdings ungeeignet für sie. Der Erdboden muss ebenfalls bearbeitet werden, bis sie ihre Pflanzen hier heimisch werden lassen können. Um dies zu erreichen, haben sie riesige Maschinen hergebracht. Zunächst einmal wollen sie die Atmosphäre reinigen und nach ihren Vorstellungen umformen. Damit aus dem Weltinnern kein Schwefel nachgeliefert werden kann, haben sie spezielle Verfahren entwickelt um die Erdbewegungen zu unterdrücken. Aber du spürst ja selber wohin das führt. Alles wird instabil. Wenn dies noch lange so weitergeht, werden sie sterben. Die Welt wird auseinander brechen und ihre Bestimmung nicht erfüllen können. In der Evolution des Weltalls wird ein Loch entstehen welches unter Umständen niemals gefüllt werden kann... Vorrangig ist jedoch, dass es gelingt die Außenweltler zu retten. Eigentlich müsste sich dann die Welt von selbst regenerieren..." Der Hüter schwieg. Er war sehr erschöpft. Schließlich hielt er schon lange dem Druck stand, der durch die zurückgehaltenen Magmamassen ausgeübt wurde. Das Schlimmste war, wie der junge Mann plötzlich erkannte, dass die Bewegungen an der Oberfläche bis in eine gewisse Tiefe zwar gestoppt waren, aber die Tiefenbewegungen, die das Magma lieferten, immer noch voll in Gange waren! Er schüttelte den Kopf. Was für Messgeräte hatten die Außenweltler nur? Sie mussten doch sehen, dass der Vulkanismus dieser Welt sich nicht einsperren ließ! Er wandte sich dem Hüter der Welt zu, doch dieser war schon wieder tief in seine Aufgabe versunken um das nachströmende Magma im Zaume zu halten. So verließ ihn der junge Mann und machte sich auf die Suche nach den Außenweltlern.

Zunächst fand er ihre Maschinen. Er untersuchte kurz deren Arbeitsweise und stellte erschrocken fest, dass es bestimmt nichts nutzen würde, sie einfach abzustellen. Dann käme es nämlich zu einer gewaltigen Eruption. Alles was sich bisher aufgestaut hatte, würde sich dann mit einem gewaltigen Knall ins Freie entladen. Da die Außenweltler nicht nur eine Maschine angeschlossen hatten, sondern zahlreiche über die ganze Welt verteilt, war die Gefahr sehr groß, dass beim Abschalten der Maschinen die ganze Welt zerrissen würde. Verdammte Schweinerei! Manchmal war es ihm ein Rätsel wie intelligente Wesen so kurzsichtig sein konnten. Hatten sie die Bewegungen in der Tiefe des Planeten überhaupt nicht beachtet? Hatten sie überhaupt ein Bewegungsprofil erstellt? Nun, er würde es herausfinden! Und was die Maschinen anging, sie würden sich bestimmt umbauen lassen...

Dann würden sie das Gegenteil von dem tun, was ihre Erbauer eigentlich von ihnen verlangt hatten! Sie würden nicht mehr verhindern, dass das Magma aus dem Planeteninnern hervorkam, sondern sie würden helfen, es in geregelten Bahnen auf die Welt zu entlassen, einschließlich des von ihm transportierten Schwefels.

Nur musste er jetzt erst einmal ihre Erbauer finden und sie von der Gefahr überzeugen in der sie schwebten. Die Welt war nun mal absolut ungeeignet für eine Umformung und damit für eine Besiedlung.

Er machte sich auf den Weg. Zu Fuß war es recht mühselig sich durch diese unwirtliche Welt zu quälen. Doch es gelang ihm, in etwa die Richtung einzuhalten. Im Norden hatte er schließlich die Wohnkomplexe der Außenweltler gefunden. Jetzt galt es Kontakt mit ihnen aufzunehmen.

Langsam und vorsichtig näherte er sich dem Wohnkomplex. Er wusste immer noch nicht, welche Art Lebewesen ihn da erwarteten. Er schlich sich an. Dann stand er in der Nähe eines Fensters. Verblüfft fuhr er zurück. Diese Wesen glichen den Menschen seiner Heimat sehr. Nun, dann würde er hoffentlich nicht allzu sehr auffallen.

Unsicher, wie sie reagieren würden, klopfte der junge Mann an. Ein großer missmutig aussehender Mann öffnete ihm. Verdrossen wurde er gefragt, wie er hierher gelangt sei. Der junge Mann biss sich auf die Lippe. Würden sie ihm seine Geschichte glauben? Nun ja, er konnte es nur versuchen. So berichtete er trocken, dass er mit einem Privatraumschiff durch das All gestreift wäre, und dass ihm hier der Treibstoff ausgegangen sei. Dann habe er ihre Maschinen geortet... Sein Notlandeplatz war dann allerdings ziemlich weit im Süden gelegen und so wäre er nur froh gewesen, dass die Atmosphäre nicht völlig lebensfeindlich war. So habe er es schließlich bis hierher geschafft.

Ihn immer noch misstrauisch betrachtend, brachte der Mann ihn zu einer Gruppe anderer Lebewesen. Hier musste der junge Mann seine Geschichte noch einmal zum Besten geben. Richtig zu glauben schienen sie ihm allerdings nicht, doch da sie ihm seine Ausführungen auch nicht widerlegen konnten, zeigten sie ihm ein Quartier. Er könne solange hierbleiben bis das Versorgungsschiff in etwa drei Dekaden käme, wurde ihm barsch mitgeteilt. Der junge Mann nickte dankbar. Dann wusch er sich und zog sich um. Nun musste er weitersehen. Zu lange durfte es nicht mehr so weitergehen.

Die anderen Wesen betrachteten ihn misstrauisch, wenn er durch die Station ging. Irgendetwas war sehr seltsam an ihrem Gast... Aber auch sie spürten, dass mit diesem Planeten irgendetwas nicht stimmte. Dabei hatte alles gut angefangen. Jetzt vermuteten sie, dass irgendwelche Gegner des Projekts ihnen einen Streich spielen wollten...

In den folgenden Tagen überprüfte der junge Mann regelmäßig den Spannungszustand der Welt. Er näherte sich immer schneller dem kritischen Wert. Wenn es ihm nicht schnellstens gelang seinen lieben Gastgebern klarzumachen was hier vor sich ging, würden sie alle zusammen in die Luft fliegen. Er schüttelte den Kopf. Er durfte nicht mehr warten. Er beschloss, einfach in die Überwachungseinheit zu gehen und dort zu sehen, ob die Aufzeichnungen nicht irgendetwas hergaben.

Erstaunlicherweise lief er dabei keinen seiner Gastgeber über den Weg. Sonst beäugten sie doch alle seine Schritte so misstrauisch... Seltsam, seltsam...

In der Überwachungseinheit angekommen, traf er auf eine Schar aufgeschreckter, entsetzter Wesen. Schnell trat er zu den Aufzeichnungen. Ja, tatsächlich! Seit gestern zeigten auch sie die steigende Spannung im Weltmantel an. Der junge Mann sah sich suchend um. Gab es auch Tiefenanalysen? Er fand keine. Dumm! Was nun? Er drehte sich zu den aufgeschreckten Wesen um. Sie diskutierten heftig und suchten krampfhaft nach einer Möglichkeit ihr Projekt zu retten.

Entschlossen mischte sich der junge Mann ein. Wenn sie jetzt nicht zuhören würden, war alles verloren. Dann würde er sie in ihrem Fett schmoren lassen...

„Hört mir einmal zu!" begann er, „Was ihr hier habt, sind Oberflächenanalysen. Sie gehen nicht weit in die Tiefe. Doch was geht in den Tiefen des Planeten vor? Es muss doch einen Grund für diese extremen Spannungen geben! Wenn die Theorien keine Erklärung liefern, dann macht Messungen, aber macht sie schnell! Mein Gefühl sagt mir, dass ihr nicht mehr viel Zeit habt!" Die anderen fuhren zusammen. Seine Stimme war nicht besonders laut, aber dennoch sehr eindringlich gewesen. Und was noch wichtiger war, er hatte sie mit der Nase auf die Tatsache gestoßen, dass sie nur handeln konnten, wenn sie wussten mit was sie es zu tun hatten! Für einfache Stabilitätsmaßnahmen war es zu spät. Irgendwie hatten sie auch von Anfang an keinen rechten Erfolg gehabt. Tiefenanalysen? Warum denn? Der Planet war doch schon alt! Da sollte sich seine Tiefenstruktur schon gefestigt haben... Das hatten zumindest die Untersuchungsergebnisse der ersten Gruppe gezeigt. Dann fuhr plötzlich ein unangenehmer Gedanke durch die Gruppe: Was wäre, wenn die ersten Ergebnisse gefälscht worden waren? Entsetzen wollte die Gruppe lähmen. Der junge Mann wartete ab. Sie würden sich schon wieder fangen. Es dauerte allerdings noch eine ganze

Weile, dann begann eine junge Frau einen Tiefenscan zu fahren. Auch die anderen Wissenschaftler begaben sich zu ihren Geräten. Die Ergebnisse bestätigten ihre schlimmsten Befürchtungen. In der Tiefe herrschten noch die Bewegungen der ersten Stunden. Dieser Planet war alles andere als in sich gefestigt. Die ersten Forschungsergebnisse waren falsch oder gefälscht worden! Doch was sollten sie nur machen! Der ganze Prozess war schon sehr weit fortgeschritten. Er ließ sich nicht mehr so einfach abstellen... Ratlosigkeit machte sich breit.

Jetzt trat der junge Mann vor. Er berichtete ihnen von seinen Feststellungen und meinte dann: „Wenn wir es schaffen, die Maschinen so umzustellen, dass sie das Magma solange geregelt freisetzen bis das Spannungsfeld wieder auf einen unkritischen Wert abgesunken ist, sollte sich wieder alles einrenken..." Die Wissenschaftler sahen ihn unbehaglich an. Er hatte ja recht, aber das Projekt war damit gescheitert und ihre Geldgeber garantiert sehr wütend... Der junge Mann lächelte spöttisch: „Wollt ihr euch tatsächlich für das Projekt opfern? Wenn ihr nicht schnell handelt, explodiert der ganze Planet. Das zeigen euch eure Aufzeichnungen ganz deutlich. Ganz abgesehen mal davon, dass euch eure Tiefenanalysen zeigen, dass eure Maschinen nicht tief genug in die Planetenhülle eindringen können, um eine grundlegende Beruhigung dieses Planeten zu bewirken. Was wollt ihr also tun? Abwarten und gekocht werden oder etwas tun, um dem Planeten seine normale Entwicklung zurückzugeben?" Er schwieg und sah sie lange an. Dann ließ er sie einfach stehen. Sollten sie doch machen, was sie wollten! Er würde jetzt auf jeden Fall gehen! Da klang eine leise Stimme auf: „Wenn du jetzt gehst, sind sie trotz ihres Entschlusses die Maschinen nach deinem Vorschlag umzubauen hilflos. Die Dissonanzen sind inzwischen so schlimm, dass sie ohne entsprechende Einbindung in ein weltspezifisches Muster nicht verklingen werden. Ich werde es zu verhindern wissen, dass du dich deiner Verantwortung entziehst. Immerhin habe ich jemanden angefordert, der in der Lage ist, auch solche Korrekturen vorzunehmen!" Die Stimme schwieg zornig.

Der junge Mann verzog schmerzlich das Gesicht. Der Weltenwächter hatte ihm deutlich gemacht, dass auch er nicht besser handelte als diese Lebewesen hier, wenn er nun einfach ginge. Beschämt lief er zurück. Die Welt verdiente es nicht, so im Stich gelassen zu werden.

Wieder im Überwachungsraum angekommen, stellte er fest, dass die Wesen tatsächlich beschlossen hatten, die Maschinen umzubauen. Dies würde etwa drei Tage dauern. Plötzlich fiel dem jungen Mann etwas ein. Er war wirklich extrem leichtsinnig gewesen. Die Maschinen durften auf keinen Fall alle auf einmal umgebaut werden, denn dazu mussten sie auch alle auf einmal abgeschaltet werden, und das würde die schon erwähnten Folgen haben! Die Wissenschaftler waren schockiert. Gab es denn überhaupt keine vernünftige Lösung? Würde es wirklich funktionieren, wenn sie eine Maschine nach der anderen umbauten? Der junge Mann nickte: „Ich weiß, dass es geht. Und um den Ausgleich zwischen den so entstehenden Spannungsunterschieden, werde ich mich kümmern. Fragt mich nicht wie, ich kann es euch nicht erklären, aber bedenkt eines: Wenn ihr von vorn herein die Tiefen analysiert hättet, wäre das ganze Unglück nicht passiert. Darum verlasst euch auch in Zukunft nie darauf, dass ihr jemanden findet, der im Falle eines Falles helfen kann, sondern überprüft besser alle Ergebnisse um auf der sicheren Seite zu sein. Kein Planet, kein Wesen, hat es verdient so aus dem Universum getilgt zu werden! Wenn euer Projektleiter anderer Ansicht ist, schickt ihn hierher! Das Wesen dieses Planeten selber wird ihn dann aufklären!" Damit lies er die Wissenschaftler stehen. Sie konnten ihm nur glauben. Doch was mit dem Wesen des Planeten gemeint war, wussten sie absolut nicht! Planeten waren nicht lebendig - oder doch? Sie schoben den Gedanken zur Seite und machten sich an die Arbeit.

Mit der Umstellung der ersten Maschine begann für den jungen

Mann eine schwere Zeit. Er versenkte sich tief in sich. Sein Geist begann alle Energiestränge, die noch im Einklang mit der Naturschwingung waren, zu einem bunten Strauß zu binden. Dann beschäftigte er sich mit den Dissonanzen. Jede einzelne musste aufgelöst, entflochten, werden.

Manchmal verlor er fast die Kontrolle. Immerhin bestand jede Dissonanz aus indirekt miteinander verflochtenen Tönen, die erst unabhängig von einander in den großen Strauß der Weltharmonie eingebunden werden konnten.

Es dauerte lange. Endlich war die letzte Maschine umgebaut und in Aktion. Er hatte den letzten Ton eingeflochten und wollte nun nur noch nach Hause. So erschöpft war er noch nie gewesen! Er bat um den Rückruf, doch er bekam keine Antwort! Was war denn nun noch los? Himmel, es reichte wirklich!

Müde ließ er seinen Geist über den Planeten streifen und drang in die Station ein. Dort stellte er verärgert fest, dass der Projektleiter die Wissenschaftler alle ein miteinander verurteilen wollte, hier auf diesem Planeten zu bleiben. Der junge Mann lächelte grimmig. Jetzt brauchte der Verantwortliche für dieses Chaos hier also gar nicht mehr herzukommen, er war schon da! Kurz setzte sich der junge Mann mit dem Weltenwächter in Verbindung. Allein konnte er dem Wesen nicht zeigen, was es sehen sollte.

Nach kurzem Zögern willigte der Weltenwächter ein. Dann lief der junge Mann zur Station, wo er von den Wissenschaftlern erleichtert begrüßt wurde. Der Projektleiter musterte ihn wütend. War dieser Bengel etwa Schuld am Zusammenbruch des Projekts? Der junge Mann gab den Blick ruhig zurück und meinte dann: „Wenn hier jemand verantwortlich zu machen ist, dann ich. Ich habe die Umpolung der Maschinen angeregt und ich habe das Projekt zu Fall gebracht. Doch ich habe nicht ohne Grund gehandelt und ihr alle und insbesondere euer Projektleiter sollt nun sehen, warum ich eingegriffen habe und was es nicht geben würde, wenn dieser Planet zerstört worden wäre..."

Der Projektleiter wollte gerade spöttisch dagegen angehen, als er ebenso wie alle anderen einen gewaltigen Sog verspürte.

Bevor sie sich richtig fassen konnten, begannen Bilder an ihrem inneren Auge vorbei zu ziehen, die ihnen die Entwicklung des Planeten über die Jahrmillionen hinweg verdeutlichten. Sie sahen die glühenden Höhlen unter der Erde, die großen Schwefellager, sahen wie sich die ersten Bakterien bildeten, dann die ersten mineralischen Lebewesen... Im Laufe der Zeit entwickelte sich eine regelrechte Flora und Fauna, angepasst an den hohen Schwefel- und Mineralstoffgehalt dieser Welt.

Zum Abschluss sahen sie dann noch, wie sich Städte entwickelten, die von den intelligenten Wesen dieser Welt bewohnt wurden... Es war eine faszinierende Zeitreise.

Zurück in der Station, hatte niemand, nicht einmal der zuvor so argwöhnische Projektleiter, den Eindruck einer Illusion anheim gefallen zu sein. Alle spürten, dass dies so seine Richtigkeit hatte, und dass dieser Planet auf jeden Fall in Ruhe gelassen werden musste!

Endlich fühlte der junge Mann den Rückruf. Es wurde auch Zeit. Er konnte nicht mehr. Aber er war froh, es geschafft zu haben. Es war die Anstrengung wert gewesen. Als die anderen Wesen sich umsahen um ihm zu danken, erschraken sie: er war fort...

Manipulation

Ankunft

Er stand da, schaute sich um. Eigentlich sah die Welt aus wie die
seine. Was er bisher gesehen hatte, ließ keinen anderen Schluss zu.
Doch irgendetwas musste hier dennoch anders sein, sonst wäre er
nicht hierher gerufen worden. So weit er es beurteilen konnte, gab es
hier große Industrieanlagen auf der einen Seite und große Flächen
mit landwirtschaftlicher Nutzung auf der anderen. Von der
Bevölkerung hatte er bisher nicht viel gesehen. Das meiste schien
automatisch zu funktionieren. Er schüttelte den Kopf.
Wahrscheinlich war es am gescheitesten erst einmal mit den
Bewohnern zu sprechen... Er lächelte spöttisch. Wenn er es nicht tat,
würde er auch nichts erfahren!
So machte er sich auf den Weg. Eine große, der Landwirtschaft
dienenden Anlage lag vor ihm. Er sah sich die Felder neugierig an.
Die Pflanzen standen alle in Reih und Glied da. Es gab keine
Unregelmäßigkeiten. Unkraut fand er auch keines... Seltsam! Nicht
einmal am Feldrand wuchs etwas... Wie sie das nur hinbekamen?
Das war doch der Traum eines jeden Bauers in seiner Heimat: Viel
Ausbeute ohne viel Aufwand. Er ging langsam weiter. Aufmerksam
betrachtete er Bäume und Büsche, die in einiger Entfernung von den
Feldern standen. Eigentlich sollte es dort vor Vögeln nur so
wimmeln, doch er konnte keine Tiere entdecken... „So, so!", dachte
er zynisch. Hatten sie ihr Unkraut hier zu Ungunsten der Tierwelt
ausgerottet? Irgendwie konnte er es nicht so recht glauben, doch
andererseits: Irgendetwas war hier falsch! Er kam an einigen
Gebäuden vorbei, die wohl Scheunen oder sonstige Lagerstätten
darstellten. Ansonsten bot sich ihm überall das gleiche Bild.

Als er am Hauptgebäude ankam, traf er die ersten Bewohner und
erschrak. Sie sahen blass und aufgedunsen aus. Irgendwie glaubte er
nicht, dass dies ihr natürliches Aussehen war. Es passte einfach

nicht! Inzwischen war er auf so vielen verschiedenen Welten mit entsprechend vielen verschiedenen Rassen, die oft sehr seltsam und teilweise auch erschreckend aussahen und doch immer eine gewissen Harmonie ausstrahlten, gewesen, dass er dies beurteilen konnte. Die Bewohner dieser Welt sahen einfach nur krank aus. Jetzt war er ja einmal gespannt. Vorsichtig näherte er sich den Wesen, welche ihn staunend musterten. Nach einigen vorsichtigen Fragen, wurde er ins Haus verwiesen. Dort saß ein alter Mann in einem Schaukelstuhl. Im Gegensatz zu den anderen sah er nicht krank aus. Ganz im Gegenteil. Er schien sich bester Gesundheit zu erfreuen. Der junge Mann begrüßte ihn höflich. Der alte Mann sah den jungen nachdenklich an. Dann sagte er leise: „Vielleicht besteht ja doch noch Hoffnung für unsere Welt, doch ich bezweifle es…" Einen Moment lang schwieg er. Der junge Mann wollte ihn schon auffordern weiterzusprechen, als er von selbst fortfuhr und die folgende Geschichte erzählte:

„Ich kann mich an eine Zeit erinnern, da war hier alles voller Leben. Alle Arten von Tieren, Vögel und Insekten lebten hier in der Umgegend. Damals war ich noch ein Kind…" Der alte Mann seufzte. „Wir hatten nicht viel zu essen, doch im Großen und Ganzen wurden wir satt. Dann kam ein großer Krieg und in der Wissenschaft gewann man enorme Kenntnisse in Bezug auf die Natur und, da meine lieben Nachbarn und so ziemlich alle anderen Lebewesen dieser Welt absolut davon überzeugt waren, dass es jetzt – nach dem Krieg – hauptsächlich darum ging, sich ein möglichst gutes und bequemes Leben aufzubauen, begannen sie die Erkenntnisse in nutzbare Ware umzusetzen. Zunächst war vieles wirklich eine Erleichterung für alle, doch nach und nach, ganz unmerklich, wurde die Technik zum Selbstzweck. Irgendwie vergaßen die Leute, dass sie in der Welt und mit ihr lebten. Sie versuchten immer größeren Profit herauszuschlagen. Gleichzeitig hatten sie immer weniger Zeit für so profane Dinge wie z.B. die Nahrungszubereitung. Da die Nahrungszusammensetzung inzwischen bekannt war, gab es bald Pillen, damit die von der Industrie hergestellte Schnellnahrung verdaubar blieb... Es ging also noch eine ganze Weile gut.

Seltsamerweise bemerkten die Wissenschaftler recht schnell, dass sie die Luft und das Wasser nicht zu sehr verschmutzen durften. Doch irgendwo mussten sie mit ihrem Forschungsdrang ja hin. So machten sie sich über den inneren Aufbau der Pflanzen und Lebewesen her. Bald konnten sie das Erbgut entschlüsseln und damit begann der Anfang vom Ende..."

Der alte Mann schwieg. Der Junge sah ihn nachdenklich an. Irgendwie waren sie hier schlauer gewesen als bei ihm Zuhause und andererseits auch sehr viel dümmer... Was hatten sich diese Wesen nur dabei gedacht mit dem Erbgut zu spielen? Hmm! Doch diese Wesen sahen eigentlich nicht so aus, als wären sie Opfer einer Genmanipulation geworden... Auffordernd sah der den alten Mann an. Jetzt wollte er alles wissen. Der Mann stöhnte leicht als er sich bewegte. Dann lächelte er bitter: „Es gab inzwischen sehr viele Lebewesen auf diesem Planeten und es wurden immer mehr. Sie wollten alle essen und alle wollten arbeiten und Gewinn machen... Dass die Wissenschaftler Luft und Wasser schützten war wohl mehr ein Versehen als denn Absicht gewesen. Jedenfalls nahm im Laufe der Geschichte bald niemand mehr davon Notiz. Es ging nur noch ums Geldverdienen. Es bildeten sich zwar einige wenige Gruppen, die ein „Zurück zur Natur" predigten, doch wurden sie als Spinner und Idioten ausgegrenzt. In der Folge führte die Euphorie über die Versuche mit der Manipulation der Pflanzen und Tiere dazu, dass nahezu kein Nahrungsmittel, ob es nun tierischer oder pflanzlicher Herkunft war, davon verschont blieb. Selbst den Mahnern verschlug es die Stimme, obwohl die Warnzeichen, dass alles nicht so toll war wie es sich anhörte, sich stetig vermehrten..." Der alte Mann verzog das Gesicht. „Meine lieben Kollegen vergaßen, dass wir die Zusammensetzung und vor allem, das Zusammenspiel der einzelnen Substanzen in den Nahrungsmitteln noch lange nicht kannten. Sie pfuschten an der Natur herum. Oh ja, sie hatten Erfolg! Sie merzten fast alle Krankheiten aus, kreierten Gemüse und Obst, das gegen alle Krankheiten resistent war... Blumen wurden in den unwahrscheinlichsten Farben „hergestellt". Die Kinder wussten nicht mehr, was das Wort „natürlich" bedeutet. Ich habe lange versucht dagegen anzugehen, doch es ist und war ja so bequem zu glauben was die Regierung einem vorsetzt... Sie brauchten keine Gewalt! Sie heuchelten den Wesen nur vor, dass sie ewig leben würden, wenn sie ihren Weg mit einschlugen... So habe ich mich dann auf mein Grundstück, es liegt etwas weiter im Norden, zurückgezogen. Dort habe ich mein Obst und Gemüse selbst gezüchtet und angebaut. Gleichzeitig experimentierte ich weiter. Bald standen mir alle Haare zu Berge. Vieles von dem, was meine Kollegen angestellt hatten, war zueinander unverträglich. Ich versuchte es ihnen zu sagen, ihnen meine Ergebnisse zur Beurteilung zukommen zu lassen... Doch sie schlossen die Augen. Ihre Forschungen waren in eine ganz andere Richtung gegangen. So konnten sie nicht einsehen, dass ich eventuell Recht haben könnte. Die wenigen, die zur Besinnung kamen, wurden ebenso wie ich zu Außenseitern. Wir schlossen uns zusammen. Irgendwie wurde unsere Gemeinschaft langsam aber stetig immer größer. Dummerweise steigerte sich die Manipulation aber auch stetig. Nach etwa 20 Jahren sahen wir die Folgen. Die Wesen wurden immer hinfälliger. Doch für jede Fehlentwicklung wurde wieder ein Mittel hergestellt... Leider nutzte dies meistens auch nichts. Es wurde immer schlimmer. Nur unsere Gruppe blieb einigermaßen verschont. Jetzt wachten sie auf, meine lieben Kollegen! Doch was machten sie?" Der alte Mann schnaubte durch die Nase bevor er weitersprach. „Sie verboten die Konserven und das verarbeitete Gemüse. Es hieß: Wesen, geht zurück zur Natur... Doch zu welcher Natur?! Wir hatten ein Biotop geschaffen, doch der Rest des Planeten lag brach... Und so kam es, wie es kommen musste. Alle Maßnahmen nutzten nichts. Alle unsere Vorschläge zur Renaturierung des Planeten wurden abgelehnt. Es nutzte ja doch nichts! Und nun stehen wie an einem Punkt, an dem wir nur noch wenige gesunde und Milliarden kranker Wesen haben... Ich glaube nicht, dass es einen Weg gibt, dieses Durcheinander zu beseitigen... Allerdings ist es nicht verkehrt es trotz allem noch einmal zu

150

versuchen…"

Der junge Mann sah ihn verdutzt an. Hatte dieser alte Mann ihn gerufen? Irgendwie konnte das nicht sein. Er war nicht tief genug in der Welt verwurzelt. Er lebte zwar völlig im Sinne der Natur, doch dass alles eins war, dass alles zusammenspielte, war auch ihm nicht so klar. Es war trotzallem zu sehr Wissenschaftler. Wie konnte er also für seinen Aufenthalt verantwortlich sein? Sehr seltsam… Doch die Antwort ließ nicht lange auf sich warten. Ein kleines, unscheinbares Männchen betrat die Stube. Es machte ein sehr böses Gesicht und meinte grimmig: „Ich bin der Wächter dieser erbärmlichen Welt. Zu Anfang habe ich mich noch ziemlich oft und unmittelbar in die Belange dieser Wesen eingemischt! Doch als das alles nichts brachte, habe ich gedacht, ich ziehe mich zurück! Ich bin so wütend, dass ich sie am liebsten einfach untergehen lassen würde, doch er", der Wächter zeigte auf den alten Mann, „hat es mir ausgeredet. Nun ja, wahrscheinlich ist es auch nicht im Sinne des Schöpfers einfach aufzugeben, doch ich wusste und weiß einfach nicht mehr weiter… So habe ich die Angelegenheit dem Rat vorgetragen. Es wurde lange überlegt und nun bist du da… Vielleicht fällt dir ja irgendetwas ein. Wenn nicht, müssen wir halt abwarten! Es wäre nur schade, wenn so viele Wesen die Chance verlieren würden, sich selbst ein Stückchen näher zu kommen…" Der junge Mann sah von dem alten Mann zum Weltenwächter. Wenn sie hier keine Lösung finden würden, würde sich die Welt irgendwann von selbst reparieren. Doch dies würde auf Kosten der gegenwärtigen Bevölkerung geschehen…
Und irgendwie verdiente jedes Lebewesen eine Chance, sich auf sich selbst zu besinnen und neu zu beginnen… Hier waren die Wesen wieder einmal hinter den Verlockungen von außen hinterhergelaufen ohne sich auch nur einmal auf sich selbst zu besinnen. Jetzt saßen sie fest. Nur einige wenige besaßen noch das Wissen, um im Einklang mit der Natur zu leben und zu überleben. Es hatten schon zu viele die Rechnung bezahlen müssen… Der junge Mann nickte langsam und

meinte dann: „Ich werde mir die Sache einmal ansehen und dann treffen wir uns wieder. Eine Sofortlösung, kann ich euch nicht anbieten und daher..." Er drehte sich ohne weiteres Wort um und verließ das Gebäude. Es würde eine lange Wanderschaft werden. Es galt alle Gegenden der Welt zu besuchen, die Stimmungen aufzufangen und vor allem die Stimme der Welt direkt zu hören. Es würde eine ganze Weile in Anspruch nehmen.

Die Wanderschaft

Der junge Man schüttelte den Kopf. Inzwischen war er etliche Tage unterwegs. Doch überall hatte sich ihm das gleiche Bild geboten. Sehr ordentliche, unkraut- und ungezieferfreie Felder und Obstbaumanpflanzungen auf der einen Seite und riesige Industrieanlagen auf der anderen. Irgendwie schienen die Leute hier es trotz allem hinbekommen zu haben, dass die Luft und das Wasser einigermaßen sauber blieb. Nun ja, es gab noch andere Möglichkeiten sich ernsthafte Probleme einzuhandeln, wie man sah...

Die Städte und anderen Ansiedlungen, die er bisher besucht hatte, waren alle von einer ungeheuren Schlichtheit. Anscheinend hatten die Wesen hier den Sinn für Schönheit dem praktischen geopfert. Oder vielleicht hatten sie ihn nie besessen... Obwohl er sich das irgendwie nicht vorstellen konnte. Immerhin hatte er einige kleine Kinder gesehen, denen die Mütter bunte Schleifen in die Haare gebunden hatten... Der Wunsch nach höherer Harmonie schien ihm doch irgendwie noch lebendig zu sein, wenn er auch nur extrem selten an die Oberfläche gelangte. Nur gelegentlich gelang es ihm ein Gespräch mit den Bewohnern anzuknüpfen. Die meisten waren zu sehr mit sich selber und den äußeren Umständen beschäftigt. Der junge Mann biss die Zähne zusammen. Alles, was er bisher gesehen hatte, ließ nur einen Schluss zu: Wenn nicht die ganze Welt und alle auf ihr lebenden Wesen untergehen sollten, musste eine rigorose Maßnahme getroffen werden... Er seufzte. Noch mochte er über solch eine endgültige Maßnahme nicht nachdenken. Vielleicht gab es

152

ja doch noch eine andere Möglichkeit...

Doch die Wochen, die diesen Überlegungen folgten, brachten keine neuen Erkenntnisse. Jetzt fand er sich in der Hauptstadt wieder. Selbst hier war es seltsam kalt und neutral. Die Bewohner sahen leicht gesünder aus als die in den anderen Städten und Dörfern. Der junge Mann schüttelte den Kopf. Er wusste, dass ihm nur eine Chance blieb, diese Situation ohne Katastrophe zu bereinigen. Doch würden die Wesen, die die Manipulationen vornahmen ihm zuhören? Immerhin verdienten sie an diesem Zustand nicht schlecht... Er biss sich nachdenklich auf die Unterlippe. Dann machte er sich entschlossen auf den Weg.

Schließlich stand er vor einem gewaltigen Komplex. Es gab keine sonderliche Überprüfung als er das Gebäude betrat. Nun ja, sie brauchten im Großen und Ganzen ja auch nichts zu befürchten. Sie hatten den ganzen Planeten fest im Griff...

Der junge Mann zog die Augenbrauen zusammen. Wenn es nach ihm ging, würde sich das bald ändern. Entweder mit einem Knall oder, wenn sie hier verstehen würden, was wirklich geschah, nach und nach... Er schluckte schwer und begann dann nach dem Verantwortlichen zu suchen. Nach einigen Gesprächen wusste er, dass die Unvernunft die Vernunft bei weitem übertraf. Es war zum Verzweifeln. Warum wollten sie nur nicht einsehen, dass sie umkehren mussten! Noch gab es auf dem Planeten Gebiete in denen mehr oder minder unberührte Natur existierte... Doch wie lange noch? In spätestens 10 Planetenumläufen war der Punkt erreicht an dem eine Umkehr unmöglich geworden war. Dann würde es keine Rückkehr mehr geben! Die Wissenschaftler konnten noch so geniale Entwicklungen machen, aber die natürliche Umwelt würden sie nie ersetzen können! Zumal sie ja auch schon viel zu viel verändert hatten ohne sich der Folgen zu vergewissern... Zögernd verließ der junge Mann das Gebäude. Er war sich nicht sicher ob er das Recht hatte hier einzugreifen. Es gab zwar etliche Wesen, die eine bessere, gesündere Welt zurückhaben wollten, doch bestimmt 90 Prozent der

Wesen waren sich absolut sicher, dass es so wie es nun war, richtig und gut war. Se sahen nicht, dass sie an den herrschenden Zuständen langsam aber sicher zugrunde gehen würden. Er seufzte und versuchte mit dem Hohen Rat Kontakt aufzunehmen. Doch wieder einmal kam er nicht durch. Er würde damit die Entscheidung alleine fällen müssen. Mit hängendem Kopf ging er weiter. Die Maßnahme, die ihm vorschwebte, würde praktisch die gesamte Infrastruktur des Planeten vernichten. Die Wesen würden dann von einem Tag auf den anderen ins Mittelalter zurückgeworfen... Durch die extreme Technikgläubigkeit würden viele Bewohner diesen Zusammenbruch nicht ertragen können... Himmel, konnte er diese Verantwortung wirklich allein übernehmen? Warum kam er nicht durch? Verzweifelt lief er weiter. Schließlich ließ er sich an einem kleinen Bach nicht weit außerhalb der Stadt nieder. Er überlegte hin und her. Doch er kam zu keinem Entschluss.

Plötzlich wurde er von einer sehr jungen Stimme angesprochen. Eine junge Frau in einem einfachen weißen Kleid stand vor ihm und sagte leise: „Ich habe dich vorhin im Komplex gesehen. Mein Vater war sehr verärgert über das, was du ihm gesagt hast. Er meinte, es könne alles gar nicht wahr sein. Doch Tasran, einer seiner Berater, meinte, es wäre vielleicht besser, die angesprochenen Zustände zu prüfen und sei es nur darum um auszuschließen, dass sie wahr sein könnten... Mein Vater wollte nichts davon hören, doch Tasran hat sich nicht abweisen lassen. Jetzt haben sie eine Studie in Auftrag gegeben, die die unberührten Gebiete des Planeten auflisten soll..." Sie schwieg eine Weile. Dann fuhr sie leise fort: „Es sind nur noch ganz wenige Gebiete. Ich weiß das, weil ich einen Freund habe, der bei einem alten Wissenschaftler arbeitet, der von jeher gegen diese Eingriffe an Pflanzen und Tiere war. Und ich, ich bin gesund, weil mein Vater, der doch meint alles sei so richtig, mich in einem der letzten Naturreservate hat aufwachsen lassen. Er hat meine Gesundheit nie damit in Verbindung gebracht! Doch ich fand es schon immer sehr merkwürdig, dass die Bewohner der Reservate

154

gesünder waren als die des Rests des Planeten..."

Der junge Mann sah sie interessiert an. So, es gab also auch bei den jüngeren Wesen durch aus noch welche, die sahen, dass der Weg, der beschritten wurde, so nicht weitergegangen werden konnte. Doch, waren sie sich auch im Klaren darüber, was es bedeutete diesen Weg zu verlassen? Er seufzte. Das Mädchen sah ihn verblüfft an. Da lächelte der junge Mann bitter und meinte: „Deine Welt ist krank. Es muss etwas passieren. Entweder ohne Hilfe der Wissenschaftler oder zusammen mit ihnen. Doch egal wie vorgegangen wird, es wird eine sehr schwere Zeit für alle Bewohner kommen. Alle Annehmlichkeiten, die sie nun haben, werden von einem Moment zum anderen verschwinden. Es wird eine völlig neue Welt sein in der sie dann leben müssen. Diejenigen, die auch jetzt noch versuchen im Einklang mit der Natur zu leben, werden die anderen führen müssen. Doch werden sie sich unter Umständen nicht gerne führen lassen und stattdessen verlangen, dass die alten Verhältnisse wieder hergestellt werden... Es könnte zu heftigen Auseinandersetzungen kommen..."

Die junge Frau sah ihn erschrocken an. Wie sollte das denn geschehen? Es gab keine Macht, die so etwas verursachen könnte... Sie schüttelte den Kopf. Ihr war klar, dass wenn alles so blieb wie es jetzt war, ihre Rasse in absehbarer Zeit aussterben würde. Vor allem, wenn auch noch die letzten Reservate umgewandelt würden. Doch, sie biss die Zähne zusammen, wie sollten denn die jetzt so gepflegten Flächen zusammenbrechen? Die Wissenschaftler hatten doch schon seit vielen Jahren darauf hingearbeitet, dass alles schön stabil und störungssicher war! Sie sah den jungen Mann unsicher an, welcher n sich aber sicher zu sein schien, dass es eine Möglichkeit in dieser Richtung gab... Zögernd teilte sie ihm ihre Bedenken mit. Er sah sie ernst und doch freundlich an. „Ich bin nicht von hier und sehe klarer als ihr was vor sich geht. Die Weltseele wird unabhängig von den Wünschen der Lebewesen reagieren. Für sie steht das Überleben des Planeten im Vordergrund. Sie hat bisher nur zugesehen und beobachtet, wie ihr mit ihrem Kind Raubbau getrieben habt. Noch immer hofft sie, dass ihr einen Weg zurück findet. Doch sie wird nicht mehr lange warten, denke ich. Wenn wir einen Weg finden würden, direkt mit ihr zu sprechen, können wir ihre Kräfte nutzen, den Planeten wieder fruchtbar zu machen. Dann können sich von den Reservaten aus wieder die ursprünglichen Pflanzen und Tiere ausbreiten und die Welt aufs Neue bevölkern. Dies ist für die Welt die beste Lösung. Für ihre Oberflächenbewohner bedeutet dies aber, dass sie einige Zeit mit stärksten Entbehrungen leben müssen. Auch werden die Kranken mit den neuen Bedingungen sehr schlecht zu Recht kommen. Und doch gibt es, wenn die Welt und die Bewohner überleben wollen, keine andere Möglichkeit, als diesen Renaturisierungsvorgang gezielt und jetzt in Gang zu setzen! Ich bin durchaus in der Lage diesen Vorgang auch ohne Billigung der Bewohner in Angriff zu nehmen, doch ich fühle mich nicht wohl dabei... Aber wenn es nicht anders geht, werde ich es tun!"

Das Mädchen sah ihn entsetzt an. Wer war er, dass er mit den Leben von Milliarden Wesen spielen konnte? Doch tief in ihr meldete sich eine leise Stimme, die ihr sagte, dass er Recht hätte, dass es keine andere Möglichkeit gäbe. Doch warum hatte er mit ihrem Vater gesprochen?

Der junge Mann sah ihr ihre Überlegungen an. Er meinte leise: „Ich weiß nicht, ob ich das Recht habe, hier einfach so einzugreifen. Es ist notwendig und doch..." Er seufzte tief bevor er weitersprach. „Ich habe gedacht, wenn die Wissenschaftler wenigstens teilweise mitziehen würden, wäre es vielleicht möglich den Wesen in der Übergangszeit zu helfen und das Leben zu erleichtern. Sie könnten Mittel entwickeln, die den Wesen ermöglichen wieder in der Natur zu leben und so ihr Überleben zu sichern. Die psychischen Probleme können damit nicht aufgefangen werden. Für die meisten Bewohner wird immer noch wie eine reine Katastrophe aussehen..."

Die junge Frau schluckte. Sie wusste, dass ihr Gegenüber Recht hatte und dachte nach. Nach einer Weile machte sie ein entschlossenes Gesicht: „Ich werde meinem Vater beibringen was du mir erklärt hast. Er wird es einsehen! Ich weiß, wie ich es machen muss! Dann kann er versuchen, die anderen Wissenschaftler zu überzeugen! Sie werden nicht alle auf ihn hören, doch einige schon. Allerdings brauche ich Daten..." Der junge Mann lächelte leicht, während er meinte: „Ich glaube, ich kenne da einige Leute, die diese Daten zur Verfügung stellen können... Vielleicht sollten wir uns einfach in etwa 14 Tagen wieder hier treffen, zusammen mit denen, die zuhören und handeln wollen?"

Das Mädchen nickte erleichtert. Die Zeitspanne sollte reichen. So trennten sie sich.

Der junge Mann besuchte nun den alten Mann und berichtete ihm von seinen Schlussfolgerungen. Der alte Mann nickte nur und rief einige seiner jungen Helfer zusammen um seine späteren Mitarbeiter zu informieren und ihnen entsprechend zusammengestellte Informationen zukommen zu lassen.

Währenddessen suchte der junge Mann den Weltenhüter auf. Er brauchte dessen Hilfe um mit der Weltseele Kontakt aufzunehmen. Der Weltenhüter war froh, dass es anscheinend doch noch eine Möglichkeit gab, das totale Aus für seine Schützlinge zu verhindern, und teilte dem jungen Mann mit, dass der einzige Ort an dem er mit der Weltseele noch Kontakt aufnehmen konnte, mitten im Gebirge lag. Der junge Mann nickte nachdenklich und bedankte sich freundlich.

Dann suchte er den alten Mann auf. Immerhin würde er den Ort zu Fuß nie rechtzeitig erreichen. Der alte Mann lachte leise und meinte trocken: „Kannst du mit einem Fluggerät umgehen?" „Wenn es sein muss!" antwortete der Jüngere, „Doch mir wäre es lieber, wenn Ihr mir einen Piloten mitgeben könntet..."

Und so geschah es dann. Allerdings hatte der junge Mann den Alten noch gebeten, den Treffpunkt auf jeden Fall aufzusuchen, ob er nun zurück war oder nicht. Wenn seine Schätzungen richtig waren, hatten sie noch etwa einen Sonnenumlauf, um sich auf die

Katastrophe vorzubereiten. Sie mussten also so schnell wie möglich anfangen.

Im Gebirge angekommen, bat der junge Mann seinen Piloten bei der Maschine zu warten. Es könne einige Tage dauern bis wieder da wäre, erklärte er ihm zudem. Dann machte er sich auf den Weg.

Er war sich nicht sicher, ob ihm der Kontakt mit der Weltseele so einfach gelingen würde. Schließlich war diese Welt schon seit einer ganzen Weile vernachlässigt worden, so dass sie vielleicht meinte, den Lebewesen stände keine zweite Chance zu. Der junge Mann seufzte leise. Es war immer wieder dasselbe Spiel und jedes Mal hatten die Weltbewohner es selbst zu verantworten. Wie dem auch sei, sie verdienten trotz allem Unterstützung und Hilfe. Wenn ihm der Kontakt mit der Weltseele nicht gelingen sollte, konnten sie nur hoffen und beten, dass sie nicht beschlossen hatte die Oberfläche dieses Planeten vollständig umzugestalten...

Tief in Gedanken versunken ging der junge Mann weiter. Er versuchte sich auf die Welt einzustimmen. Nach einer Weile schüttelte er sich innerlich. Die Genmanipulationen an Tieren und Pflanzen hatten tiefere Spuren hinterlassen als er gedacht hatte. Er spürte es in jedem Stein und jedem Grashalm, den er sah. Egal was geschehen würde, es würde nie das, was gewesen war, zurückbringen. Alle, auch die, die bisher das alte geschützt hatten, würden vor völlig neuen Situationen stehen... Für ein Zurück gab es keine Chance. Die Eingriffe waren einfach zu gravierend gewesen! Schließlich setzte sich der junge Mann in der Nähe eines kleinen Sees nieder. Seine Aufmerksamkeit galt ganz und gar seiner Umgebung. Sein Geist umfasste in einem Radius von einigen Metern alle Dinge ob Lebewesen oder Mineralien. Ganz langsam ließ er sich weitertreiben. Er suchte den Strang, der alles verband, der ihn zur Weltseele führen würde. Sein Zeitempfinden war unterbrochen. Die Zeit existierte für ihn nicht mehr. Endlich hatte er den Strang gefunden. Er war sehr, sehr dünn, was ihm nur zu deutlich zeigte, dass die Weltseele allzu bereit war, das Bestehende aufzugeben und neu zu beginnen.

Er folgte dem Strang. Schließlich kam er in die ursprünglichen Gebiete der Welt. Die Weltseele war über sein Eindringen sehr erbost. Doch nachdem er ihr den Grund für sein Hiersein erklärt hatte, wurde sie ruhiger. Schließlich stimmte sie dem ganzen Plan zu. Immerhin waren diejenigen, die dieses Unheil angerichtet hatten, auch ihre Kinder... Bisher war sie allerdings davon ausgegangen, dass es ihnen egal war, was mit ihnen passierte... So hatte sie ohne Rücksicht auf sie handeln wollen... Doch der jetzige Plan gefiel ihr schon bedeutend besser als ihr eigener. Freundlich entließ sie den jungen Mann, der daraufhin zurück zu seinem Fluggerät ging und dort verblüfft feststellte, dass viel weniger Zeit vergangen war, als er gedacht hatte. So kamen sie noch rechtzeitig genug am Treffpunkt an.

Die junge Frau hatte inzwischen einen harten Kampf mit ihrem Vater ausgefochten. Wenn der alte Wissenschaftler nicht mit seinen Unterlagen gekommen wäre, und wenn Tasran ihr nicht uneingeschränkt zur Seite gestanden hätte, wäre sie nie zum Ziel gekommen. Doch endlich sah ihr Vater ein, dass etwas passieren musste und rief die führenden Wissenschaftler und Politiker zusammen. Nach hitzigen Debatten erklärten sich etwa 1/3 aller Wissenschaftler und 1/4 der Politiker bereit mit zum Treffpunkt zu kommen. Sie spürten, dass sie handeln mussten. Nichts tun, hieß die Welt im Stich zulassen. Allerdings waren sie zunächst recht enttäuscht, dass von dem jungen Mann nichts zu sehen war, doch bald darauf waren sie mit ihren bisherigen Konkurrenten und Gegner in eine rege Diskussion vertieft.

Und da sie diesmal einander unvoreingenommen zuhörten, erkannten sie bald zu ihrem eigenen Schrecken, was sie der Welt angetan hatten. Doch was sollten sie dagegen tun? Die Kraft alles umzugestalten, hatte niemand! Und die Daten zeigten nur zu deutlich, dass es schnell gehen musste...

Als der junge Mann eintraf, hatten sie im Wesentlichen schon ein Konzept, dass das Überleben nach einem Totalzusammenbruch garantieren sollte, ausgearbeitet. Wenn sie nun auch noch etwa einen Sonnenumlauf Zeit bekämen, um die Pläne umzusetzen, sollte der Zusammenbruch einen neuen Anfang und nicht das Ende bedeuten! Der junge Mann war erleichtert. Sie hatten den härtesten Schluss schon von sich aus gezogen und waren bereit daraufhin zu arbeiten. Bezüglich ihres Zeitplans, konnte er sie beruhigen. Sie würden ihr Jahr bekommen und nach einer kurzen Rücksprache mit dem Weltenhüter, erklärte dieser sich bereit, den Kontakt mit der Weltseele aufrechtzuhalten damit der genaue Zeitpunkt festgehalten werden konnte.

Auch wenn diese Lösung nicht gerade ideal war, war es doch die beste Lösung, die es in dieser Situation geben konnte. Der junge Mann versuchte zur Bestätigung seines Vorgehens mit dem Hohen Rat Kontakt aufzunehmen. Diesmal gelang es. Auch dieser sah keine andere Möglichkeit um den Wesen den völligen Untergang zu ersparen. Der junge Mann war erleichtert. Seine Arbeit war getan. Doch irgendwie mochte er nicht gehen. Die junge Frau ging ihm nicht aus dem Kopf. Schließlich schüttelte er entschlossen das Haupt. Sie gehörte hierher. Wenn er sie mitnahm, nahm er der Welt den Schlüssel zum Neuanfang. Das war gegen jedes Prinzip. Traurig besuchte er sie ein letztes Mal und verabschiedete sich. Dann ging er. Sie sah ihm sehr lange nach. Schade, dass er kein Mann ihrer Welt war, dachte sie noch, bevor sie sich drängenderen Problemen zuwandte.

Staub

Der junge Mann sah sich verblüfft um. War es hier immer so dunkel? Er konnte kaum die Hand vor Augen sehen. Seltsam... Irgendwie hatte er stillschweigend angenommen, dass diese Welt hell und klar sein sollte... Doch das hier widersprach all seinen Annahmen. Nun ja, dann war dies ja vielleicht auch der Grund für seine Anforderung!

Seufzend ließ er sich nieder und stellte verdutzt fest, dass der Boden ziemlich warm war. So etwas! Eigentlich sollte der Boden bei dieser Dunkelheit doch eiskalt sein... Blind konnte er nicht sein! Immerhin nahm er Schatten und Umrisse wahr... Es war wirklich sehr merkwürdig... Entschlossen schloss er die Augen und konzentrierte sich auf seine höhere Wahrnehmung. Langsam drang die Dunkelheit zurück und er blickte auf eine mit Asche bedeckte Landschaft, die ehemals grün und blühend gewesen sein musste. Himmel! Was war denn hier geschehen? Vorsichtig ließ er seinen Geist über den gesamten Planeten streifen. Überall das gleiche Bild. Doch wo war diese Asche hergekommen? Er konnte nirgendwo Vulkane, die als Quelle einer derartigen Staubschicht in Frage kamen, entdecken. Hmm... Gab es eigentlich keine Lebewesen? Die Ursache dieser Verwüstung konnte noch nicht allzu lange zurück liegen. Die Pflanzen waren unter all dem Staub immer noch sehr lebendig. Doch lange würden sie dem Staub und der Verdunklung nicht mehr standhalten können. Außerdem musste es hier irgendwelche höheren Lebewesen geben! Der junge Mann schüttelte den Kopf. Das Ganze schien ihm doch auf irgendwelche Experimente hinzu deuten. Ob diese das Chaos absichtlich oder unabsichtlich hervorgerufen hatten, stand in den Sternen.

Wütend vor sich hin knurrend, versenkte sich der junge Mann noch tiefer und begann nach einem Weg zu suchen mit dem Hüter dieser

161

Welt Kontakt aufzunehmen. Die Suche gestaltete sich unerwartet schwierig, da die Welt merkwürdige Schwerewellen aussandte, die auch seinen Geist erschütterten. Der junge Mann biss entschlossen die Zähne zusammen und machte weiter.

Endlich hatte er eine große Höhle im Innern der Welt erreicht. Hier war es herrlich ruhig und es herrschte eine gleichmäßige freundliche Helligkeit. In einer Ecke stand ein runzeliger graubärtiger Zwerg, der ihn missmutig ansah. Der junge Mann wartete. Schließlich kam der Zwerg ihm entgegen: „Ich bin Graubart. Ich wache über diesen Planeten und seine Bewohner. Doch, wenn es nicht bald wieder hell wird, wird alles Leben erlöschen! Dabei haben die hiesigen Bewohner gar keinen Einfluss auf die ganze Geschichte!" Der junge Mann sah den alten Zwerg verdutzt an. Graubart lächelte schief und meinte: „Ich fange mal besser ganz von vorne an…"

Da es eine längere Geschichte zu werden schien, suchte sich der junge Mann eine gemütliche Ecke während der Hüter seinen Bericht begann: „Vor etwa einem Planetenumlauf bekamen wir hier Besuch. Die Ureinwohner dieses Planeten leben vom Sonnenlicht und in Wasser gelösten Mineralstoffen. Sie können mit der festverwurzelten Flora verschmelzen und fallen so auch nicht auf. Die Besucher übersahen sie infolgedessen auch und konzentrierten sich auf die für sie interessanten Mineralien. Schnell stellten sie fest, dass es hier einige sehr seltene Elemente gibt. Allerdings lagern diese Elemente unter sehr dicken Schichten für sie uninteressanten Gesteins. Da es hier nun anscheinend keine intelligenten Bewohner gab, begannen die Fremden schnell, und ohne weitere Untersuchungen durchzuführen, die unnützen Gesteinsschichten pulverisieren. Der feine Staub lagerte sich zunächst nur rund um die Fundstätte ab. Doch bald verstopfte er die Fördermaschine und die Fremden begannen den Staub fort zu pusten. Daraufhin verteilte er sich gleichmäßig in der Atmosphäre und verdunkelte so nach und nach den Himmel. Meine Schützlinge merkten bald, dass sich da etwas zusammen braute und versuchten sich in abgelegenen Tälern in Sicherheit zu bringen. Es ging bis zu etwa 6 Dekaden recht gut.

162

Dann fanden die Fremden ein besonders reiches Mineralvorkommen, dass aber gleichzeitig einen für sie giftigen Anteil enthielt. Um nun trotz allem an das begehrte Mineral zu kommen, begannen sie alles zusammen zu pulverisieren und dann in der Luft über gewaltige Filter zu trennen. Dadurch wurde es praktisch über Nacht stockfinster. Dem Schöpfer sei Dank, dass die abgelegenen Täler leuchtintensive Moose beherbergen, die bislang das Überleben meiner Schützlinge gewährleisten. Doch wenn dieses Chaos nicht aufhört, wird sich die hiesige Entwicklung nicht vollenden können und dem Universum geht ein wichtiger Baustein des Lebendigen verloren. Und diese Fremden betreiben Raubbau mit dieser Welt und ich kann mich des Verdachtes nicht erwehren, auch mit ihrer eigenen. Ich hoffe, du findest einen Weg diesen Eindringlingen klar zu machen, dass es so nicht geht! Ich kann den Weltenzorn wecken, doch damit vertreibe ich nicht nur die Fremden, sondern bringe auch das bestehende Gleichgewicht völlig durcheinander. Bevor ich zu dieser drastischen Maßnahme greife, würde ich gerne erst überprüfen ob es nicht eine verträglichere Möglichkeit gibt. Ich hoffe doch sehr, dass dir etwas Brauchbares einfällt…" Der alte Zwerg schwieg und der junge Mann zog sich langsam zurück. Als erstes sollte er nun versuchen mit diesen frechen Eindringlingen Kontakt aufzunehmen. Dann sollte er auch mit den pflanzenähnlichen Ureinwohnern reden. Vielleicht hatten diese ja auch eine Idee.

Doch zu allererst wollte er mal feststellen was die Fremden mit dem Mineral überhaupt vorhatten und warum es so wichtig für sie war…

Und so machte er sich auf den Weg in die Berge. Der Weg war unangenehm und mehr als einmal war er drauf und dran aufzugeben. So eine dicke Luft! Und es wurde immer schlimmer! Endlich war er angekommen und staunte nicht schlecht. In einiger Entfernung sah er einen riesigen Propeller. Oberhalb dieses gewaltigen Geräts war der Himmel klar. Riesige Maschinen pulverisierten das geförderte Gestein und der Propeller sog den so entstandenen Staub an. Dabei wurden die unerwünschten Bestandteile in der Atmosphäre verteilt und die brauchbaren Bestandteile über einen feinen Strahl ins

Weltall geschickt.

Der junge Mann sah sich suchend um. Wo waren die Betreiber dieser tollen Anlage? Er schüttelte den Kopf. Sie konnten die Anlage doch nicht unbeaufsichtigt vor sich hin arbeiten lassen! So ein Leichtsinn! Sinnend näherte sich der junge Mann einem Gebäude, das den Steuermechanismus der Anlage zu enthalten schien. Plötzlich tauchte vor ihm ein sechsbeiniges Lebewesen in einem leuchtend blauen Anzug auf. Es hatte einen großen Kopf mit Knopfaugen und einem ziemlich großen Mund, der auf aufgeregt auf und zu klappte. Der junge Mann verhielt sich ganz ruhig. Nach einer Weile begann er zu verstehen, was sein aufgeregtes Gegenüber ihm mitzuteilen versuchte.

Irgendwie schien es, als ob die Maschine mehr und schneller arbeitete als sie es sollte. Außerdem war er als einziger Techniker zur Beaufsichtigung und Wartung zurückgeblieben. Da die Maschine nun verrückt spielte, wusste er nicht was er machen sollte... Der junge Mann runzelte die Stirn. Dann fragte er vorsichtig: „Kannst du die Maschine nicht einfach ausschalten?"

Das mehrbeinige Wesen zuckte zusammen und brachte nachmehreren Versuchen stotternd heraus: „Wir, wir dürfen der Natur eines Planeten nicht schaden! Wir müssen im Einklang mit den Lebewesen der jeweiligen Welten arbeiten. Doch hier gab es nur Pflanzen... Und so kam unser oberster Techniker auf die grandiose Idee, diese Maschine hier zu installieren. Die paar Pflanzen würden den Staub schon lange genug aushalten... Aber ich habe unsere Daten inzwischen noch einmal überprüft und dabei festgestellt, dass einige dieser Pflanzen tatsächlich freibewegliche, intelligente Lebewesen sein müssen... Wir hätte hier nie so rücksichtslos vorgehen dürfen! Und nun spielt diese verflixte Maschine zu allem Überfluss auch noch verrückt! Wenn ich die Maschine einfach ausstelle, kehrt sich ihr Drehimpuls um und bohrt so eine riesiges Loch bis tief in den Kern dieser Welt. Die Folgen davon sind für mich nicht abschätzbar. Doch es ist mehr als wahrscheinlich, dass es zu einem riesigen Vulkanausbruch kommen würde... Gleichzeitig wird es aber auch höchste Zeit, dass etwas passiert, da auch die Empfangslager inzwischen in arge Bedrängnis geraten sind... Wenn ich nur wüsste, was die Maschine so durcheinander gebracht hat!" Hilflos sah er den jungen Mann an, welcher die Maschine kopfschüttelnd betrachtete. Das war ja ein tolles Ding. Bisher hatte er es meistens mit uneinsichtigen Bewohnern oder Eroberern zu tun gehabt. Doch hier schien es auf beiden Seiten nur Ratlosigkeit zu geben. Allein die unvernünftige Vorgehensweise des Oberingenieurs war vielleicht anzukreiden... Doch auch er konnte nicht vorhersehen, dass die Maschine ein Eigenleben entwickeln würde... Langsam meinte er zu dem Techniker: „Ich glaube, wir sollten uns alle zusammen setzen. Mit Allen meine ich, die Bewohner dieser Welt, eure Techniker und ich. Dann werden wir alle zusammen versuchen dieses Chaos so schnell als möglich zu beenden..." Der Techniker stimmte erleichtert zu. Endlich war da jemand, der die Koordination übernahm. Dem Himmel sei Dank!

Der junge Mann nahm nun unverzüglich Kontakt mit dem Weltenhüter auf, der ziemlich erleichtert darüber war, dass die Eindringlinge anscheinend kompromissbereit waren, und half dem jungen Mann mit den Pflanzenwesen Kontakt aufzunehmen.

Chaory, der oberste Führer und Ory, die beste Wissenschaftlerin der Pflanzenwesen beschlossen schnellstens zur Maschine zu kommen. Mit Hilfe der Leuchtmoose sollte das eigentlich problemlos zu schaffen sein. Es würde nur einige Stunden dauern.

Der junge Mann nickte vor sich hin und sah dann den Techniker an, der gerade wieder aus seiner Beobachtungshütte trat und leise vor sich hin knurrte: „So ein Unfug! Erst einmal die Augen zu machen! Es wird schon von alleine besser werden... Doch immerhin hat Shoo eingewilligt zu kommen. Er war allerdings nicht begeistert, doch schließlich hat er eingesehen, dass es so nicht weitergehen kann. Es ist so für niemanden gut! Und es widerspricht all unseren

Glaubensgrundsätzen! Tirix kommt auch mit. Sie ist eine Glaubensrechtlerin. Ich weiß nicht, ob dass gut ist, aber immerhin ist hier einiges in Unordnung geraten… Vielleicht kann auch sie etwas Sinnvolles zu dem Ganzen beitragen…" Der junge Mann sah ihn verdutzt an. Was war eine Glaubensrechtlerin und warum sollte ihre Anwesenheit ein Problem darstellen? Seltsam…

Der Techniker sah ihm seine Verwirrung an und gab ihm eine genauere Erklärung: „Auf unserer Welt gilt es als oberstes Gebot alle Lebewesen zu ehren und ihre Lebensweisen zu würdigen. Es gilt sich nie einzumischen. Nun ist es aber so, dass wir zum Leben ein recht seltenes Mineral namens Silberit benötigen. Dieses Mineral gibt es auf der Welt auf der wir leben kaum noch. So sind wir gezwungen auf anderen Welten danach zu suchen. Jetzt gibt es in unseren Glauben einen Passus, der besagt, dass wir alles tun können, was unser Überleben sichert. Damit kommen die radikaleren Glaubensrechtler den Ingenieuren gerade recht. Denn so brauchen wir nicht mehr so viel Rücksicht auf die anderen Lebewesen zu nehmen. Dadurch ist es hier, meiner Meinung nach, auch zu diesem Durcheinander gekommen. Bisher sind wir mit der Rücksichtnahme und der Zusammenarbeit zum beidseitigen Nutzen recht gut gefahren. Ich bin J'tar und ein Vertreter unseres Heimatplaneten! Ich weiß, dass es dort immer noch genug Silberit gibt um uns über Jahrhunderte zu versorgen. Doch davon wollen die Glaubensrechtler nichts wissen. Immerhin sind sie in die Ferne aufgebrochen, um die allzu strengen Vorschriften unserer Vorfahren zu umgehen… Ich wurde mit auf die Reise geschickt um ihre Entwicklung zu beobachten. Bisher ist alles recht ordentlich abgelaufen und die von uns besuchten Welten haben durchaus von dem Handel mit uns profitiert. Doch das Chaos hier passt überhaupt nicht ins Bild und so bin ich völlig verwirrt. Ich bekomme von hier aus auch keinen Kontakt mit der Heimatwelt. Ich weiß mir keinen Rat. Eines ist jedenfalls sonnenklar: Diese Durcheinander muss beseitigt werden! Selbst, wenn das bedeutet, dass wir kein Silberit mehr abbauen können. Die Rechte der einheimischen Bewohner gehen auf jeden

Fall vor!"

Der junge Mann konnte ihm nur zustimmen. In gewisser Weise war J'tar ein Kollege von ihm, wenn er auch nicht über verschiedene Welten, sondern nur über eine wachte… Der junge Mann lächelte sein Gegenüber freundlich an und erzählte ihm dann von seiner Aufgabe. J'tars Augen leuchteten erleichtert auf. Endlich gab es wirklich Hoffnung. Jetzt konnte hoffentlich auch Tirix verständlich gemacht werden, dass die alten Glaubensgrundsätze nicht grundlos aufgestellt worden waren. Auch wenn sie gerne behauptete, dass diese Aussagen reine Willkür waren und nur dazu bestimmt, den Kontakt mit anderen Völkern zu unterbinden. Nein! Gerade das Gegenteil war der Fall. Sie sollten das Zusammenleben und die gegenseitige Achtung regeln und aufrechterhalten.

Da leuchtete hinter ihnen die dunkle Luft auf. Die beiden beobachteten die Erscheinung verblüfft. Nach einer Weile lösten sich aus dem Licht drei baumähnliche Lebewesen. Die Ureinwohner dieser Welt! Das größte Lebewesen, ein schlankes, feingliedriges, grünblättriges Wesen, stellte sich als Chaory vor und meinte dann: „Ich habe noch Ory, unsere oberste Wissenschaftlerin und Olyce, unsere beste Heilerin mitgebracht. Wenn ich es vorhin richtig verstanden habe, weiß bisher niemand was dieses irrsinnige Chaos ausgelöst hat. Nun ja, vielleicht finden wir dann über den Gedanken der Heilung am ehesten eine Lösung…" Der junge Mann nickte grimmig. Chaorys hatte Recht. Sie brauchten wahrhaft ein Heilmittel.

Dann dröhnte es von oben. Die anderen kamen. J'tar übernahm die Vorstellung. Immerhin kannten seine Artgenossen die Einheimischen dieser Welt noch nicht. Er grinste. Inzwischen wusste er, dass sie sich selber Mulw nannten und so begann er, reihum auf die Ureinwohner zeigend, sie vorzustellen. Dann stellte er seine Artgenossen, die Valten, vor. Shoo war ein großer, stattlicher Valten mit rotvioletten Augen, Noro eine kleine, aber zähe gelbäugige Valten und Tirix, eine große und recht knöchern wirkende Valten, die sich mit tiefgrünen Augen zweifelnd umsah.

Der junge Mann musterte die Neuankömmlinge nachdenklich. Dann zog er sich einen Moment zurück und suchte den Kontakt zum Weltenhüter, um einen aktuellen Zustandsbericht zu erhalten. Es sah nicht gut aus. Wenn nicht innerhalb der nächsten zwei Wochen eine deutliche Besserung der Lichtverhältnisse eintrat, würden radikale Maßnahmen eingeleitet werden müssen, um die Bestimmung der Welt zu erhalten. Dem jungen Mann schauderte. Das würde dann mit Sicherheit das Ende der bisherigen Bewohner bedeuten. Doch was konnte in einer derartig kurzen Zeitspanne noch helfen?

Ruckartig kam er zu Bewusstsein und stellte erschrocken fest, dass Tirix wütend ihre Artgenossen attackierte. Olyce versuchte zu vermitteln, doch Tirix ignorierte sie völlig. Der junge Mann hörte sich die Auseinandersetzung eine Weile mit an. Im Wesentlichen ging es darum, dass Tirix den anderen unterstellte, sie mit Gewalt lächerlich machen zu wollen, und dass die Pflanzen ganz bestimmt keine Lebewesen seien!

Irgendwann reichte es ihm und er ging dazwischen. Tirix sah ihn verärgert an. Der junge Mann lächelte freundlich und meinte leise zu ihr: „Du bist schlau genug um zu wissen, dass selbst Pflanzen, die fest im Boden verwurzelt sind, Lebewesen sind! Wenn die Pflanzen dann auch noch nachweislich denken und sich selbstständig ausdrücken können, ist das Merkmal für Intelligenz durchaus erfüllt. Wenn du aber meinst, diese Wesen da vor dir seien Trugbilder, solltest du einmal mit ihnen über diese Welt ziehen. Dabei kannst du dann auch gleich einmal feststellen wie weit der Dreck dieser tollen Maschine die Atmosphäre schon vergiftet hat…" Olyce verbeugte sich gelenkig vor Tirix, die nun wütend um sich sah. Doch die anderen sahen sie nur auffordernd an. Schließlich riss sich zusammen und folgte Olyce, die sich bemühte Tirix nicht nur die Schäden sondern auch die ursprüngliche Schönheit dieser Welt zu zeigen. Nach einer Weile war Tirix ziemlich verunsichert. Das hier war eine reiche, blühende Welt gewesen bevor sie hierher gekommen waren. Warum hatte sie nur darauf bestanden das Mineral abzubauen obwohl To'laryn, der oberste Projektleiter, sie gewarnt hatte, dass es Probleme geben könnte… Doch sie hatte die Worte vor Augen gehabt, die aussagten, dass der Planet nur pflanzliches Leben beherbergte. Dabei hatte sie trotz deutlicher Anzeichen ignoriert, dass auch Pflanzen intelligent sein können. Sie hatte nur das Fortkommen und die Fortpflanzung der Mulw im Kopf gehabt. Aua! Es gab doch mehr als sie bisher hatte wahr haben wollen. Doch wie sollte dieses Durcheinander wieder in Ordnung gebracht werden? To'laryn hatte sie gewarnt, doch sie hatte nicht hören wollen! Danach war es ihr unmöglich erschienen, auf der Ursprungswelt um Hilfe und Unterstützung nach zu suchen. So hatte sie sich über alle Regeln weggesetzt und ihren Kopf durchgesetzt... Langsam kehrten Tirix und Olyce zurück. Olyce betrachtete ihre Heimat dabei wehmütig. Sie fragte sich unwillkürlich ob sie diese Krise wohl überstehen würden und wie es danach aussehen würde…

Inzwischen hatten die anderen über die Maschine gesprochen. Dabei hatte sich herausgestellt, dass das so geförderte Silberit die Atmosphäre rings um die Maschine herum gewaltig aufgeladen hatte. Dadurch war das Programm, welches die Maschine steuerte, teilweise umgeschrieben worden. Shoo stellte danach fest, dass nicht nur unbrauchbares Gestein sondern auch Silberit in die Atmosphäre gelangt war. Er fluchte laut los. So langsam verstand er auch was in der Abfüllanlage los war. Dort spielten die Computer scheinbar ohne jeden Grund verrückt und meldeten seltsame Fehler. Doch wenn sie die Container dann manuell überprüften war alles in Ordnung. Bisher hatte er sich nicht viel dabei gedacht. Doch nun war er hochbesorgt. Wenn seine Vermutung stimmte, würde die Aufladung, die hier den ganzen Ärger verursachte, auch die Container beeinflussen und u. U. sogar den Inhalt unbrauchbar machen… Elende Sauerei! Und das nur, weil sich diese verflixten Glaubensrechtler zu fein waren, die

Heimatwelt um Unterstützung zu bitten. Hoffentlich war das Pulver nicht so hoch magnetisch, dass es selbst die Lagerstätten auf Kleon beeinflusste... Die anderen sahen ihn besorgt an. Shoo teilte ihnen nun seine Überlegungen mit. Anschließend sprang J'tar aufgeregt hoch und forderte Shoo auf schnellst möglich mit Kleon Kontakt aufzunehmen. Die mit magnetischem Staub gefüllten Container durften auf keinen Fall geöffnet werden! Es gab noch genügend ältere Vorräte! Shoo stimmte seinem Untergebenen verdutzt zu. So viel Entschlossenheit hatte er ihm bisher gar nicht zugetraut. Zusammen informierten sie die Ingenieure auf Kleon, die schon einige merkwürdige Ereignisse beobachtet hatten. Glücklicherweise waren alle neuen Container zusammen in einer etwas entfernteren Höhle gelagert worden. So hatte es wenigstens keinen Kontakt zwischen den älteren und den jüngeren Vorräten gegeben. Damit sollte es gelingen die fehlerhaften Vorräte zu beseitigen bzw. ihnen ihre Gefährlichkeit zu nehmen. Vielleicht gab es ja auch für sie eine nutzbringende Verwendungsmöglichkeit... Nur erst einmal musste sicher gestellt werden, dass die magnetischen Anteile nicht alles andere ebenfalls mit in Mitleidenschaft zogen. Aber darum konnten sich die zuständigen Ingenieure kümmern. Hier gab es nun erst einmal etwas Wichtigeres zu tun. Und so setzten sie sich wieder zusammen. Hoffentlich fanden sie eine Möglichkeit die Maschine stillzulegen und die Staubteilchen aus der Atmosphäre zu entfernen...

Der junge Mann hörte einfach zu und blieb gleichzeitig mit dem Weltenhüter in Kontakt. Es stellte sich schnell heraus, dass die Maschine recht einfach abschaltbar war. Das Dumme war nur, dass die gesamte Energie der Drehung dabei auf die Atmosphäre übergehen würde. Damit würde ein gewaltiger Wirbel erzeugt, was dann ganz bestimmt nicht dazu beitragen würde, den Staub aus der Atmosphäre zu entfernen.

Der junge Mann dachte nach und wandte sich dann ganz leise an den

Weltenhüter: „Können deine Schützlinge Elemente verweben? Dann könnten wir vielleicht so eine Art Netz aus Keimen zu erzeugen, dass die Staubpartikel bindet und dann insgesamt auf den Boden absackt..." Der Weltenhüter schwieg für einen Moment. Dann nickte er vor sich hin und meinte: „Das sollte machbar sein. Ich werde mich mit Olyce in Verbindung setzen. Sie kann dann die Einzelheiten ausarbeiten. Doch die Koordination der Keime und die Aufrechterhaltung des Netzes bleibt deine Aufgabe. Ich habe genug damit zu tun die Atmosphäre insgesamt im Gleichgewicht zu halten, insbesondere wenn ihr es schafft die Teilchen aufzufangen. Ich fürchte nämlich, dass die Aufladung auch nach der Säuberung erhalten bleibt... Welche Folgen dies haben wird, steht noch in den Sternen..." Der junge Mann nickte kaum merklich und dachte nach. Etwas später sprach er Olyce an: „Wäre es möglich aus den Sporen der einheimischen Pilze eine Art Matten wachsen zu lassen? Ich denke, dass die Fäden dieser Sporen so fein sind, sie den Staub aus der Luft herausfiltern können. Sobald sie voll sind, können wir sie als Matten auf dem Berg ablegen bzw. das durch die Maschine verursachte Loch damit auffüllen. Außerdem könnten die Teilchen vielleicht so in das Gatter eingelagert werden, dass sie einen Teil der Aufladung mitnehmen..." Olyce sah ihn verblüfft an. Die Idee war gut! Doch wo sollte sie so schnell so viele Sporen herbekommen? Sie überlegte fieberhaft. Es gab etliche Wachstumsbeschleuniger und im gläsernen Tal war auch immer noch hell genug um sie einsetzen zu können... Sie zog sich aus der Diskussion zurück. Je eher sie mit der der Arbeit begann, desto besser.

Die anderen diskutierten danach eifrig um das Problem der magnetischen Aufladung in den Griff zu bekommen. J'tar war der Meinung, dass es am besten wäre die Aufladung an einen anderen Träger zu binden. Der junge Mann überlegte laut: „Könnte man die Aufladung nicht dazu nutzen Batterien aufzuladen? Dann könnte man die Energien, die diese Erscheinung beinhaltet im Nachhinein noch nutzen und..."

Shoo lachte laut auf. Das war eine tolle Idee. Auf diese Weise konnten sie der drohenden Energieknappheit auf Kleon begegnen. Doch wie sollten die Energiespeicher aussehen? Hmm? Er dachte angestrengt nach. Dann grinste er breit und rief J'tar und auch Tirix zu sich. Gemeinsam machten sie sich daran seine Idee umzusetzen.

Der junge Mann zog sich zurück. Vorläufig war seine Anwesenheit nicht mehr erforderlich. Dann waren alle so weit fertig. Olyce hatte die Sporenmatten so weit vorbereitet und Shoo schaltete die Maschine bedächtig ab.

Daraufhin bildete sich in der Atmosphäre ein gewaltiger Strudel und der junge Mann griff schnell ein. Zuvor hatte er mit Olyce und ihren Helfern besprochen, dass diese die Matten durch die Flugwesen dieser Welt rings um den sich bildenden Strudel in Position gebracht werden sollten. Nachdem sie sich aufgefüllt hatten, sollten sie durch neue ersetzt werden und die gefüllten dann in das Loch eingelagert werden. Der junge Mann übernahm die Koordination damit keine Staubteilchen entkommen konnten.

Währenddessen begann Shoo mit seinem Experiment, die Aufladung der Atmosphäre in einen magnetischen Behälter zu übertragen. J'tar grinste. Es funktionierte. Allerdings gab es sehr viel mehr Energie als sie gedacht hatten. Hoffentlich konnten sie genügend Behälter bereitstellen. Es wäre bestimmt nicht gut auf halben Weg an zu halten.

Olyce stellte ähnliche Überlegungen an. Hoffentlich reichten die Matten... Die magnetische Aufladung der Staubteilchen war erheblich höher als angenommen, sodass die Matten viel weniger aufnehmen konnten als ursprünglich angenommen.

Der junge Mann überlegte fieberhaft. Am einfachsten wäre Olyces Problem zu lösen, wenn es gelänge die Matten über dem Loch auszuschütteln und so wiederverwendbar zu machen... Gab es hier Windgeister oder andere Elementarwesen? Schnell fragte er den Weltenhüter danach und atmete auf, da dieser deren Existenz bestätigte. Es war dann allerdings nicht so einfach sie zur Zusammenarbeit zu bewegen. Doch dann funktionierte alles einwandfrei.

Die vollen Matten wurden von den Flugwesen über dem Loch festgehalten, während die Elementargeister den Staub heraus lösten und die Windgeister anschließend dafür sorgten, dass sich der Staub ordnungsgemäß ins Loch einlagerte. Olyce atmete auf. Jetzt gab es auf ihrer Seite keine Probleme mehr.

Shoo war allerdings nach wie vor besorgt. Auch wenn J'tar inzwischen zusammen mit Tirix und Ory eine Art pflanzlichen Behälter entwickelt hatte, um die Energien zumindest erst einmal zwischenzuspeichern.

Der junge Mann beobachtete angespannt die Atmosphäre. Bisher lief alles wie geplant. Die Aufladung nahm immer mehr ab und auch die Sonne konnte den Boden wieder erreichen… Was aber mit dem inzwischen überall abgelagerten Staub geschehen sollte, wusste er nicht. Er stand völlig hilflos vor dieser Frage. Hoffentlich konnte er irgendwie entfernt werden. Der Weltenhüter war seinen Überlegungen gefolgt und beruhigte ihn: „Sobald die Sonne wieder scheint und das Wetter sich einigermaßen stabilisiert hat, werde ich dafür sorgen, dass es einige Tage lang sehr stark regnet. Damit sollte der Staub dann ins Meer beziehungsweise in die Flüsse gespült werden. Dort kann sich über die Zeit ein neues Gleichgewicht einspielen und der freigesetzte Magnetismus für die Entwicklung der Welt genutzt werden… Mach dir also keine Sorgen… Es wird schon alles wieder in Ordnung kommen…"

Der junge Mann atmete auf. So wäre das also auch geklärt. Er wandte sich wieder Shoo und J'tar zu, die inzwischen sämtliche Behälter gefüllt hatten. Es gab immer noch eine Menge freier Energie, doch Ory meinte, dass diese sich mit der Zeit so verteilen würde, dass sie niemanden mehr Schaden könne. Alle waren richtiggehen erschöpft. Bloß gut, dass die Matten gewirkt hatten! Tirix fuhr sich wütend über den Kopf. Von nun an würde sie als Glaubensrechtlerin für ein gerechtetes Gleichgewicht eintreten, wenn dies bestimmt auch einigen ihrer Kollegen nicht sonderlich gefallen würde. Aber damit würde sie schon zu Recht kommen. Sie würde sich jedenfalls mit J'tar zusammen setzen und eine allgemein gültige Vorgehensweise ausarbeiten bei der in der Zukunft hoffentlich verhindert werden konnte, dass sich so ein Chaos wie hier wiederholte.

Der junge Mann lächelte. Er spürte den Ruf einer neuen Welt. J'tar sah ihn von der Seite an. Es wäre schön gewesen, wenn dieser Fremde noch etwas bleiben könnte. Doch anscheinend hatte der Schöpfer aller Dinge, andere Pläne. Schnell trat er auf ihn zu und verabschiedete sich herzlich: „Vielleicht sehen wir uns ja mal wieder. Auf Kleon gibt es jetzt jedenfalls viel Arbeit für mich und auch für Tirix. Ich wünsche dir alles Gute. und dass du immer eine Lösung finden mögest…"

Der junge Mann lächelte schwach: „Ich kann es nur hoffen, doch manchmal gibt nur die Möglichkeit eines radikalen Schnittes… Doch meistens werden wir schon eine andere Möglichkeit finden… Jetzt muss ich aber gehen. Meine neue Aufgabe wartet schon…" Und damit war er verschwunden.

Erinnerungen

Die junge Frau war gerade von einer schwierigen und äußerst langwierigen Mission zurückgekommen. Ihr stand der Sinn nach einer ausgiebigen Ruhepause, doch irgendwie hatte der Hohe Rat beschlossen ihr einen Sonderauftrag zukommen zu lassen. Na ja, immerhin war ihr versichert worden, dass dies kein Auftrag im eigentlich Sinn wäre.

Sie sah sich um. Wo war sie denn nur? Na ganz toll sah es hier ja nicht aus. Die Pflanzen zeigten nur allzu deutlich, dass der Planet nicht mehr lange in seinem augenblicklichen Zustand aushalten konnte. Sie spürte aber auch, dass die Entscheidung über die weitere Vorgehensweise schon gefallen war. Was sollte sie denn nun hier?

Sie sah sich suchend um und sah in einer gewissen Entfernung einen sehr, sehr alten Gnom sitzen. Langsam ging sie auf ihn zu. Sie spürte, dass es seine Geschichte war, die sie hierher geführt hatte. So setzte sie sich neben ihn und hörte einfach nur zu. Im ersten Augenblick war der Gnom völlig verwirrt, dann besann er sich und ließ seine Gedanken schweifen und so erfuhr die junge Frau eine erstaunliche Geschichte.

Der Gnom

Der Gnom war ziemlich wütend. Sie waren zwar ein Erdvolk, ein Volk, das unter der Erde lebte, doch auch sie brauchten frische Luft, Sonne und grüne Pflanzen.

Diese Menschen! Immer schienen sie zu meinen, sie wären allein auf dieser Welt. Welche Vermessenheit! Die Naturgeister waren alle ziemlich sauer... was die Menschen so alles mit „ihrer" Welt machten... Bald würden alle grünen Pflanzen sterben, viele Tiere hatten sie schon ausgerottet, und atmen würden sie bald alle nicht mehr können...

Der Gnom seufzte. Es würde keinen Spaß machen auf einer neuen Welt neu anzufangen. Doch sie würden weggehen, er hatte mit dem oberen Rat gesprochen, so wie sie es vor vielen Tausenden von Jahren schon einmal getan hatten. Auch auf ihrer damaligen Welt hatte es Wesen gegeben, die nicht einsehen wollten, dass sie die Umwelt vergifteten, dass sie ihr eigenes Leben kaputt machten...

Nun ja, er war alt genug um sich noch daran zu erinnern. Auch daran, dass viele Wesen, die sich der Natur verbunden fühlten, mitgekommen waren, die mit den Gnomen in enger Verbundenheit lebten. Er lachte leise. Sie waren wie die Menschen eine kurzlebige Rasse gewesen, doch diejenigen die mitgekommen waren, hatten die wahre Natur des Seins erkannt. Es gab keine Trennung. Alles war eins. Doch jedes Individuum musste dies für sich allein entdecken. Auch die jungen Gnome... Teilweise taten sie sich recht schwer damit. Besonders dann, wenn sie auch die Menschen mit als Gottes Geschöpfe betrachten sollten, die genauso die Liebe Gottes erhielten und im klaren Licht des Seins standen, wie alle anderen Lebewesen. Es war jedem selbst überlassen, was er aus seinem Leben machte. Der alte Gnom lächelte sanft und dachte an seine wilden Jahre zurück. Er hatte es seinen Eltern nicht leicht gemacht. Immer war er der Meinung gewesen, allein die Gnome seien die Könige des Universums. Seinen ersten Umzug von einer Welt zur anderen, hatte er als Baby mitgemacht. Die neue Welt war grün, blau und violett gewesen, mit einer strahlenden Sonne... Dort hatte er die nächsten tausend Jahre gelebt und gelernt.

Es war eine friedliche Welt gewesen, mit herrlichen Pflanzen und wunderbaren Tieren - Insekten, Vögeln, Fischen und Säugetieren... Hier brachte ihm sein alter Mentor bei, wie die Natur und die Lebewesen in Eintracht miteinander leben und wie sie sich aufeinander stützen konnten. Er war jedoch nur halb bei der Sache. Die Theorie hatte er schnell gelernt, ja. Doch das Ganze praktisch auch umzusetzen, erschien ihm doch zu kompliziert. Er ging lieber auf Entdeckungsreise. Mit dem Ernst des Lebens hatte er nichts im Sinn...

Dann kamen die Fremden. Viele der alten Gnome waren erfreut und gleichzeitig skeptisch. Schon oft hatten sich Neuankömmlinge als

Ignoranten erwiesen. Wie würde es sich diesmal entwickeln? Ihm war damals die ganze Wahrheit, die ihn die Älteren lehrten, egal gewesen. Die Neuankömmlinge breiteten sich schnell und unbedacht aus. Sie achteten nicht auf die Natur. Ihre Technik, ihre merkwürdigen Maschinen gingen ihnen über alles.

Nun ja, zunächst hatten ihn diese Maschinen fasziniert. Sie taten so viel, was sie sonst mit der Hand machen mussten... Doch als er sah, dass die Natur unter ihrer Anwendung litt, ließ seine Bewunderung langsam immer mehr nach. Die Magie der Gnome konnte auch sehr viel - nur wurde sie nie für Zwecke eingesetzt, die sie selber erledigen konnten. Außerdem wurde vor ihrem Einsatz immer überlegt was sie bewirkt und welche Folgen ihr Einsatz haben würde. Er wusste es genau, denn sein Vater war ein Hüter der Magie. Eines Tages würde er auch einer werden... Er wollte es damals noch nicht glauben, aber Marena, die alte weise Hexe hatte es vorher gesagt.

Zu der Zeit war er noch weit von einem derartigen Berufswunsch entfernt gewesen. Heute dachte er wehmütig an diese ersten Erfahrungen zurück.

Auch wenn er diese merkwürdigen Neuankömmlinge wütend betrachtete, da sie seine Bewegungsfreiheit einschränkten, war er doch begierig sie kennenzulernen. Sie hatten so ganz andere Anschauungen als die Gnome. Manchmal versteckte er sich in der Nähe ihrer Wohnungen und hörte ihren Versammlungen zu. Sie sprachen von der Macht des Verstandes, dass den intelligenten Wesen die ganze Welt, das ganze Universum gehöre, dass sie sie mit dem Geist, dem logischen Denken begreifen und beherrschen konnten... Gebannt hörte er ihnen zu. Wie vieles davon hatte er sich nicht auch schon überlegt! Vieles sprach ihn an. Doch wenn er mit den Ältesten darüber sprach, lachten sie nur und meinten freundlich: „Wenn wir sagen, dies ist falsch, wirst du es erst recht probieren und sehen was es ist. So sagen wir nichts, denn jeder lernt durch seine eigenen Erfahrungen und kaum durch die Ermahnungen anderer. Unsere Welt kennst du nun. Du hast unsere „Technik" studiert, die auf dem Einklang des Fühlens, der Emotionen, des Verstandes und des Geistes beruht. Du kennst die Gefahren, die sich aus einem Ungleichgewicht ergeben... Doch wenn du meinst, der Weg der Fremden sei besser als der Unsere, dann musst du ihn gehen. Marena hat deinen Weg vorgezeichnet. Du musst diesen Weg nicht gehen. Doch du wirst feststellen, dass du auf Umwegen immer nur in eine Richtung, nämlich nach vorne, gehen wirst. Niemand wird dich aufhalten, wenn du den Weg durch die Dunkelheit wählst. Wir haben alle den freien Willen, den wir brauchen um uns zu entscheiden und zu lernen. Du bist nun alt genug um auf eigenen Beinen zu stehen. So gehe, wenn du meinst gehen zu müssen..."

Er hatte bis zu diesem Augenblick noch gar nicht daran gedacht zu den Fremden zu gehen. Doch als sein alter Lehrer dies erwähnte, klang es so vernünftig und folgerichtig, dass er gar nicht anders konnte. Zu Hause erwartete seine Mutter ihn schon mit spöttischem Blick. Sie wusste immer, wenn er wieder etwas Verrücktes vorhatte. Als er seinen Eltern dann später von seinen Plänen erzählte, nickte sein Vater ruhig und meinte: „Du musst deinen Weg gehen. Eines Tages wirst du dann meinen Platz im Rat einnehmen können, doch bis dahin ist es noch weit. In Melfira werden wir uns wiedersehen, dies ist schon geschrieben. Auf welchem Weg dies geschieht, liegt allein in deiner Hand..." Er hatte seinen Vater damals verblüfft angesehen. Diese Welt hieß Elran nicht Melfira. Wieso...? Sein Vater war auf keine seiner diesbezüglichen Fragen eingegangen, sondern hatte ihm nur den klaren blauen Kristall eines Magiergesellen gegeben. Dazu hatte seine Mutter leise gemeint: „In Übereinstimmung mit deinen Lehrern übergibt dir dein Vater heute deine Gesellenausrüstung. Deine Ausbildung zum Meister besteht nun darin, dass du deinen Weg zu uns zurück findest. Dies ist immer so... Denn nur wer aus innerster Überzeugung mit sich und der Welt in Harmonie lebt, kann ein Meister werden. Diesen Frieden gilt es zu erfahren..."

Er war bald darauf gegangen. Irgendwie hatte er den Eindruck, dass seine Leute ihn nicht mehr haben wollten. Die ganze Geschichte war ihm schon etwas merkwürdig vorgekommen. Doch was sollte es. Er wollte doch sowieso gehen! So ließ er sich in der Nähe einer der Ansiedlungen der Fremden nieder. Eifrig besuchte er ihre Versammlungen. Auch wenn er immer noch nicht begriff warum sie die Natur so wenig beachteten, begriff er doch dass sie es tun mussten, damit sie so groß und mächtig werden konnten wie sie es waren. In ihm begann der Wunsch zu reifen mit ihnen zu gehen, ihre Heimat zu sehen, andere Welten. Nur wie konnte er den Kontakt herstellen? Äußerlich unterschieden sie sich gar nicht so sehr von den Gnomen. Ihre Gesichtszüge waren etwas feiner, doch sonst? Vielleicht würde er nicht einmal als Fremder erkannt werden. Es gab bei ihnen sehr verschiedene Körperformen... Er hatte gehört, dass sie aus verschiedenen Welten stammten... Allerdings war ihm aufgefallen, dass einige Wesen für verabscheuenswert gehalten wurden. Warum dies so war, hatte er bisher allerdings nicht herausfinden können. Er überlegte hin und her. Seine Ähnlichkeit mit ihnen bestand in Bezug auf die anerkannten Lebensformen. Das gab also keinen Ärger... Doch er war sich immer noch unsicher. Eines Tages half ihm der Zufall. In der Nähe seines Lagers gab es einen kleinen See. In ihm wuchsen alle möglichen Wasserpflanzen. Einige davon waren sehr schön. In der Ansiedlung wohnten auch eine Reihe Kinder. Jetzt war einer der Jungen hier am See und betrachtete sehnsüchtig die Seeblumen. Schließlich versuchte er vom Ufer aus einige zu pflücken. Dabei fiel er ins Wasser und verhedderte sich dabei so unglücklich in den Pflanzenwurzeln, dass er schließlich von ihnen unter Wasser gezogen wurde. Der junge Gnom, der er damals noch gewesen war, konnte nicht mehr länger zusehen. Schnell sprang er ins Wasser und schimpfte mit den Pflanzen, die den Jungen festhielten. Einige musste er dann tatsächlich ausreißen, da sie ihr Opfer nicht wieder freigeben wollten. Endlich war es geschafft. Seufzend zog er den Jungen ans Ufer. Nebenbei hatte er eine wunderbare Seerose mitgenommen. Der Junge sollte nicht umsonst gelitten haben. Langsam kam der Junge wieder zu Bewusstsein. Staunend betrachtete er seinen Retter. So

Jemanden hatte er noch nie gesehen. Wo wohnte er denn? Hatte er sich getäuscht oder hatte der Fremde wirklich mit den Pflanzen gesprochen? Himmel! Wenn er das doch auch könnte... Er schloss einen Augenblick lang die Augen. Als er sie wieder öffnete war der Fremde fort. Die wunderbare Seerose lag aber nach wie vor ihm. Freudestrahlend erhob er sich und brachte seine Beute heim. Seine Mutter hatte heute Geburtstag. Er hatte ihr etwas ganz besonderes schenken wollen, daher war er zum See gegangen... Zu Hause reinigte er sich schnellstens und zog sich um. Sein Vater würde seinen Ausflug auf strengste missbilligen. So jetzt war er fertig und konnte die Blume seiner Mutter bringen... Nein, er sollte besser bis zum Abend warten... Dann suchte er sie. Sie stand in der Mitte der anderen Dorfbewohner. Es war Sitte, dass sie heute ganz im Mittelpunkt stand. Allen guten und schlechten Taten wurden an diesem Tag ausgebreitet und gewogen. Seine Mutter hasste diesen Tag. Er hatte ihr daher eine Freude machen wollen und diese Blume aus dem See geholt. Nein - er war lieber ehrlich - der Fremde hatte sie ihm geholt. Er würde seiner Mutter die Wahrheit sagen, sonst würde er sich an seinem nächsten Geburtstag sehr schlecht fühlen, wenn sie über ihn herfielen... Nächstes Jahr würde auch er alle seine Taten bewerten lassen müssen... Brrr! Ganz geheuer war ihm das nicht!

Am Abend kam sie heim. In ihren Augen loderte ein wilder Zorn. Wie konnten sie es nur wagen ihre Gefühle und Empfindungen zu kritisieren. Jeder empfand eine Sache anders! Wenn sie ihre Dienstboten misshandelten, dann sollten sie es doch tun! Sie jedenfalls dachte nicht daran! Es hatte lange Jahre gekostet, ihren Mann davon zu überzeugen, doch schließlich hatte er sie in Ruhe gelassen und sogar zugeben müssen, dass sie auf diese Weise besser arbeiteten.

Nun fing das Ganze noch einmal von vorne an. Nur weil ihr Mann auf diesen gottsjämmerlichen Planeten versetzt worden war! Ok - er hatte hier einen anspruchsvollen Posten und war wirklich zufrieden. Doch für sie bedeutete es nur sich aufs Neue mit dem Unverständnis der Leute auseinandersetzen zu müssen. Zu allem Überfluss entstammten sie auch noch der konservativsten Kaste des ganzen Imperiums. Es würde schwer werden hier Fuß zu fassen. In vielerlei Hinsicht hatte sie sich schon angepasst. Sie wollte ihren Mann nicht zwingen sich von ihr zu trennen... Er hatte zwar versprochen dies nie zu tun, doch dieser Job bedeutete ihm so unendlich viel... Nun sie würden sehen, wie es weiterging. Seufzend betrat sie die Küche und erstarrte. Auf dem Küchentisch stand eine Seerose, so eine wie sie sie seit ihrer Kindheit nie mehr gesehen hatte. Stumm betrachtete sie sie. Wie war sie hierher gekommen? Wer hatte sie gebracht? Vorsichtig schaute der Junge um die Ecke. Ganz leise fragte er: „Gefällt sie dir?“ Überwältigt zog sie ihn an sich und erzählte ihm dann von den Seen ihrer Kindheit, von den hellen Lichtern der Liebe, bevor die Leute des Imperiums gekommen waren und alles in Dunkelheit gestürzt hatten. Der Junge hielt seine Mutter ganz fest. Dann berichtete er von seinem Abenteuer.

Indessen war der junge Gnom unruhig hin und her gelaufen. Er fragte sich, was der Junge mit der Blume vorhatte. Schließlich machte er sich auf den Weg zur Siedlung. Es wurde schon dunkel. Am Rande des Ortes beschloss er zu übernachten. Vielleicht traf er den Jungen ja am nächsten Morgen wieder. Dann wollte er ihn fragen...

Die Mutter des Jungen saß noch lange sinnend am Fenster. Ihr schien es, als ob diese Rose ein Fingerzeig des Schicksals war, ein Aufruf an sie: Kehre nach Hause zurück, deine Heimat braucht dich! Sie glaubte nicht daran. Ihr eigenes Volk war dem Rat nicht edel genug gewesen. So galt ihr Planet lediglich als Rohstofflieferant. Infolgedessen hatten die Legionen des Imperiums ihn inzwischen bestimmt zugrunde gerichtet! Als sie gegangen war, konnte man die Schäden schon gut erkennen. Viele ihres Volkes hatten der Natur den Rücken gekehrt. Doch sie hatte es nicht können, sie liebte die Natur zu sehr. Dennoch war sie davon gelaufen, war ihrer

Verantwortung entflohen. Hatten die Ältesten ihr nicht die Aufgaben einer Erdhüterin übertragen? Dann hatte sie ihren jetzigen Mann kennengelernt. Als er ihren Planeten verließ, ging sie mit ihm. Seine Aufgabe war es fremde Welten zu erforschen und zu überprüfen, ob sie für das Reich akzeptabel waren. Einigen wunderbaren Naturplaneten hatte er trotz großer und seltener Bodenschätze das Prädikat: „untauglich und gefährlich" gegeben. Sie wusste nicht wie er das geschafft hatte, aber er hatte es durchgesetzt.

Der Vater des Jungen hatte einen anstrengenden Tag hinter sich. Während er heimging, sann er über sein Leben nach. Dieser Planet war herrlich. Seine Bewohner äußerst scheu. Ihre Religion war erstaunlich. Sie war es auch, die sie von vornherein von einer Aufnahme in den Rat ausschloss. Oder vielleicht doch nicht? Es wurde Zeit, dass dort ein neuer Wind einkehrte... Er hatte gelernt, die Welt neu zu sehen... Seine Frau hatte ihm die Augen geöffnet. Hoffentlich hatten die anderen ihr heute das Leben nicht zu schwer gemacht. In der ersten Zeit ihrer Ehe hatte er sich keine Gedanken über die Natur dieses einen Tages gemacht, hatte ihn einfach als zum Leben dazu gehörig betrachtet. Doch so nach und nach hatte er begriffen, dass es eine allumfassende Liebe gab... Je mehr er die Werte des Allmächtigen schätzen lernte, desto besser begriff er, dass alle Wesen im Plan des Weltenschöpfers ihre eigene Rolle spielten und somit keine Rasse das Recht oder sogar die Pflicht, hatte, seinen Ratschluss zu kritisieren und zu berichtigen... Er war sich bewusst, dass diese Erkenntnis nicht zu seiner Aufgabe passte, doch er würde diesen Weg weitergehen. Er wusste einfach, dass es richtig war. Und wenn er die Einheimischen richtig verstanden hatte, beschritten auch sie diesen Weg!
Unvermittelt blieb er stehen und sah sich um. Es war einfach faszinierend! Alles war hell und klar. Warum war es nur immer notwendig all dies zu zerstören? Inzwischen glaubte er fest daran, dass es eine Möglichkeit geben sollte, beides zu verbinden - Technik und Naturschutz! Aber wenn er dies ansprach, sahen ihn seine

Kollegen ungläubig an. Was wollte der denn? Es gab doch so viele Planeten! Ja, dachte der Vater grimmig, so viele Planeten, doch jeder von ihnen ein Unikat! Wie konnten sie sich nur anmaßen sie so mir nichts dir nichts zu zerstören! Dann war er zu Hause angekommen. Leise trat er ins Haus. Seine Frau saß in der Küche am Fenster. Er trat auf sie zu und sah die Seerose. Verblüfft hielt er inne. Wo kam denn diese Blume her? Es war kaum möglich in dem See zu baden. Die Schlingpflanzen hielten alles was hinein geriet fest. Wie also kam die Pflanze hierher? Seine Frau beobachtete ihn forschend. Aufatmend stellte sie fest, dass er die Blume bewunderte. Langsam trat sie auf ihn zu und umarmte ihn. Dann berichtete sie von ihrem Tag. Stirnrunzelnd hörte ihr Mann sich die Geschichte an. Die Reaktion der anderen Ortsbewohner gefiel ihm gar nicht. Das konnte ja noch heiter werden. Aber er würde trotzdem nicht nachgeben! Abschließend erzählte seine Frau ihm von den Erlebnissen seines Sohnes. Stumm betrachtete der Mann die Seerose. So die Einheimischen waren also in der Lage die Natur zu beeinflussen... Und das ohne Hilfsmittel? Es wäre gut, wenn er diesen freundlichen Helfer einmal sehen könnte... Nun, jedenfalls war die Seerose ein wundervolles Geschenk!

Am anderen Morgen stand der Junge sehr früh auf. Er wollte noch einmal zum See gehen. Vielleicht war der freundliche Fremde ja noch da. Doch schon kurz vor der Siedlung rief ihn der junge Gnom an: „Hallo mein Freund. Wohin willst du denn so früh schon?" Der Junge zuckte zusammen. Er wusste nicht was er sagen sollte. Er hatte den anderen treffen wollen, ja, doch nun?
Der Gnom spürte die Verlegenheit des Jungen und kam ihm entgegen. Schnell erfuhr er, dass der Junge ihn hatte treffen wollen. Er grinste. Das war ja gut! So erklärte er dem Jungen, dass er auf ihn gewartet hätte, es hätte ihn keine Ruhe gelassen, was er mit der Seerose vorgehabt hätte... Der Junge lachte und erzählte dem Gnom aufgeregt vom gestrigen Abend. „Nicht einmal mein Vater hat etwas gesagt!" meinte er abschließend. Im Eifer des Erzählens hatte der

Junge die Zeit vergessen. Plötzlich hörte er seine Mutter rufen. Himmel! Bloß gut, dass er heute keine Schule hatte, sonst wäre jetzt sonst was los gewesen! Puh! Nun aber rasch nach Hause. Hastig lud er seinen neuen Freund ein, mitzukommen. Der Gnom ließ sich nicht lange bitten. Eine bessere Gelegenheit die Fremden kennenzulernen, würde sich ihm bestimmt nicht bieten.

Gemeinsam liefen sie zum Haus zurück. Einige Siedler sahen ihnen misstrauisch nach. Wer war der Fremde? Doch dann zuckten sie mit den Achseln. Wahrscheinlich einer der Mitarbeiter des Vaters. Schließlich konnten sie sie nicht alle kennen.

Die Mutter begrüßte den Besuch verdutzt. Er stellte sich schnell mit „Sarn" vor. Jetzt lachte die Mutter leise. Da hatte sie also den Retter ihres Sohnes vor sich. Schön ihn kennenzulernen.

Der Junge zeigte nun dem Gnom alles im Haus. Überrascht stellte der Gnom fest, des diese Wesen, die meisten Sachen von Maschinen erledigen ließen. Er schüttelte innerlich den Kopf. Es war ja schon recht praktisch, doch irgendwie verloren sie dabei den Kontakt zur Natur... Nun ja, er wusste noch viel zu wenig. Trotzdem konnte er sich des Verdachtes nicht erwehren, dass sie, wenn sie im häuslichen Bereich schon so viel automatisiert hatten (Betten machen, kochen, waschen, Fenster putzen usw.), sich draußen noch viel mehr auf ihre Maschinen verließen. Dann konnten sie kaum noch ein Gefühl für die Werte der Natur entwickeln. Sie sahen ja nur noch ihre Technik... Ein Schauder durchfuhr den jungen Gnom. Das war in ihren Versammlungen aber nicht zum Ausdruck gekommen! Sie hatte da nur immer vom Fortschritt und dem Gewinn für die Wesen gesprochen... Sein erster näherer Eindruck sagte ihm nun, dass er mit den neuen Erkenntnissen sehr, sehr vorsichtig umgehen sollte. Sie konnten bestimmt genauso viel Schaden wie Nutzen anrichten, auch wenn es sich zunächst alles einmal positiv angehört hatte!

Die Mutter beobachtete die beiden. Irgendwie machte ihr Besucher nicht den Eindruck als käme er von einer Welt des Imperiums. Vielleicht war er einer der hiesigen Ureinwohner von denen ihr Mann gesprochen hatte. Er schien sehr neugierig zu sein. Vielleicht sollte man ihm einfach die Gelegenheit bieten, die Welt der Siedler näher zu erkunden. Sie hatten noch Zimmer frei... Als sie dem jungen Gnom eines davon anbot, griff er schnell zu. Dann holte er rasch seine wenigen Habseligkeiten.

Während der Mahlzeiten zeigten sich dann größere Unterschiede. Der Gnom bedankte sich bei seinem Schöpfer für alles, während die Familie alles für gegeben hinnahm. Die Mutter biss sich auf die Lippe. Himmel, wie hatte sie nur die Lehren ihres alten Meisters so vergessen können! Sie hatte sich viel zu sehr angepasst! Sie beschloss, es zu ändern.

Am Abend traf ihr Mann ziemlich verärgert ein. Es waren noch einige andere Spezialisten eingetroffen. Irgendwie war es seinem Auftraggeber wohl komisch vorgekommen, dass er so viele Welten als ungeeignet eingestuft hatte. Na ja, immerhin waren diese Welten gerettet... Eine Einstufung konnte nie rückgängig gemacht werden! Die Geschichte hatte gezeigt, dass das zu riskant war. Er lächelte böse. Doch hier wollten sie ihn nun wohl kontrollieren. Schade um diese schöne Welt. Er hätte gerne dafür gesorgt, dass eine rücksichtslose Ausbeutung unterblieb. Nun, man konnte eben nicht alles erreichen.

Der Gnom betrachtete den Mann nachdenklich. Er sah recht nett aus, doch schien er ziemlich zornig zu sein. Auch seine Frau hielt sich zurück. Irgendetwas war passiert! Schweigend nahm ihr Mann das Abendessen zu sich. Erst danach bemerkte er das neue Familienmitglied. Oh! Nach all dem Ärger, noch eine Überraschung! Was sollte er denn nun machen? Seine Kollegen würden ihn löchern, wo diese Kreatur herkam. Mist! So gerne, wie er ein intensives Gespräch mit den Einheimischen führen würde, so ärgerlich war dieser Besuch auch. Er biss sich auf die Zunge. Was sollte er nur machen?

Seine Frau sah ihm seinen inneren Konflikt an. Sie meinte leise: „Er könnte einer deiner Mitarbeiter sein, der bisher im Hinterland Untersuchungen durchgeführt hat. Von seinem Aussehen her könnte er von Algarn stammen, deren Bewohner werden zudem von allen respektiert..."
Der Gnom horchte auf. Er hatte anscheinend noch viel zu lernen. Diese Wesen waren äußerst kompliziert. Neugierig sah er zu dem Mann hinüber, der schließlich zu den Worten seiner Frau nickte. Das konnte gehen. Er würde es versuchen.

In den folgenden Tagen begleitete der Gnom den Mann überall hin. Er lernte so viel wie möglich über Algarn. Innerlich schüttelte er sich. Es schien eine scheußliche Welt zu sein. Die Wesen dort hatten allen Anschein nach vollkommen vergessen was es hieß mit sich und der Natur in Einklang zu leben. Er würde den Planeten aber trotzdem gerne einmal mit eigenen Augen sehen...
Die Kollegen seines „Chefs" waren ebenfalls ziemlich dumm. Sie sahen nicht einmal, wie schön ein Regenbogen war und konnten sich nicht an den Farben der Seerosen freuen. Sie sahen nur immer grimmig auf ihre Instrumente, die anzeigten ob die Erde bestimmte Mineralien enthielt und wie viel davon. Der Gnom hatte inzwischen herausgefunden, dass sie die Welt aufschneiden wollten, wenn sie die gewünschten Mineralien gefunden hätten. Dazu waren riesige Maschinen erforderlich, die dann erhebliche Rauchmengen und andere Schadstoffe in die Atmosphäre abgeben würden. War ihnen eigentlich klar was sie damit anrichteten? Wütend schüttelte der junge Gnom den Kopf. Am Abend unterhielt er sich mit seinen Freunden über seine Feststellungen. Der Mann nickte nur. Die Frau schluckte schwer. Die beiden wussten nur zu gut, dass die Welt so nicht erhalten werden konnte wie sie jetzt war. Doch den meisten Wesen war es ganz egal was mit den Welten passierte - solange es nicht gerade die eigene Heimatwelt war! Der junge Gnom senkte

traurig den Kopf. Wie konnten sie nur so ungerecht sein. Alles im Kosmos war aus einer Quelle gekommen. Alles hatte seine Daseinsberechtigung! Nach einer Weile erzählte er den beiden von dem Glauben der Gnome.

Die Religion der Gnome war eigentlich nicht kompliziert. Sie ging davon aus, dass alles einem gemeinsamen Energiefeld entsprang, und dass die einzelnen Gegenstände und Lebensformen von dieser allumfassenden Energie durchdrungen waren.
Infolge dieses Energiefeldes gab es keine wirklichen Unterschiede in den Daseinsformen, denn alles entsprang ja der gleichen Quelle. Alles Leben war somit gleichberechtigt. In der Natur, in der natürlichen Gestaltung der Umwelt, hielten sich die verschiedenen Energieausprägungen der Daseinsformen im Gleichgewicht. So kam es zu keinen Disharmonien und alle Wesen hatten ihr Auskommen. Jeder Eingriff in dieses Gleichgewicht musste genauesten bedacht werden, da sonst mit erheblichen Störungen und Veränderungen der Umweltbedingungen zu rechnen waren. Die Gnome verstanden es die Urenergie aus der alles entstanden war, anzuzapfen. So konnten sie vieles im Einklang mit der Natur erreichen, was anderen Lebensformen nur auf Kosten der Natur gelang. Sie nannten es Magie um sich damit gegen die Form der Ausbeutung mittels der sogenannten Technik abzugrenzen.
Auch den Gnomen gelang es nicht immer das Gleichgewicht vollständig zu bewahren, doch sie versuchten stets die Folgen im Voraus abzuschätzen und Schäden nach Möglichkeit zu vermeiden oder doch mindestens zu minimieren. Sie wussten nur zu gut, dass sie in 1000 Jahren auch noch eine funktionierende Umwelt brauchten um ihre Lebensqualität aufrecht zu halten.In allem was sie taten war den Gnomen bewusst, dass alles von dem großen Schöpfer ausgegangen war, und dass sie die Gaben gut zu hüten hatten, denn es war kein Geschenk mit dem sie nach Gutdünken umspringen konnten, sondern eine Leihgabe, die bestens gehegt und gepflegt werden musste. Dies galt nicht nur für die engere Umgebung,

sondern für alles was im Universum je Gestalt angenommen hatte.

Der Mann schwieg lange. Dann meinte er ruhig: „Unser Junge wird nächstes Jahr auf eine Eliteschule auf meiner Heimatwelt gehen. Wie wäre es, wenn du ihn begleitest? Dann kannst du lernen, was unsere Wissenschaftler herausgefunden haben. Vielleicht findest du einen Weg dein Wissen und unseres zu verbinden..."
Der junge Gnom schluckte. Das war eine gewaltige Aufgabe. Ja, aber versuchen wollte er es. Es war es wert!

Und so geschah es dann auch. Die Welt der Gnome wurde zum Abbau freigegeben. Der Gnom knirschte mit den Zähnen. Aber es hatte keine andere Möglichkeit gegeben. Alle Versuche, Interesse an der Schönheit der Welt zu wecken, waren im Sande verlaufen. Die Wesen waren einfach blind gegenüber den Wundern der Natur geworden.
Kurz vor dem 12. Geburtstag des Jungen wurden der Gnom und der Junge auf die Reise geschickt. Schon der Flug durch den Weltraum war für die beiden ein Erlebnis. In den folgenden Jahren lernten sie eifrig.
Der Gnom erkannte bald, dass die Wesen ihre Technik auf die gleichen Gesetzmäßigkeiten aufbauten wie die Gnome ihre Magie. Der Unterschied bestand im Wesentlichen in der Anwendung des Gelernten. Während die Gnome die grundlegenden Energien verwendeten, nutzte die Technik die von der Natur oberflächlich zur Verfügung gestellten Ressourcen. Seine Studien zeigten ihm immer deutlicher, dass der Wandel im Umgang mit der Natur in den Köpfen der Wesen geschehen musste und nicht in der Technik. Wenn sie ihre Erkenntnisse im Einklang mit der Natur einsetzen würden, würden sie auch nicht mehr so viel Schaden anrichten. Dazu musste nicht einmal die Magie der Gnome und die allgemeine Technik zusammen geführt werden.
Ganz zu Anfang hatte er dies einmal versucht und schnell feststellen müssen, dass sie auf diese Weise nur begannen, leblose Welten noch

schneller und effizienter auszubeuten als zuvor. Sie hatten überhaupt nicht begriffen um was es ihm wirklich ging.

Der Junge war ein gelehriger Schüler des Gnoms. Er baute schließlich einen Kreis gleichgesinnter um sich auf. Der Rat duldete diese Spinner, um seine Toleranz zu demonstrieren. Der Kreis würde kein Macht erhalten und nichts bewirken können... Der Gnom lächelte feinsinnig. Da war er sich gar nicht so sicher. Irgendwie spürte er, dass das Gedankengut der Einheit von Natur und Kosmos langsam wieder in den Wesen des Imperiums Fuß zu fassen begann. Irgendwann spürte er auch, dass es für ihn Zeit wurde nach Hause zurückzukehren. Von seinen alten Freunden wusste er, dass sein ehemaliger Heimatplanet inzwischen in eine Einöde verwandelt worden war. Doch das war vorhersehbar gewesen und so erschütterte es ihn nicht allzu sehr. Außerdem hatte ihn sein alter Lehrer doch auch gebeten nach Melfira zu kommen, oder nicht?

Nur wo war Melfira? Er setzte sich mit den astronomischen Abteilungen in Verbindung. Innerhalb des Imperiums fand er keinen Hinweis. Er schüttelte den Kopf. Die Ältesten mussten sich doch etwas dabei gedacht haben als sie sich darauf verließen, dass er den neuen Heimatplaneten der Gnome fand. Er versuchte es weiter. Schließlich ließ er mutlos den Kopf hängen. So ging das. Auf allen Sternenkarten fand er nichts. Er hatte sogar die ältesten Karten, die er finden konnte zu Rate gezogen, doch nichts! Schließlich wurde ihm bewusst, dass er bestimmt irgendeinen Denkfehler eingebaut hatte... Nachdenklich verabschiedete er sich von seinen Freunden und mietete ein kleines Raumfahrzeug. Vielleicht fand er unterwegs die Lösung.

Wohin sollte er fliegen? Irgendwie musste er herausfinden, wohin seine Artgenossen gegangen waren. Dann kam ihm eine Idee. Er holte sich eine ganz große Sternenkarte und zeichnete alle bisherigen Heimatwelten der Gnome ein. Dann grinste er. Sie lagen alle auf einem riesigen Kreisbogen. Wenn er diesem nun weiter folgte, würde er bestimmt irgendwann auf Melfira treffen. Er nickte vor sich hin. Ja, so sollte es gehen.

Es dauerte noch Monate bis er sein Ziel, einen wunderbaren, rohstoffreichen Planeten, erreichte. Warum siedeln wir nur immer wieder auf rohstoffreichen Planeten? Es war doch nur eine Frage der Zeit bis es wieder schiefging... überlegte der junge Gnome verärgert. So war es doch vorprogrammiert, dass irgendwann wieder rücksichtslose und ausbeuterische Wesen auftauchten und alles vernichteten!

Nach seiner Ankunft, bekam er vom Rat die Antwort darauf:
Wir Gnome haben uns zum Ziel gesetzt, den Wesen den Wert der Natur zurückzugeben. Das hast du im Imperium sehr schön hinbekommen! Sie werden nie wieder so unüberlegt der Natur in den Rücken fallen. Doch es gibt unendlich viele Wesen im Kosmos. Jede Art muss ihren Weg gehen und die meisten Rassen machen eine Phase der Ausnutzung durch. Wir haben schon vielen Rassen gezeigt, dass es so nicht geht. Nicht alle Wesen waren einsichtig, doch genug um weiterzumachen und nicht den Mut zu verlieren. Manchmal haben wir zusammen mit den eigentlichen Ureinwohnern die Welt regiert, manchmal waren wir sogar Feinde. Doch am Ende war für uns immer die Balance in der Natur am wichtigsten. Wenn wir unser Ziel erreicht hatten, gingen wir fort. Nicht immer hinterließen wir dabei unbewohnbar gewordene Planeten... Doch die nächste Aufgabe wartete schon auf uns. Melfira wird nicht einfach werden. Schon jetzt beginnen die Bewohner einen Krieg gegen die Natur zu führen. Der junge Gnom nickte verstehend und sah sich nach einer passenden Aufgabe für sich um.

In den folgenden Jahrhunderten entwickelte sich zwischen den Gnomen und den Einheimischen ein regelrechter Kleinkrieg. Es stellte sich heraus, dass die einheimischen Wesen in ein Lager für die Natur und in eines für die Technik geteilt waren. Die beiden Lager entfernten sich immer weiter von einander. Selbst innerhalb des

Naturlagers herrschte letztendlich keine Harmonie.

Der alte Gnom seufzte. Dadurch hatte es keine Möglichkeit mehr gegeben, die beiden Gegensätze miteinander zu versöhnen. So hatte der Rat den Entschluss gefasst, eine neue Welt aufzusuchen. Dabei sollten die einsichtigen Bewohner des Planeten sie begleiten. Anschließend würde man weitersehen. Vielleicht kamen die Wesen ja doch noch zur Vernunft. Aber es fiel schwer den Planeten zu verlassen, doch es gab keinen anderen Weg. Einige der jüngeren Gnome würden zurückbleiben und den Fortgang der Geschichte beobachten...

Sie konnten nur hoffen. Eine neue Welt wartete auf sie und irgendwann auch eine neue Aufgabe.

Die junge Frau staunte. Dieser alte Gnom machte eigentlich nichts anderes als sie selber. Doch wie wählten die Gnome die nächste zu besuchende Welt aus? Und wer entschied, ob sie wirklich weggehen konnten? Seltsam... Der Gnom hatte seine Besucherin inzwischen aufmerksam betrachtet. Oh, eine Hüterin... Aber noch eine recht junge... Aber trotzdem schien sie schon viel erlebt zu haben... Fragend sah er sie an. Die junge Frau lächelte schwach und meinte: „Der Hohe Rat hat mich zur Erholung hierher geschickt. Ich glaube, ich sollte einmal sehen, dass wir nicht alleine dastehen, wenn es darum Harmonie und Gleichgewicht in der Natur zu bewahren. Ihr scheint die Planeten über einen sehr langen Zeitraum zu begleiten... Ich bekomme sie meist nur zu sehen, wenn die Katastrophe schon fast eingetreten ist... Es ist oft recht schwer eine einigermaßen vernünftige und für alle akzeptable Lösung zu finden... Und hier gibt es wirklich keine andere Möglichkeit, als die Wesen auflaufen zu lassen?

Der alte Gnom lachte: „Na ja, der Weltenhüter hat gemeint, sie hätten Hilfe genug gehabt. Er hat sie eindringlich gewarnt. Da die Lager so zerrissen sind, ist es unmöglich ein einheitliches Konzept zu entwickeln. So ist beschlossen worden, allen die einsichtig genug sind die Gelegenheit zu bieten mit uns fortzugehen und die anderen mit der sich abrupt wandelnden Umwelt zu konfrontieren. Sie wird nicht völlig lebensfeindlich werden… Vielleicht können die Wesen ja doch noch einen Weg zu ihrer eigenen inneren Harmonie finden… Wer weiß…"

Jetzt lachte auch die jungen Frau: „Mein letzter Auftrag ließ sich nur dadurch erledigen, dass die Welt sich selber heilte. Dabei sind leider alle bisherigen Bewohner gezwungen worden auf einer ganz neuen Welt ganz neu anzufangen. Diese Möglichkeit versuche ich möglichst zu verhindern. Doch manchmal geht es nicht anders. Aber es war sehr hart zuzusehen… Für uns gibt es keine Möglichkeit einzelne Wesen mitzunehmen…"

Der Gnom nickte. Davon hatte er auch schon gehört. Doch vielleicht gab es ja auch auf den, dem Untergang geweihten Welten, Wesen, die als Hüter arbeiten konnten. Vielleicht waren sie dort nur nicht mehr in der Lage den leisen Ruf zu hören… Dann wäre es bestimmt gut, wenn sie sich dort diesbezüglich gründlich umsahen…

Die junge Frau war seinen Überlegungen verblüfft gefolgt und wusste mit einem Male, dass dieser Ausflug nicht nur ihrer Erholung hatte dienen sollen. Immerhin war ihr bei ihrem letzten Auftrag ein junges Mädchen aufgefallen, das durchaus die Eignung zur Botin des Hohen Rates hatte. Rasch erhob sie sich. Jetzt hatte sie es eilig. Wenn sie es noch erreichen wollte, musste sie sich beeilen. Freundlich lächelte sie dem alten Gnom zum Abschied zu und nahm mit dem Hohen Rat Kontakt auf. Dieser bestätigte ihr ihre Überlegungen und meinte dann: „Wenn jemand aus einer derartig verlorenen Welt zum Boten bestimmt ist, wird ihm eine gewisse Lehrzeit auferlegt. Dabei wird er von einem Meister begleitet. Dies ist im Allgemeinen der oder diejenige der ihn entdeckt hat. Daher wirst du in der nächsten Zeit einen Begleiter haben… Wenn sich das Mädchen auf dieses Abenteuer einlässt… Aber dass ist seine Entscheidung…" Die junge Frau stand für einen Moment erstarrt da. Dann lachte sie leise. Sie war sich sicher, dass das Mädchen mitkommen würde. Es wollte sie schon beim letzten Mal begleiten. Und so geschah es dann auch und eine aufregende Zeit begann.

Schuld...

Es war eiskalt. Dazu pfiff ihm ein eisiger Wind um die Ohren. Der junge Mann versuchte so gut es ging in einer Nische Schutz zu finden. Doch die Kälte erreichte ihn überall. So war es sinnlos... Auch wenn ihm innerlich sehr kalt war, wollte er doch nicht erfrieren. Außerdem sollte er sich erholen... Doch war das hier etwas aussichtslos, oder?

Himmel! Wenn ihm keine Möglichkeit einfiel warm zu werden, musste er wohl oder übel um Hilfe rufen. Das wäre ihm allerdings sehr peinlich... Fieberhaft überlegte er hin und her. Endlich kam ihm die Erleuchtung. Jedes Lebewesen hatte eine Art inneres Feuer also auch er. Wenn er dieses nun anzapfte, sollte ihm eigentlich warm genug werden. Zitternd lehnte er sich an einen eisüberzogenen Felsen und begann sich zu konzentrieren. Nach einer ihm endlos erscheinenden Zeitspanne, begann ihm dann wärmer zu werden. Endlich konnte er sich auf seine Umgebung konzentrieren. Leicht schaudernd stellte er fest, dass diese Welt anscheinend eine reine Eiswüste mit einer zerklüfteten Felsenlandschaft war, über die ein stetiger Wind blies. Immerhin gab es genügend Nischen in denen er vor dem Wind Schutz suchen konnte.

Intelligentes Leben schien es hier allerdings nicht zu geben. Doch vielleicht täuschte dies auch. Überdies war der Himmel von dichten Wolken verhangen, so dass lediglich eine diffuse Helligkeit herrschte. Doch warum war er hier? Er hatte sich eine Auszeit gewünscht... Sein letzter Auftrag hatte ihm ganz schön zu schaffen gemacht und ihn gefühlmäßig ganz gehörig durcheinander gebracht. Er hatte sich so leer und kalt gefühlt, wie diese Welt es war. Wusste nur zu gut, dass er im Moment keine Aufgabe übernehmen konnte. Doch Halt! Vielleicht war dies genau der Grund warum er hierher geraten war... Doch was nun? Diese Welt erschien ihm nicht der richtige Ort um sich zu erholen... Andererseits hatte sich der Hohe Rat bestimmt es dabei gedacht. Er musste nur herausfinden was dies war.

Immerhin war es hier sehr still. Hoffentlich gab es wirklich keine Probleme. Davon hatte er erst einmal genug! Es wäre schön einfach einmal ganz für sich zu sein... Langsam begann er durch die Welt zu streifen. Er fand die seltsamsten Felsformation und extrem feinstrukturierte Eisgebilde. Für einen Künstler wäre diese Welt eine unerschöpfliche Fundgrube...

Allerdings, stellte er nach einiger Zeit fest, gab es hier kaum Farben. Dabei gehörte diese Welt sicherlich zu einem Sonnensystem, dessen Sonne sie mit einem breitgefächerten Farbenspektrum versorgen sollte... Unter Umständen filterte die Wolkenschicht die fehlenden Farben heraus. Nachdenklich sah er sich um. Nun es gab blaue, rote und auch gelegentlich gelbe Töne. Doch alle Zwischentöne fehlten. Trotz allem war die Farbgebung der Felsen interessant... Er ging weiter. Langsam fiel der Druck von ihm ab und er entspannte sich zunehmend. Bald stellte er fest, dass er sich selbst arg vernachlässigt hatte. So begann er, sich wieder auf sich selber zu besinnen. Verwundert schüttelte er den Kopf. Irgendwie hatte er es geschafft sein Ich und das der anderen Lebewesen völlig getrennt von einander zu betrachten. In gewisser Weise war dies auch notwendig, wenn er seine Aufträge erfolgreich abschließen wollte... Doch dabei war ihm seine innere Harmonie abhanden gekommen. Er war so darauf bedacht gewesen, die äußere Harmonie und das Gleichgewicht zu erhalten, dass er seine eigenen Bedürfnisse ganz hinten an gestellt hatte... Dadurch war jetzt auch so durcheinander geraten. Aua! Er konnte inzwischen sowohl mit Licht wie mit dem Klang als auch der Materie verschmelzen um so an Informationen zu gelangen und auch darüber Gleichgewichtseinstellungen vornehmen. Doch konnte er auch mit sich selbst verschmelzen? Konnte er sein eigenes Höheres Selbst erreichen? Eigentlich sollte dies für ihn kein Problem darstellen. Doch im Moment fühlte er sich derart zerrissen, dass er sich dem nicht mehr sicher war. Irgendwie war bei seinem letzten Auftrag alles schief gelaufen. Zum einen hatte er im Gegensatz zu allen Vorgaben einige sehr gute Freunde gefunden und zum anderen war er trotz allem gezwungen gewesen, einen rigorosen Schnitt anzuordnen.

Er hatte das Gefühl auf allen Ebenen vollständig versagt zu haben, obwohl der Hohe Rat ihm ausdrücklich versichert hatte, dass er alles erdenklich getan hatte, und dass es keine andere Möglichkeit gegeben hatte. Die Wesen waren derartig verbohrt gewesen. Jede Annäherung war unmöglich gewesen. Es war nur gut, dass die Welt selber von dem völligen Untergang bewahrt werden konnte. So war der Weltenhüter in Zusammenarbeit mit der Weltseele in der Lage den Planeten wieder bewohnbar und harmonisch zu gestalten. Er würde auf lange Sicht damit nicht unbewohnt bleiben... Der junge Mann lächelte ironisch. Es gab genügend Lebewesen im Universum, die einen neuen Heimatplaneten benötigten, da sie ihren Ursprungsplaneten so zugerichtet hatten, dass sie nicht mehr auf ihm wohnen konnten. Gelegentlich kamen sie bei einem derartigen Umzug ja zur Besinnung und begannen umzudenken. Doch allzu oft nutzen sie nicht mal diese Chance. Seine Schwester hatte ihm erst vor kurzem da so eine Geschichte erzählt... Ha! Aber es tat gut zu wissen, dass sich nicht nur der Hohe Rat um die Planeten und deren Bewohner sorgte... Auch wenn sie, die die Boten des Rates waren, im Zweifelfall immer im Sinne des größeren Ganzen handeln mussten. Es galt das Gleichgewicht es Universums zu wahren... Im Einzelfall konnte dies dann auch mal eine sehr radikale Lösung bedeuten. Doch im Großen und Ganzen versuchten sie immer einen Ausweg zu finden, der sowohl für die Bewohner, den Planeten und das Universum gleichermaßen sinnvoll war. Doch manchmal, wie auch bei seinem letzten Auftrag, konnte man die Bewohner nur aufgeben. Eine Rettung als Rasse kam für sie nicht mehr in Betracht. Sie waren nicht bereit in irgendeiner Weise mitzuarbeiten und auch nur den kleinsten Kompromiss einzugehen. Der junge Mann seufzte. Sie hatten ihn so geärgert, dass er die Weltseele überredet hatte, die Evakuierung des Planeten zu verhindern und es den Wesen auf diese Weise unmöglich zu machen anders wo, neues Unheil zu säen. Das sollte heißen, einen weiteren Planeten zu Grunde zu richten.

Insbesondere deswegen, weil der erwählte Planet auch noch eine, wenn auch noch recht primitive Urbevölkerung aufwies. Diese sollten nach dem Willen seiner Quälgeister ihnen dienen und als Sklaven arbeiten. Immerhin waren sie sehr lernbegierig und anpassungsfähig. Der junge Mann schüttelte sich noch, wenn er an die Auseinandersetzung mit dem Obersten Senat des Planeten dachte. Sie hatten auf keinen Fall auf ihre Sklaven verzichten wollen. Eine Zusammenarbeit mit den Einheimischen kam auf gar keinen Fall in Frage. Letzt endlich hatte genau diese Engstirnigkeit ihren Untergang besiegelt. Dann war es sogar dem Weltenhüter zu viel geworden und er hatte ein ungeheures Erdbeben in Gang gesetzt. Dabei war die Oberfläche des Planeten vollständig umgestaltet worden. Es würde Jahrhunderte dauern bis sich der Planet davon erholt hatte und er wieder einigermaßen bewohnbar war.

Der junge Mann fühlte sich trotz allem schlecht. Es hatte eine Handvoll Wesen gegeben, die noch im Einklang mit sich und der Umwelt lebten. Mit diesen hatte er eine enge Freundschaft begonnen. Doch auch sie konnten nichts erreichen. Allerdings hätte er ihnen gewünscht, dass sie den Planeten vor dem Zusammenbruch verlassen konnten. Doch der Weltenhüter hatte gemeint, dass es besser wäre, wenn sie blieben. Er würde allerdings für ihre Sicherheit sorgen.

Der junge Mann zitterte plötzlich. Erst jetzt kam ihm zu Bewusstsein, dass er seine Freunde, und das waren sie ihm wirklich und wahrhaftig geworden, tatsächlich nicht dem Untergang überlassen hatte. Er wusste zwar nicht, wo sie waren, doch er war sich sicher, dass der Weltenhüter Wort gehalten hatte. So konnten sie ihre eigene Entwicklung zur inneren Harmonie und dem Gleichgewicht mit der Schöpfung zu Ende bringen. Er fuhr sich mit der Hand durch seine vereisten Haare. Oh Himmel! Wie war er nur dumm gewesen. Statt zuzuhören, hatte er einfach das schlimmste angenommen. Dadurch hatte er das Gefühl gewonnen, völlig versagt und somit seine Freunde zum Tode verurteilt zu haben. Letzt endlich hatte er nicht einmal bis zum Tag des Erdbebens bleiben könnten, da seine Schwester ein Familientreffen anberaumt hatte und seine Anwesenheit einforderte. Er war ziemlich wütend gewesen. Nur, war es wirklich die Idee seiner Schwester gewesen, ihn zu dieser Pflichtveranstaltung zu verdonnern? Der junge Mann schüttelte sich. Es wäre bestimmt alles andere als spaßig gewesen, den Untergang der Welt mitzuerleben. Der Hohe Rat sah im Allgemeinen immer zu, dass genau dies nicht geschah. Seine Abwesenheit bei diesem Ereignis war demnach auch nicht seine Schuld… Seine Anwesenheit hätte auch nichts geändert. Das Erdbeben war einfach erforderlich gewesen. Vielleicht sollte er sich das Endresultat einmal ansehen? Doch wozu eigentlich? Der Weltenhüter hatte die ganze Aktion genauesten und sorgfältig geplant und somit bestimmt alles fest im Griff!

Der junge Mann nickte vor sich hin. Anschließend betrachtete er noch einmal seine Umgebung. Auch wenn es hier sehr, sehr kalt war, war es dennoch eine schöne, harmonische Welt. Das Einzige, was ihm persönlich fehlte, war das klare Licht. Doch wer wusste denn, ob dies in einigen Jahren nicht schon ganz anders aussehen würde. Neugierig geworden, versuchte er mit dem hiesigen Weltenhüter Kontakt aufzunehmen. Es gelang ihm erstaunlich schnell, auch wenn der Weltenhüter recht verblüfft war. Im Moment hatte er keinen Besuch erwartet und auch nicht bemerkt, dass jemand gekommen war. Sein Besucher musste sich sehr gut in das harmonische Gefüge seiner Welt eingepasst haben… Dies gelang nur sehr wenigen… und der Hohe Rat hatte ihm schon etliche Besucher geschickt. Einige hatte er gerade noch vor dem Erfrieren bewahren können. Doch diesmal hatte er nicht mal vorher von dem bestehenden Besuch gehört…Er musterte den jungen Mann prüfend. Er schien recht vernünftig zu sein und fragte jetzt: „Kannst du mir etwas über die Bestimmung deines Schützlings erzählen?" Nun war der Weltenhüter wirklich verblüfft. So eine Frage! Dann aber lachte er leise und meinte: „Diese Welt wird im Laufe der Zeit nicht wärmer werden, aber einen klaren Himmel bekommen. Da sie recht hohe

Mineralvorkommen aufweist, wird sie als Rohstofflieferant zu Verfügung gestellt werden. Dabei werde ich aber dafür Sorge tragen, dass die Nutznießer die Rohstoffe wirklich brauchen. Es gibt hier in der Nähe einige Zivilisationen die durchaus sinnvollen Nutzen aus diesen Ressourcen ziehen können. Für sie geht es darum ihre Unabhängigkeit zu bewahren und so ihren eigenen Weg weiter zu verfolgen. Bisher ist dieser sehr vielversprechend. Doch das wird alles noch dauern. Bis dahin bin ich weiterhin der Hausherr für gelegentliche Besucher. Die meisten müssen nur etwas Abstand von sich selber bekommen, damit sie weiter in der Lage sind ihre Aufgaben zu erfüllen. Es handelt sich nicht jedes Mal um Kollegen von dir…" Jetzt lachte der junge Mann laut auf: „So habe ich mir schon immer meinen Traumurlaub vorgestellt! Als Eiszapfen, starr und beweglich… Nur gut, dass ich früh genug entdeckt habe, wie ich das verhindern kann… Doch deine Welt ist schön… Und ich danke dem Schöpfer, dass ich sie sehen durfte. Ich glaube, ich sehe jetzt klarer und kann mich wieder meinen Aufgaben zuwenden… Danke schön!"

Der Weltenhüter sah den jungen Mann lange an. Dann nickte er freundlich, während der junge Mann die leise Anfrage des Hohen Rates vernahm, der ihm auf eine neue Welt schicken wollte, und diesen Ruf auch annahm. Inzwischen war er bereit sich der nächsten Herausforderung zu stellen.

Der Weltenhüter sah ihm nach. Der junge Mann würde es niemals leicht haben. Er war mehr als ein Bote, er hatte die Möglichkeit zum Handeln. Doch darin lag auch eine ungeheure Verantwortung und diese musste erst einmal akzeptiert werden. Aber er wünschte seinem Besucher für die Zukunft alles Gute. Mehr konnte er nicht tun.